桐城派文库

学术研究系列

清季民国桐城派史学研究

许曾会 著

北京师范大学出版集团
BEIJING NORMAL UNIVERSITY PUBLISHING GROUP
安徽大学出版社

图书在版编目(CIP)数据

清季民国桐城派史学研究/许曾会著. —合肥:安徽大学出版社，2024.11
(桐城派文库)
ISBN 978-7-5664-2680-2

Ⅰ. ①清… Ⅱ. ①许… Ⅲ. ①桐城派—史学—研究 Ⅳ. ①I207.62

中国国家版本馆 CIP 数据核字(2023)第 190866 号

清季民国桐城派史学研究
Qingji Minguo Tongchengpai Shixue Yanjiu

许曾会 著

出版发行: 北京师范大学出版集团
安 徽 大 学 出 版 社
(安徽省合肥市肥西路 3 号 邮编 230039)
www.bnupg.com
www.ahupress.com.cn
印　　刷: 合肥远东印务有限责任公司
经　　销: 全国新华书店
开　　本: 710 mm×1010 mm　1/16
印　　张: 13.25
字　　数: 226 千字
版　　次: 2024 年 11 月第 1 版
印　　次: 2024 年 11 月第 1 次印刷
定　　价: 56.00 元
ISBN 978-7-5664-2680-2

策划编辑:汪　君
责任编辑:汪　君
责任校对:陈宣阳
装帧设计:李　军　孟献辉
美术编辑:李　军
责任印制:陈　如　孟献辉

序

桐城派是清代文坛作家人数最多、绵延时间最长、流衍区域最广、辐射力最强、影响力最大和留下作品最丰的流派，其继承了明代中后期桐城古文创作传统，在清初逐渐形成风尚，到乾嘉时期达到鼎盛，形成天下高文归一县的盛况，它的影响延续至民国乃至当代。桐城派引领了清代文化的发展，桐城派作家以古文创作彰显于世，他们的思想影响到清代社会的方方面面。所以，从研究层面来说，桐城派是一座富矿，只有多学科、多领域共同发力，才能阐述好其价值和当代意义。

晚清时期，吴汝纶是桐城派的杰出代表。他强烈要求废除科举制度，被清廷任命为京师大学堂总教习，亲赴日本考察学制，主张普及教育，重视职业教育、德育教育和体育教育，引导近代教育转型；主张“兼通新旧，融合中西”，呼吁学习西方先进的科学技术，广为传播《天演论》，在中华民族危亡之际，发出时代最强音，从思想观念上为中国近代转型作出了积极贡献。特别是吴汝纶主讲莲池书院长达十年，为京畿之地培养了一大批杰出人才。他们视野开阔，交游广泛，国学功底深厚，受西学思想影响较深，成为时代的弄潮儿。就在这一时期，桐城派学人有的担任驻外使节，如曾纪泽、黎庶昌、薛福成、郭嵩焘等，成为中国近代外交的开拓者；有的积极宣传西方科技和思想文化，如严复、林纾等，成为近代西方思想文化的传播者；有的留学海外，如刘春霖、吴闿生等，成为教坛上的一股新生力量。可以说，在清季民国这个时代大变局中，桐城派与时俱进、引领社会风尚的创新精神，忧国忧民的家国情怀，在吴汝纶培养的这批学人身上也充分彰显出来。

晚清桐城派学人经历朝代更替，虽有怀旧之情，但顺势抛弃长袍马褂，走在时代的前列，思考国家的前途和命运。他们积极入世、善于作为，成为许多代表性政治人物（袁世凯、徐树铮、徐世昌）的高参或智囊，在治国理政上贡献自己的智慧；在政治舞台上施展自己的才华与抱负；在大是大非面前立场鲜明，不忘初心；在文学、经学、史学等领域，继续展现功力，造就桐城派发展史上新的辉煌。这一时期，桐城派学人在史志编纂方面成就尤为突出，非常值学界关注与探究。

从桐城派形成之时起，学界对桐城派的关注、研究从未间断。21 世纪以来，随着人们对桐城派价值认识的不断深化，新的研究资料不断被发现，研究方法不断创新，研究的领域与内容不断拓展，研究的广度与深度持续推进，桐城派研究热潮陡然兴起，令人振奋。特别是许多青年才俊涌入研究队伍中，既增添了朝气活力，拓展了研究视野，又让学界看到了桐城派研究的未来和希望，许曾会博士便是其中的一位佼佼者。

安徽大学桐城派研究中心成立于 2013 年，许曾会博士于 2014 年入职安徽大学历史学院，便成为桐城派研究中心的骨干力量。十年来，许曾会博士勤勉工作，笔耕不辍，做到教学、科研兼顾，积极参加《桐城派十二讲》教材编写、课程教学，认真参与各种学术活动，把握学术前沿动态，不断推出新的研究成果，先后在《史学月刊》《史学史研究》等刊物上发表了很有见地的关于清季民国时期桐城派研究的系列论文，凸显了其独特的学术敏锐性，令学界刮目相看。这些也为桐城派研究中心的发展，作出了积极贡献。俗话说得好，十年磨一剑，正是这样的不懈努力，她今年获批国家社科基金青年项目，使自己的研究目标在国家级层面得到认可与肯定。与此同时，她精心修改的博士论文《清季民国桐城派史学研究》，得到学界好评和学校支持，将由安徽大学出版社出版。闻此喜讯，深表祝贺。

许曾会博士所著《清季民国桐城派史学研究》，专门讨论清季民国时期桐城派学人在史学领域的贡献，给人以耳目一新的感觉。桐城派这个精英群体大多以教学作文之道、编选范文之书、纂修史志典籍作为经世谋生的社会实践，不同时期呈现出各自不同的特点。许曾会博士通过考察清季民国时期桐城派学人编纂史学著作的丰富实践，阐述这一时期桐城派学人的史学观、史料运用与征引情况，梳理他们编纂《清史稿》、地方志及民国史的主要贡献和成就，总结他们史学思想的特点在于“强调求真与致用”“重视历史考据”“追求文字雅洁”“注重历史评论”等。由此可见，这一时期的桐城派学人努力建构属于自己，也属于时代的学术谱系，将史学著述的实践融入时代演进的思潮中，为传统史学向近现代史学转型作出了积极贡献。因此，许曾会博士在这一领域的积极探索，具有很高的学术价值，必将受到学界的关注和赞许。

在此书即将付梓之际，我和张成儒博士、卢子蒙博士有幸率先拜读，承蒙许曾会博士邀请，约我作序，在此谈一点学习感悟，权当交流。盛年正当时，明日又启程，期待许曾会博士在桐城派研究领域取得新的更大的成就。

是为序。

江小角

2024 年 10 月 18 日于问津楼

前　言

桐城派创始于清朝康熙、雍正年间，民国时期逐渐式微，宗派流演相嬗，前后延续二百余年。因其开宗立派的代表人物戴名世、方苞、刘大櫆、姚鼐皆是安徽桐城人，所以名曰桐城派。后经姚鼐及其门下弟子梅曾亮、方东树、姚莹等发展，影响渐至全国；又经过曾国藩及其门下弟子张裕钊、吴汝纶、薛福成、黎庶昌等发展，而成为名噪一时的学派。桐城派在前期不断发展，是由于其能“有所变而后大”且兼收并蓄。及至清季民国时期，已步入衰微，吴汝纶及其门下弟子尽管也像前辈那样“有所变”，但是在提倡白话文、废除古文的时代大潮流面前，他们也无能为力。

对于桐城派，以往学界习惯将其界定为一个文学流派，集中于桐城派的古文创作及文论的研究。不过随着研究视野和研究领域的不断开拓，越来越多的学者已经认识到桐城派研究不应该只限于文学方面。当代学人王达敏在《姚鼐与乾嘉学派》一书中将桐城派集大成者姚鼐不仅视为一文人，而且将其置于学术史的视野下，探讨了其和乾嘉学派的关系。王达敏认为桐城派既是一个以古文创作为主的文学流派，又是一个宗奉宋学的学术流派，学者总是从文学角度入手，把桐城派从当时的学坛整体中剥离出来，进行较为专门的作家作品研究。这样做，固然有助于厘清一些纯粹的文学问题，但是，这一研究角度忽略了桐城派作为一个学派侧身学坛的事实。[①] 欧明俊在《“文学”流派，还是“学术”流派？——“桐城派”界说之反思》中称，“桐城派”首先是一

① 王达敏：《姚鼐与乾嘉学派》，北京：学苑出版社，2007年，第5页。

个"学术"流派，应该被称作"桐城学派"，这是其原生态内涵，研究经学的，可以说它是经学流派；研究理学的，可以说它是理学流派；研究史学的，可以说它是史学流派；研究文学的，可以说它是文学流派。仅将其看成一个文学流派，是看轻了桐城派。①

"桐城学派"已逐渐成为学者们的共识。桐城派学人首先是学者，然后才是作家，治学比作文占有更重要的位置。而且他们的古文写作讲究雅洁清真、朴实平淡，并不是纯粹的文人之文，大多属于学者之文，是文与学并重的。② 桐城派的治学范围于传统学术中的经、史、子、集各方面无所不涉，尤重经史之学。著名史学家吴怀祺先生称"桐城学派不只有文学，还有史学，有经史之学；文中有史，有史论、有政论，文史之中皆有义，相互为用，融而为一体"。③ 桐城派在几百年的学术延续中，史学家或是史学造诣颇高的学者都不乏其人。梁启超在《中国近三百年学术史》中称桐城派的鼻祖戴名世"大抵南山考证史迹之恳挚，或不如力田、季野。而史识、史才，实一时无两，其遗集中《史论》《左氏辨》等篇，持论往往与章实斋暗合。彼生当《明史》馆久开之后，而不慊于史馆诸公之所为，常欲以独立私撰《明史》，又常与季野及刘继庄、蔡瞻岷约偕隐旧京共泐一史。然而中年饥驱潦倒，晚获一第，卒以史事罹大僇，可哀也！其史虽一字未成，然集中有遗文数篇，足觇史才之特绝"。④之后的方苞、刘大櫆、姚鼐，以及姚门弟子、曾门弟子、吴门弟子，每一代的桐城派学者都曾在史学领域作出比较大的贡献，也有着重要的影响。

由于桐城派延续时间长，且中间几经变化，要作整个桐城派的史学研究难度比较大，所以本书选择了其发展过程中的最后一个时段，即清

① 欧明俊：《"文学"流派，还是"学术"流派？——"桐城派"界说之反思》，载《安徽大学学报》，2011年第6期，第40～46页。

② 陈平原：《从文人之文到学者之文——明清散文研究》，北京：生活·读书·新知三联书店，2004年。作者在"开场白"中称，晚明的小品文乃典型的文人之文，独抒性灵，轻巧而倩丽。而清代的文章则大都属于学者之文，注重典制，朴实但大气。作者以为，清人"文""学"并重，值得仔细推敲。在该书所收录的众多名家之中便有桐城派大家姚鼐。

③ 吴怀祺：《桐城学术与时代》，见安徽省桐城派研究会编：《桐城派研究》第十五辑，合肥：合肥工业大学出版社，2013年，第1页。

④ 梁启超：《中国近三百年学术史》，北京：中国人民大学出版社，2012年，第286页。

季民国时期，从 1895 年至 1949 年，之所以选择这样一个时间段，主要有三个原因：

第一，时段的特殊性和复杂性。帝国主义侵略的加深，西学东渐浪潮的汹涌而至，清廷的衰亡和自救，以清政府为代表的封建专制的结束和中华民国的成立，民国后的军阀混战，新文化运动对中国传统文化的种种否定，等等，这一时期，这一风云变幻的时代会给桐城派学人及学术带来什么样的影响，学术思潮的变化与他们的学术之间存在什么关联，值得研究。

第二，这一时间段正好是桐城派余脉吴汝纶门下弟子群体的活动时间。戴逸先生曾将桐城派归纳为“七世传承”：戴名世、方苞为第一世，刘大櫆为第二世，姚鼐为第三世，“姚门五杰”梅曾亮、管同、刘开、方东树、姚莹为第四世，曾国藩、吴敏树、戴钧衡为第五世，曾国藩门下的“四大弟子”张裕钊、吴汝纶、黎庶昌、薛福成为第六世，吴汝纶之下的贺涛、姚永朴、姚永概、马其昶为第七世。① 吴门弟子，即为第七世桐城派，也正是本书要研究的桐城派群体。在甲午中日战争前后，吴门弟子开始逐渐产生影响，1903 年吴汝纶去世之后，以吴门弟子为代表的桐城派已为世人所知晓，并呈现了最后的辉煌。吴门弟子大都生于 19 世纪六七十年代，20 世纪三四十年代尚有不少健在者。因此，这一群体见证了桐城派衰亡、慢慢消逝于历史舞台的过程，是桐城派最后的守护者，他们的经历是前期桐城派学者所没有的。

第三，因为学界普遍认为新文化运动之后，桐城派即已消失，但实际上在新文化运动之后较长的一段时间内，桐城派依旧是有一定影响力的。吴门弟子创办刊物，组织团社，著书立说，还在延续着桐城派的发展。如 1921 年创办的《四存月刊》，该杂志由四存学会创办，四存学会的副会长即由吴门弟子赵衡担任，参与的桐城派学人更是不在少数，因此《四存月刊》便成为宣传桐城派的一个阵地。1927 年，马其昶的女婿张家猷创办《民彝》杂志，该杂志分“论著”“传述”“经谊”“子略”“艺数”“杂俎”“外编”“小说”等版块，除后面“外编”“小说”之外，其他版块基本上为桐城派学人所专属，马其昶、姚永朴、姚永

① 转引自程根荣主编：《桐城派名家文选》，合肥：安徽人民出版社，2008 年，第 281 页。这是戴逸先生在国家清史工程“桐城派文献整理项目”座谈会上的讲话。戴逸先生为《桐城派名家文集汇刊》提出了编撰要求。

概为主要撰述者。另有1932年在上海创办的《青鹤》杂志，一直发行到1937年，该杂志同样是宣传桐城派的一个阵地。由此可见，直至民国后期，桐城派依然是有着一定影响力的。

吴汝纶一生门徒众多，"往太夫子至父先生布教北方，门下注籍者数千人"。[①] 其子吴闿生编《吴门弟子集》，收录78位吴门弟子的诗文作品，同时还有待搜访者近百位。[②] 郭立志在《桐城吴先生年谱》中附录"门弟子表"，记录"可考见者"的弟子达197人。[③] 吴门弟子到底有多少人，没有确数，而且即使是不少"可考见者"，如今也已无法知晓其生平事迹。虽然吴汝纶的弟子众多，但是并不是每一位都有影响力并值得去研究。本书的研究对象"清季民国桐城派"是指出自吴汝纶门下声名颇著、在学术上有一定作为的弟子群体。

桐城派向来以经史之学为重，到了清末，经学地位开始下降，而史学地位在逐渐上升，如有学者所言：

> 学术界以学问能否经世作为高下之判，人们愈来愈认为经学不足以经世，而史学可以经世。从晚清科举废八股改试策论之后，士子阅读史书的分量便大幅增加了，到了废科举之后，在正规的学习中，经的分量便愈来愈淡薄，而史的分量愈来愈加强。[④]

因此，清季民国桐城派学人相较于前期学者而言，受时代的影响变得更加自觉地重视史学，他们参与官方正史、各类史书及方志的编纂，对经史典籍进行训诂、疏通、阐发，还总结出版了史学理论方面的书籍，史学活动相当活跃。因此，进行这一时期桐城派史学研究是非常有意义的。学界对以吴门弟子为代表的后期桐城派史学研究，主要集中于姚永朴、姚永概、马其昶三人，而实际上吴门弟子在清季民国史坛上有影响的远不止这三位。吴闿生、谷钟

---

① 贺培新：《北江先生文集序》，见吴闿生：《北江先生文集》，文学社藏版，1924年。

② 吴闿生编：《吴门弟子集》，莲池书社刊行，1930年。

③ 郭立志：《桐城吴先生年谱》，见沈云龙主编：《近代中国史料丛刊》第七十三辑，台北：文海出版社，1976年，第319页。

④ 王汎森：《近代中国的史家与史学》，上海：复旦大学出版社，2010年，第80页。

秀、尚秉和、贾恩绂、高步瀛等一些出自莲池书院的吴门弟子，他们于史学都是颇有建树的，却被学界长期忽视。本书考察清季民国桐城派史学，将挖掘许多至今不被重视的吴门弟子于史学方面的成绩，以此考察其史学特点，给予其客观的评价。[①]

① 目前学界对莲池书院的吴门弟子关注不多，其中仅有几篇对吴闿生、尚秉和、贾恩绂三位史学及相关学术方面的研究。张博：《吴闿生〈左传微〉评点艺术研究》，河南大学硕士学位论文，2013 年；李周峰：《尚秉和〈辛壬春秋〉浅述》，载《历史档案》，2012 年第 3 期；贾启伦：《贾恩绂与〈盐山新志〉》，载《河北师范大学学报》，1991 年第 4 期。

目　录

第一章　清季民国桐城派概述

桐城派开创于清朝康熙、雍正年间，民国时期逐渐式微，前后延续二百余年。因其开宗立派的代表人物戴名世、方苞、刘大櫆、姚鼐皆是安徽桐城人，所以名曰桐城派。桐城派流演相嬗[①]，代有传人，影响深远。戴逸先生曾将桐城派归纳为"七世传承"，即戴名世、方苞为第一世，刘大櫆为第二世，姚鼐为第三世，"姚门五杰"梅曾亮、管同、刘开、方东树、姚莹为第四世，曾国藩、吴敏树、戴钧衡为第五世，曾国藩门下的"四大弟子"张裕钊、吴汝纶、黎庶昌、薛福成为第六世，吴汝纶之下的贺涛、姚永朴、姚永概、马其昶为第七世。[②] 这里戴逸先生列举的是每一世中具有影响力和代表性的人物，当然还有一些其他人物。清季民国桐城派即是第七世桐城派，虽然这是整体上处于逐渐衰微的末代桐城派群体，但是由于之前桐城派的深远影响不会蓦然消失，也由于继承桐城派衣钵的弟子们不是坐以待毙而是积极作为，因此他们于清季民国的政治、学术产生过一定影响，是一个值得关注和研究的群体。[③]

---

① 陈三立在《抱润轩文集序》中称"桐城自方氏、刘氏、姚氏，迄于吴先生，宗派流演相嬗而名者十数辈"。参见马其昶：《抱润轩文集》，1933年刻本。

② 转引自程根荣主编：《桐城派名家文选》，合肥：安徽人民出版社，2008年，第281页。

③ 笔者曾以吴汝纶于莲池书院培养的弟子为主体，写过《桐城派之莲池俊秀——政治、学术、教育三界的跨越》一文，发表于《历史文献研究》总第32辑，上海：华东师范大学出版社，2013年。

第一节 清季民国桐城派群体构成及特点

清季民国桐城派群体是吴汝纶门下的精英弟子群体，主要来自河北、安徽两地。他们之间除同门关系外，尚存在同乡、血缘、姻亲等关系，自然使得这一派别比较有凝聚力。这些弟子都接受过传统的教育，且其中很多人于清末考取过功名，举人、进士不在少数，甚至还有状元。此外，他们在吴汝纶的教导之下，有着开放的思想和广阔的视野，不少人更是有留学日本的经历，这些都奠定了这一群体于日后在各方面施展才能的基础。

一、群体构成

吴汝纶门下弟子众多，1930 年吴闿生刊刻《吴门弟子集》，其中收录了 78 位吴门弟子，并称还有待搜访者近百位。① 1941 年，郭立志所著的《桐城吴先生年谱》后附“门弟子表”，指出吴汝纶“施教历年，门徒不可胜记，今册籍均已无存，仅采辑其可考见者”，仅“可考见者”已达 197 人，籍贯有河北、安徽、江苏、浙江、湖北、山东等地，另还有 3 位来自日本的弟子，这个表是经吴闿生审核过的。② 吴闿生的学生、贺涛之孙贺培新在给其师的文集作序时称“往太夫子至父先生布教北方，门下注籍者数千人”。③ 所以，吴门弟子到底有多少人，没有确数，只知道是个庞大的群体。但不是每一位弟子都有作为，清季民国桐城派群体指的是吴门弟子中的精英群体。关于这一精英群体包括哪些人，本书以《吴门弟子集》及《桐城吴先生年谱》的“门弟子表”中所列人物为参考标准，从中圈定精英人物。下面将清季民国桐城派中有一定影响力的弟子的生卒年、籍贯、所取得功名及清季民国所任官职、教职等情况以表格形式列

---

① 吴闿生编：《吴门弟子集》，莲池书社刊行，1930 年。

② 郭立志：《桐城吴先生年谱》，见沈云龙主编：《近代中国史料丛刊》第七十三辑，台北：文海出版社，1976 年，第 319 页。

③ 贺培新：《北江先生文集序》，见吴闿生：《北江先生文集》，文学社藏版，1924 年。

出，以便直观了解①：

表 1-1　吴门主要弟子信息

姓名(字或号)	生卒年	籍贯	功名	官职(清季、民国)	任教学校
马其昶(通伯)	1855—1930	安徽桐城	举人	学部主事、参政院参政	安徽高等学堂、北京法政学堂、京师大学堂
姚永朴(仲实)	1861—1939	安徽桐城	举人	学部咨议官	安徽高等学堂、京师大学堂、北京大学、东吴大学、安徽大学
姚永概(叔节)	1866—1923	安徽桐城	举人		安徽高等学堂、北京大学
李德膏(光炯)	1870—1941	安徽桐城	举人	安徽都督府秘书长	湖南高等学堂、安徽公学
吴闿生(辟疆)	1879—1949	安徽桐城	诸生	度支部总长、教育部次长	北京大学、奉天萃升书院、莲池讲学院
弓汝恒(子贞)	1842—1914	直隶安平	副贡		
张以南(化臣)	1846—1923	直隶沧州	诸生		
贺涛(松坡)	1849—1912	直隶武强	进士	刑部主事	信都书院、莲池文学馆
阎凤阁(瑞庭)	1857—?	直隶高阳	举人	直隶省咨议局议长	

① 范当世为吴门弟子向来是没有异议的，此表格中没有列出，是由于《吴门弟子集》和《桐城吴先生年谱》"门弟子表"都没有将其列入，郭立志解释"新城王树楠晋卿、通州范当世肯堂、侯官严复几道、林纾琴南四人，皆执贽请业愿居门下，而公谢不敢当"。此外，范当世 1905 年便去世，所以便不作考虑。吴闿生为吴汝纶之子，自幼师承家学，后从姚永概、贺涛问学，毫无疑问应为清季民国桐城派一员，且是比较重要的一员。表格中的空白处为信息不详。

续表

姓名(字或号)	生卒年	籍贯	功名	官职(清季、民国)	任教学校
阎志廉(鹤泉)	1858—1914年前后	直隶安平	进士	翰林院检讨	莲池文学馆
严修(范孙)	1860—1929	直隶三河	进士	翰林院编修、贵州学政、直隶学校司督办、学部侍郎	
刘若曾(仲鲁)	1860—1928	直隶盐山	进士	大理院正卿、直隶省长	
王瑚(铁珊)	1865—1933	直隶定县	进士	京兆尹、江苏省省长	辅仁大学
吴鼎昌(蔼辰)	1865—?	直隶清苑	举人	直隶省视学、陕西省教育厅长、河南省教育厅长	
赵衡(湘帆)	1865—1926	直隶冀州	举人		信都书院、文瑞书院
贾恩绂(佩卿)	1866—1948	直隶盐山	举人	直隶省咨议局议员	定州学堂、莲池讲学院
齐福丕(懋轩)	1867—1919	直隶南宫	举人	武定府知府	定州学堂
李景濂(右周)	1869—1939	直隶邯郸	进士	学部主事、国会议员	北京大学
杜之堂(显阁)	1869—1928	直隶广宗	诸生		
尚秉和(节之)	1870—1950	直隶行唐	进士	巡警部主事、内务部科长	京师大学堂、北京大学、中国大学、莲池讲学院
刘培极(宗尧)	1870—1955	直隶任丘	诸生		莲池讲学院
梁建章(式堂)	1871—1937	直隶大城	举人	直隶省实业司司长、筹备国会事务局局长	

续表

姓名(字或号)	生卒年	籍贯	功名	官职(清季、民国)	任教学校
常堉璋(济生)	1871—1934年后	直隶饶阳	副贡	兵部郎中、国会议员	
刘春霖(润琴)	1872—1944	直隶肃宁	状元	翰林院修撰、大总统府秘书、河北教育厅长	
李刚己(刚己)	1872—1914	直隶南宫	进士	大同府知府	保定高等师范学堂
刘登瀛(际唐)		直隶南宫	举人		保定高等师范学堂、河北大学、山西大学
傅增濬(学渊)	1870—1909	四川江安	进士	吏部主事	
傅增湘(沅叔)	1872—1949	四川江安	进士	贵州学政、直隶提学使	
高步瀛(阆仙)	1873—1940	直隶霸县	举人	学部主事、教育部社会司司长	奉天萃升书院、莲池讲学院、中国大学、北京师范大学、辅仁大学
韩德铭(乾谷)	1872—1927	直隶高阳	诸生	勋三位虔威将军	
王振尧(古愚)	1873—1920	直隶定州	举人	直隶省咨议局副议长、国会议员、大总统府秘书	
谷钟秀(九峰)	1874—1949	直隶定州	诸生	国会议员、农商总长、筹备国会事务局委员长	直隶高等师范学校
吴錢孙(彭秋)	1872—1929	河南固始	举人	直隶全省警务处总办、京师外城巡警总厅厅丞	
吴笈孙(世缃)	1875—1947	河南固始	诸生	巡警部主事、大总统府秘书长	
张宗瑛(献群)	1878—1910	直隶南皮			

续表

姓名(字或号)	生卒年	籍贯	功名	官职(清季、民国)	任教学校
籍忠寅(亮侪)	1877—1930	直隶任丘	举人	国会议员、云南省财政厅长、筹备国会事务局委员长	天津北洋法政专门学堂
刘乃晟(莘西)	?—1929	直隶衡水	举人	知县	
邓毓怡(和甫)	1880—1929	直隶大城	诸生	国会议员、总统府咨议、国务院咨议	天津北洋法政专门学堂、北洋女子师范学堂
马鉴滢(晓珊)		直隶定州	举人	广东候补知府、陆军部秘书、直隶学务处查学	保定高等师范学校
武锡珏(合之)		直隶深州	诸生		河北大学
邢之襄(赞亭)①	1880—1972	直隶南宫	诸生	国民政府司法部参事督办、天津市政府秘书长	

二、群体特点

(一)关系紧密

从表1-1可以看出,吴门弟子主要来自安徽、河北两地②,比较集中,而地域的集中,在一定程度上加强了群体内部的凝聚力。安徽的弟子主要来自吴汝纶故乡桐城,吴汝纶垂教北方30余年,其生平主要活动虽在河北地区展开,但其声名在桐城早已远扬,所以一些乡梓后进慕名而投其门下,如马其昶、姚永朴、姚永概等。姚永概于光绪十八年(1892)五月初十到达莲池书院,在日记中描述见到吴汝纶时的心情:"十余年怀思之人,一旦得亲风采,殊足乐也。"③对于这些乡梓后进,吴汝纶都器重且提携有加。《吴门弟子集》中所

① 中央文史研究馆网站中显示邢之襄为中央文史研究馆第二任副馆长。

② 清末民初直隶省包括今河北、天津、北京等地,1928年直隶省改名为河北省。书中所指河北,包括天津、北京。

③ 姚永概著,沈寂等标点:《慎宜轩日记》(上),合肥:黄山书社,2010年,第499页。

举的78位弟子，除了马其昶、姚永朴、姚永概、李德膏和吴闿生5人来自安徽，傅增湘、傅增濬二人来自四川，吴笈孙、吴镂孙来自河南，其余皆来自当时的直隶省（今河北省）。《桐城吴先生年谱》附"门弟子表"中所记载河北弟子达160人，其中就包括了傅增湘、傅增濬、吴笈孙，因为他们都是年幼之时便随父宦居保定，后一直在此处成长生活，已与当地人没有区别。河北的弟子主要是吴汝纶在直隶地区为官及辞官后主持莲池书院的30年间所收的生徒。如贺涛、弓汝恒为吴汝纶知深州时所收之弟子，严修为吴汝纶在天津为官时收入门下的弟子。1889年，吴汝纶辞官，后主持莲池书院10余年，莲池书院成为直隶莘莘学子无限向往的地方，吴门弟子队伍得到进一步壮大。

除地域集中外，吴门弟子彼此之间存在着师友、血缘、姻亲、同乡、同门等多层亲密关系，这无疑又加强了这一派别的内部团结。师生关系如吴闿生曾受业于贺涛、姚永概，刘乃晟、张献群、赵衡师事过贺涛，刘声木在《桐城文学渊源撰述考》中记载弓汝恒还曾师事姚永朴。[①] 血缘关系如马用三、马鉴滢为父子，姚永朴和姚永概、傅增湘和傅增濬为兄弟，王振尧和王铁珊为堂兄弟，邓毓怡和常堉璋为表兄弟，父子兄弟自为师友。姻亲关系有马其昶为姚永朴、姚永概的姐夫，姚永朴之妻为马其昶之妹，马其昶、姚永概为儿女亲家，吴闿生之妹嫁姚永朴、姚永概之弟，籍忠寅为常堉璋、邓毓怡的舅舅。至于同乡、朋友的关系则更不用多说。民国后这些人大都活动于北京，年辈稍长的如马其昶、姚永朴、姚永概长期在北京任教、任清史馆纂修，年辈晚的莲池弟子也是居京师为多，年长辈之间、年长辈与年轻辈之间、年轻辈弟子之间在学术上、生活上的各种交往都非常频繁。在姚永概的日记中有很多关于其与年轻辈弟子来往的记载，如与李景濂、吴闿生、赵衡、尚秉和、谷钟秀、刘乃晟、贾恩绂等人经常见面。[②] 年轻辈弟子之间交往更是频繁，"莲池曩日同门，寓居北京者尚有二十余人，时为文字之饮"。[③] 在这些吴门弟子的文集或诗集中，充满着彼此往来、唱和的记载，情谊之深溢于言表。1936年，河北省主席宋

---

① 刘声木撰，徐天祥点校：《桐城文学渊源撰述考》，合肥：黄山书社，1989年，第294页。

② 姚永概著，沈寂等标点：《慎宜轩日记》，合肥：黄山书社，2010年。

③ 邢赞亭：《莲池书院旧忆・莲池俊秀》，见河北省政协文史资料委员会编：《河北文史集粹・教育卷》，石家庄：河北人民出版社，1991年，第7～8页。

哲元倡议在以前莲池书院的旧址上建立莲池讲学院,“以研究国故,沟通新旧学术,造就通才为宗旨”①,该院筹备委员会委员有莲池书院出身的梁建章和谷钟秀,梁建章任会长。1937 年,梁建章及另一位莲池学子邢赞亭分任莲池讲学院正、副院长。莲池讲学院的教授吴闿生、高步瀛、尚秉和、贾恩绂、刘培极,无一例外都是桐城派学人。② 其实桐城派学人常常多到同一地方任教,如民国初马其昶、姚永朴、姚永概、李景濂在北大执教,姚永概、姚永朴执教于安徽高等学堂,20 世纪 20 年代后期吴闿生、高步瀛、尚秉和北上执教于奉天萃升书院,30 年代初高步瀛、尚秉和执教于中国大学。虽然从时间上看,他们是两代人,影响于学术界略有先后,但是由于所处的文化语境基本相同,加上彼此之间存在着亲密的关系,因而在思想与话语上表现出许多相同的特点。这些因素的存在,使得清季民国桐城派更具凝聚力、稳固性,在一段时间里产生一定的影响力。

(二)思想开放

桐城派并不是人们想象中一副保守顽固的形象,实际上从创始之际,就有着兼容并包,有所变而后大的开放思想,这是该派在发展过程中的一种重要精神。清季民国桐城派学人师从吴汝纶,大部分出自莲池书院。作为这一派别的精神导师,吴汝纶早年跟随曾国藩、李鸿章提倡洋务,思想比较先进和开放,其对弟子的教育是“必使博知世变,易其守旧,谓非举中外学术会于一冶,以陶铸而裁成之,终不能成有用之材”。③因此“日以高文典册摩厉多士,一时才俊之士奋起云兴,标英声而腾茂实者,先后相望不绝也。己丑以后,风会大开,士既相竞以文词,而尤重中外大势、东西国政法有用之学。畿辅人才

① 宋哲元:《为设立河北省莲池讲学院致所属各机关令》,收录于中国国民党党史委员会编辑的《宋哲元先生文集》中。宋哲元与桐城派弟子梁建章、贾恩绂关系非常亲密,1932 年,宋哲元在任察哈尔省主席时便邀请梁建章为省志总纂。

② 任启圣:《河北莲池讲学院始末》,见党德信总主编,马玉田、舒乙主编,中国人民政治协商会议全国委员会文史资料委员会编:《文史资料存稿选编·教育》,北京:中国文史出版社,2002 年,第 236～243 页。

③ 邢赞亭:《莲池书院回忆录》,见中国人民政治协商会议河北省委员会文史资料研究委员会编:《河北文史资料选辑》第一辑,石家庄:河北人民出版社,1980 年,第 225 页。

之盛甲于天下，取巍科登显仕，大率莲池高第，江浙川粤各省望风敛避，莫敢抗衡。其声势可谓盛哉”。[①] 从中可知，吴汝纶的教育观念和实践在当时都是比较先进的，融汇中西古今，弟子们既学习传统的“高文典册”，又“标英声”学习英文(其实还有日文)，重视有用之学。吴汝纶鼓励弟子们出国留学，出国留学的弟子比较多，尤其是年轻辈弟子去日本短暂游历的更是不在少数。[②] 这样的教育培养出的弟子必然不会是顽固不化的，相反，他们不管是在知识水平上，还是在眼界上、思想上，都是比较开放和先进的。中西合璧的教育奠定了清季民国桐城派群体在政治上的与时俱进，他们宣传西方科技和文化，他们对清末政府腐败黑暗表示不满，他们推行立宪，促进新政，在对清廷彻底失望后，又投身于革命。国体变更之后，他们依然积极融入时代潮流。后期桐城派在学术上、教育上的开放思想虽然不如政治上的激进，但是也是能有所变和求新的，如重视接受西方先进的思想，并尝试用此指导自己的学术研究；在教育上接受西方一些先进的教育理念，并在实践中身体力行。只是桐城派学人的变化始终赶不上时代的变化罢了。

(三)跨越政、学两界

由吴门弟子构成的桐城派群体，在清末民初“或仕宦有声绩，或客游各省佐行新政，或用新学开导乡里，或游学外国归而提倡风气，或以鸿儒硕彦为后生所依归……颠覆帝制，建立民国，多与有力焉。国体既更，诸君大氐居议院，为代议士，或绸缪政学，驰骋用力于上下”。[③] 可见他们在政治上、学术上都颇有影响力。

从表 1-1 可以看出，清季民国桐城派群体中于晚清政府、民国政府任过官职的不在少数，如阎凤阁、王振尧曾分别担任清末直隶省咨议局的议长和副议长，刘若曾担任过大理院正卿、直隶省长，王瑚担任过京兆尹、江苏省省长，谷钟秀担任过农商总长，吴闿生、高步瀛、傅增湘在教育部任职。此外，为

① 吴闿生:《吴门弟子集·序》，莲池书社刊行，1930 年。

② 邓毓怡、籍忠寅、谷钟秀、吴闿生入日本东京早稻田大学，邢赞亭入东京帝国大学，梁建章、刘春霖、阎凤阁入日本政法大学，高步瀛、王振尧入日本宏文师范学院。

③ 吴闿生:《吴门弟子集·序》，莲池书社刊行，1930 年。

高官幕僚更是比比皆是，如吴闿生、王振尧为袁世凯幕僚，赵衡为徐世昌幕僚，谷钟秀、梁建章、王瑚为冯玉祥幕僚。因此，他们得以结识很多达官贵人，游走于政治上层，且与这些人结下深厚的情谊。如徐树铮与桐城派有着非同一般的亲密关系，刘声木在《桐城文学渊源撰述考》中便将其列为桐城派弟子。这实际上表明清季民国时期的桐城派是能与时俱进的，在政治上不是所谓的遗老。相反，他们大都以积极的心态面对新时代的到来，投身于当时的政治环境中，并希望以己之力为社会的改善作出努力。

清季民国桐城派学人虽然在政治上有一定作为，但是从整体来看，他们之所以有影响，主要是因为他们的学术成就。他们于经学、文学、史学等传统学术领域都颇有成就。经学上，几乎于六经无所不研，其中有影响的如尚秉和的《易学》研究，马其昶的《毛诗》研究、《周易》研究，高步瀛的《三礼》研究，吴闿生的《左传》研究、《尚书》研究，李景濂的《左传》研究，等等，都有相关著作刊行；文学上，姚永概的诗歌，马其昶的古文，吴闿生的文学评点，高步瀛的文选研究，都有一定的影响；史学上，有《清史稿》的参修，有当代史、中国通史、世界史、人物传记、方志和地理的编撰和翻译。此外，他们不少人对佛学还颇有研究，如马其昶、刘培极、尚秉和等都有专门的佛学著作。可见，清季民国桐城派学人是有不少学术作为的。而且在他们的周围，还聚集着那个时代很多声名显著的人物，如严复、林纾①、王树楠、柯劭忞②、陈三立、夏曾佑，等等，他们往来频繁，进行学术交流，在一定程度上也扩大了清季民国桐城派的学术影响力。

清季民国桐城派学人在学术上的另一个体现，便是有一个重要的身

---

① 严复(1854—1921)，字又陵，又字几道，福建侯官(今福州)人。林纾(1852—1924)，字琴南，号畏庐，福建闽县(今福州)人。二人都以用古文翻译西方著作闻名学界，与桐城派的关系紧密。吴汝纶曾为严复翻译的《天演论》《原富》等多种著作作序，在与严复论翻译时，重申桐城派所倡导的“雅洁”，而严复受其影响，提出翻译的三大标准“信、达、雅”。严复还曾被姚永概邀请任安徽高等学堂的监督。林纾的古文理论作品《春觉斋论文》，专讲桐城古文写作的经验和方法。郭立志称严复、林纾皆自愿居吴汝纶门下，而吴汝纶谢不敢当。

② 王树楠(1851—1936)，字晋卿，号陶庐老人，河北新城人，近代经学家、史学家、方志名家。柯劭忞(1850—1933)，字凤荪，号蓼园，山东胶州人，近代经学家、历史学家，吴汝纶的女婿。

份——老师，他们多以教书为职。正如有学者所说："从'桐城派'作者来说，最突出的一点，还是他们几乎无一不是以教书为职业……凡为'桐城文'者亦多职为教师，且往往终身乐之不倦。"[①]清季民国桐城派学人依旧如此，民国前在学堂任教，民国后大都任职于各高校。如马其昶、姚永朴、姚永概、李景濂、吴闿生、尚秉和等人都在北京大学任职过；高步瀛光绪年间任教于畿辅大学堂、保定优级师范学堂，1927 年辞去官职后任教于北京师范大学、女子师范大学，1930 年赴沈阳萃升书院主讲文学，"九一八"事变后继续任教于北京师范大学、中国大学，后兼任保定莲池讲学院教席，1939 年任教于辅仁大学。可见，清季民国桐城派学人在很多重要的高校教书，这不仅让他们有比较好的环境去创作，有益于自身学术的发展和进步，而且使得他们的学术得以传承，有了再传弟子，使得桐城派没有在新时代的冲击下很快成为"绝学"。

第二节　清季民国桐城派的学术活动

清季民国桐城派学人虽然在政治、学术、教育等方面都颇有作为，但是他们的主要影响力还是在学术上。他们在中国最高学府北京大学执教过，入民国政府组织的清史馆编修清史，编撰了许多学术著作，编修编译了大量教科书、讲义，还曾创办过不少与学术相关的报刊和团社等。这些学术活动彰显了桐城派的影响力。关于清季民国桐城派学人参修清史的活动，第二章有详细阐述，此不赘言；桐城派学人编修编译教科书、讲义之外的学术论著，在相关章节中也有论述。这里注重对桐城派学人执教于北京大学、编修（译）教科书和讲义，以及创办报刊和团社等学术活动作一介绍。

一、执教于北京大学

清末民初桐城派弟子及与其关系密切的学人纷纷执教于当时中国最高学府京师大学堂及后来的北京大学，一度彰显了桐城派的影响力和号召力。

---

① 吴孟复：《桐城文派述论》，合肥：安徽教育出版社，2001 年，第 18～19 页。

1902年，吴汝纶在管学大臣张百熙的坚请下，出任京师大学堂总教习，严复任京师大学堂译书局总办，林纾任京师大学堂译书局笔述。吴汝纶于同年赴日本考察学制，并撰有《东游丛录》一书，详细介绍了日本的教育状况，并提出中国教育学制的蓝图，只是很遗憾，1903年吴汝纶去世。

1910年，马其昶、姚永朴二人于正月被聘入京师大学堂，为经文科教员，林纾、陈衍此时也为经文科教员。吴汝纶女婿柯劭忞任经科总监督，并署理京师大学堂总监督。其中，马其昶正月任职，三月离开。1911年2月，桐城派年轻辈弟子尚秉和担任高等科教员，高等科于1912年5月改为预科。1912年4月，柯劭忞离开。5月，京师大学堂更名为北京大学，严复为第一任校长。严复聘姚永概任文科教习及文科教务长，年轻辈弟子李景濂担任预科及文科教习，吴闿生任预科教务长。一时间他们借北京大学这个平台宣传桐城派，并以此享誉京师。但是好景不长，严复于1912年10月辞去校长一职，12月，尚秉和、吴闿生离开。1913年，林纾、陈衍、姚永概先后离开北京大学。姚永朴一直任教至1917年，但是曾于1913年3月辞职，同年11月复行来校。李景濂于1913年离任文科教习，任哲学门教员。①

1913年前后，桐城派学人及与其关系密切的学人纷纷离开北京大学是有原因的。桐城派在北京大学与以章太炎弟子为代表的文选派的学派之争成为一件学术公案，不仅在当时学术界比较有影响，而且关系到桐城派自身的发展。1912年，严复离开北大，新任校长何燏时开始大量引进章太炎弟子，1913年，沈兼士、朱希祖、马裕藻、钱玄同纷纷进入北京大学。② 章门弟子喜乾嘉朴学，褒魏晋文章，极力表彰以《文选》为代表的六朝骈文，而贬韩、柳、欧、苏，显然与桐城派倡导程朱理学、唐宋古文有别。章门弟子在进入北京大学后“对严复手下的旧人则采取一致立场，认为那些老朽应当让位，大学堂的

---

① 北京大学校史研究室编：《北京大学史料》第一卷，北京：北京大学出版社，1993年，第328～346页。

② 参见潘务正《晚清民国桐城文派年表简编》（《古典文献研究》，2006年）及姚永概《慎宜轩日记》（黄山书社，2010年）。

阵地应当由我们来占领”。[①] 为了占领北京大学文科阵地，他们发起了对桐城派的种种攻击。如朱希祖便批评桐城派文人为“空疏之士”，与汉学为敌，只不过是为了“掩其不知经术之耻”。[②] 面对文选派的挑战，姚永概等人选择主动放弃，于1913年离开北京大学，他曾说“若畏庐者，殆余所谓可信者也。光绪庚戌，余始识之于京师。及壬子癸丑共事大学堂，既皆不合以去”。[③] 林纾在姚永概离开北大后在写给其信中称：

> 敝在庸妄巨子，剽袭汉人余唾，以挦扯为能，以饤饾为富，补缀以古子之断句，涂垩以说文之奇字，意境义法。概置弗讲，侈言于众……腾噪于京师，极力排媢姚氏，昌其师说，意可以口舌之力，挠蔑正宗。[④]

在北京大学从教时间最长的是姚永朴。姚永概、林纾走后，他势单力薄，孤军作战，“亲身经历了最高学府里桐城势力之由盛而衰，以致被章门弟子及师友‘扫地出门’的全过程，不曾主动出击、但也身不由己地介入文派之争”。[⑤] 1916年，蔡元培任北京大学校长时，章门弟子在北京大学已形成气候，但是文选派代替桐城派只不过是以旧易旧，蔡元培认为“文科教员中，顽固守旧的多，是北大前进的障碍”。[⑥] 1917年，蔡元培聘陈独秀主持北京大学文科工作，随后李大钊、刘半农、鲁迅、周作人、胡适相继进入北京大学。这些新文化运动的干将们以北京大学和《新青年》为阵地，向旧文学、旧文化发起了猛烈的攻击。胡适、陈独秀先后发表《文学改良刍议》和《文学革命论》，以桐城派、文选派为靶子，提倡白话文，反对文言文。陈独秀径呼归、方、刘、姚与前七子、后七子为十八妖魔，认为桐城派只是“八家与八股之混合体”。[⑦] 而本

---

① 沈尹默：《我和北大》，见中国人民政治协商会议全国委员会文史资料研究委员会编：《文史资料选辑》第一辑，北京：中华书局，1979年。

② 朱希祖：《中国文学史要略》，见《朱希祖先生文集》第一册，台北：九思出版有限公司，1979年，第440页。

③ 姚永概：《畏庐续集·序》，见林纾：《畏庐续集》，北京：中国书店，1985年，第1页。

④ 林纾：《与姚叔节书》，见《畏庐续集》，北京：中国书店，1985年，第16页。

⑤ 陈平原：《古典散文的现代阐释》，载《中山大学学报》，2004年第6期，第25页。

⑥ 萧超然等编著：《北京大学校史》(增订本)，北京：北京大学出版社，1988年，第55页。

⑦ 陈独秀：《文学革命论》，载《新青年》，1917年2月。

是章门弟子的古文大家钱玄同竟然对陈独秀、胡适二人积极响应，直呼“桐城谬种”。

1917年11月，姚永朴面对新文化运动的冲击，辞职后离开北京大学。姚永朴的离开标志着桐城派彻底放弃了北京大学这个学术文化中心，桐城派正在一步步走向式微。当时的新文化派对桐城派全盘否定，猛烈攻击，以此来打倒旧文学，树立新文学，从另一个角度来看也反映了桐城派的影响力。值得一提的是，面对攻击自己的新文化派，桐城派学人依然能做到以德报怨。1919年，陈独秀因言论过激被捕，安徽同乡会联名上书政府要求释放陈独秀，马其昶、姚永概亦在署名之列，胡适因此感慨“这个黑暗里还有一线光明”。[①]

二、编修(译)教科书、讲义

前文提及清季民国桐城派学人多以著书育人为业，为学兴教，培养人才，是桐城派一以贯之的家法。虽然有些人并非长期从事教育，但是基本上有过教学经历，甚至有些人创办过学校。他们或在清末学堂进行教学，或在民国后的大学里教学。因为教师职业的需要，清季民国桐城派学人一个重要的学术活动便是编修(译)教科书和讲义。这里所谓的教科书，是指由官方刊行，且作为多数地区学校的课本，有一定影响力；讲义一般是为一学校专用的，或刊行或没有刊行。实际上，桐城派学人很多学术著作就是他们的讲义，是他们为教学而编，然后在教学中又进一步完善，最后刊行。对于桐城派学人这样一个多有教师身份的学术群体，教科书、讲义便是他们学术著作的最主要组成部分，当然也存在不是为教学而编的学术著作，尤其是一些史学著作，大都是因为有自觉地写史存史的意识，这将在后文中论及。

教科书和讲义是学术思想的表现和成果，是桐城派学人学术构成的一个重要部分。此外，桐城派学人的教科书编写，有不少是翻译国外的教科书。清季民国桐城派学人编(译)教科书、讲义数量非常多，涉及的领域广，涵盖文

① 胡适著，耿云志、欧阳哲生编：《胡适书信集·致陈独秀》，北京：北京大学出版社，1996年，第367页。

学、经学、史学、地理学、经济学、伦理学、法律学，等等。下面以表格的形式说明其大概情况：

表 1-2　吴门弟子编修(译)教科书、讲义

姓名	教科书	讲义	备注
马其昶	《礼记节本》	《周易费氏学》	《礼记节本》为清末学部所编礼经教材，《周易费氏学》为主讲安徽庐江潜川书院的讲义
姚永朴	《中等伦理学》①	《国文学》《群经考略》《群儒考略》《诸子考略》《小学广》《春秋左传通论》《文学研究法》《史学研究法》《论语述义》《正志小学修身教科书》《史事举要》	《国文学》为清末京师法政学堂讲义，《群经考略》《群儒考略》《诸子考略》《小学广》《春秋左传通论》为清末安徽高等学堂讲义，《文学研究法》《史学研究法》为北京大学讲义，《论语述义》《正志小学修身教科书》《史事举要》为正志学校讲义
姚永概		《初学古文读本》、《历朝经世文钞》②、《孟子讲义》、《左传讲义》、《大学章义》	均为正志中学讲义
吴闿生	《法律学教科书》(译自日文)、《大学讲义》(译自日文)③、《桐城吴氏文法教科书》、《古文范》	《尚书衍义》《文学讲义》	《法律学教科书》1905 年编译刊行，《桐城吴氏文法教科书》1909 年刊行，《古文范》1927 年刊行，《尚书衍义》《文学讲义》为莲池讲学院讲义

① 《中等伦理学》为姚永朴编，廉泉校阅，1906 年由文明书局刊行。廉泉(1868—1931)，字惠卿，号南湖，又号岫云、小万柳居士，无锡城内水獭桥人。参与过“公车上书”。光绪年间任户部主事、户部郎中，后移居上海创办文明书局。其妻吴芝瑛为吴汝纶的侄女。1904 年，由汪承镛编辑、廉泉删定、吴闿生校阅而成的《高等小学国史教科书》由文明书局刊行。廉泉还编有《国粹教科书》，1906 年由文明书局刊行。

② 《初学古文读本》《历朝经世文钞》均为姚永概与姚永朴合编，为二人执教于正志中学时所编的古文选本教材，《初学古文读本》现已失逸，只能从姚永朴为姚永概所写的《叔弟行略》中得知，《历朝经世文钞》刊行时间则在 1918 年之后。

③ 吴闿生《大学讲义》现已不得观，只是从吴汝纶写给其书信中得知，“汝译《大学讲义》甚佳，中国尚不知《大学》‘之’‘无’，书未必畅销，日本留学生中或可售，日本人欲学汉文者或亦愿买，或转托谷九峰等传播于京师学堂，渐冀流传”。(吴汝纶撰，施培毅、徐寿凯校点：《吴汝纶全集》第三册，合肥：黄山书社，2002 年，第 604 页。)

续表

姓名	教科书	讲义	备注
高步瀛	《初等小学堂格致教科书》①	《姚氏〈古文辞类纂〉》《三礼举要》《骈文举要》《选学举要》《周秦文举要笺证》《汉文举要笺证》《魏晋文举要笺证》《六朝文举要笺证》《明清文举要笺证甲编》《唐宋文举要甲编散文》《唐宋文举要乙编骈文》《史记别录》《史记举要》《文章源流》《古礼制研究》	《初等小学堂格致教科书》1905年刊行,《姚氏〈古文辞类纂〉》为北京高等师范学校讲义,《三礼举要》《骈文举要》为奉天萃升书院讲义,《选学举要》《周秦文举要笺证》《汉文举要笺证》《魏晋文举要笺证》《六朝文举要笺证》《明清文举要笺证甲编》《唐宋文举要甲编散文》《唐宋文举要乙编骈文》为中国大学的讲义,《史记别录》《文章源流》为莲池讲学院讲义,《古礼制研究》为辅仁大学讲义
尚秉和		《古文讲授谈》《国文讲义》《诗经讲义》《周易尚氏学》	《古文讲授谈》为1910年刊行的家塾课本,《国文讲义》为中国大学讲义,《诗经讲义》《周易尚氏学》为莲池讲学院讲义
刘乃晟、常堉璋	《中国历史课本》		1905年刊行的高等小学以上的历史教科书
王振尧	《中国地理》		清末蒙学第五年地理教科书
李景濂	《中国地理》、《心理学教科书》(编译)②	《左氏讲义》、《历史讲义》、《宋学讲义》③	《左氏讲义》《历史讲义》《宋学讲义》为北京大学讲义
赵衡	《四十二篇文钞》④		
李刚己	《中小学堂古文词读本》		1905年刊行

① 与吴闿生合编。

② 《心理学教科书》原作者为日本的大濑甚太郎、立柄教俊,译述者为张云阁,校修者为李景濂,可以算作我国最早翻译的日本心理学教科书。1903年,直隶学务处排印局印刷。

③ 《左氏讲义》《历史讲义》两部讲义为手稿,没有出版,笔者于网上发现北京华夏藏珍国际拍卖有限公司于2012年8月拍卖李景濂的两部讲义手稿。(网址为 http://pmgs.kongfz.com/detail/103_311602/.)《宋学讲义》为李景濂任北大哲学门教员所编的讲义。

④ 此选本现已无法找到,只能从赵衡的《序异斋文集》中的文章《四十二篇文钞序言》可以知道有此本。

续表

姓名	教科书	讲义	备注
刘培极		《春秋左氏传讲义》《周礼要义》	均为莲池讲学院讲义
贾恩绂	《地文学》《地理学》《地质学》	《定武学记》	《地文学》《地理学》《地质学》为河北蒙学课本，《定武学记》为河北定州学堂讲义
邓毓怡	《矿物界教科书》（编译）		1907 年由河北译书社刊行的中学教科书
邢之襄	《矿物学》（编译）		1907 年由河北译书社刊行
谷钟秀	《最近统合外国地理》（编译）、《最新外国地理》（民国后再次刊行）		《最近统合外国地理》为 1907 年刊行的中学堂及师范学堂的教科书，《最新外国地理》1916 年刊行，被教育部定为中学教科书
武锡珏	《经济学教科书》（编译）		1908 年由山东编书局刊行
刘登瀛	《高等师范伦理讲义》		1908 年刊行

三、创办报刊、团社

清季民国桐城派学人在当时比较热衷于参与创办报刊和团社，虽然有的并不是单纯为了学术，而是与政治有关。这些报刊和团社往往成为桐城派学人的学术阵地，成为宣传桐城派学术思想的重要窗口。其中，较有影响力的有常堉璋、邓毓怡创办的《经济丛编》，谷钟秀创办的《正谊杂志》，高步瀛创办的国群铸一社，清季民国桐城派学人参与创办的四存学会及《四存月刊》，邓毓怡创办的宪法学会及《宪法论丛》等。

常堉璋、邓毓怡早年曾协助吴汝纶创办报纸、译书局及印行杂志。马其昶的外孙舒芜曾讲述他的好友李经国收藏了吴汝纶的 25 封信件，是现已出版的《吴汝纶全集》里所没有收录的，这些信件是给常堉璋的，大都写于八国联军侵华之时，信中提到吴汝纶避乱于直隶深州，指导常堉璋筹办报纸，具体到如何集股，如何购买印刷机器，如何组织机构，如何安排人事，如何调处人际矛盾，等等。[①] 1901 年，吴汝纶在北京创办报社，常堉璋、邓毓怡任编辑，"逾年乱平，吴先生创报社于北京，以余与君主其事。当是时，君与余言天下事，攘臂奋袖，慨然以旋转乾坤为己任"。[②] 后来由于清政府阻挠，不久后报纸便停印，改办"华北译书局"，1902 年，发行半月刊《经济丛编》，并邀请严复翻译西方书籍。该杂志设中外大事记、人物、廷议、舆论、教育、文学、农工商、兵事、理财、法律、格致等，包罗甚广，1904 年改名为《北京杂志》，不久后停刊。清季民国桐城派中有不少人的著作由华北译书局发行，《经济丛编》也经常刊载他们的文章。这两个媒介可以说是桐城派学人在清季民国一个重要的言论阵地。

1913 年，袁世凯解散国民党，国会被迫停止活动，时任中华民国宪法起草委员会委员的谷钟秀南下。1914 年 1 月，谷钟秀在上海创办《正谊杂志》，为月刊，反对袁世凯的独裁。谷钟秀在《正谊杂志》的创刊词中称："董仲舒曰：'正其谊，不谋其利；明其道，不计其功。'因窃取斯义，以昭告国人。""对于政府，希望其开诚心，布公道，刷新政治，纳入共和立宪之轨道；对于人民，希望其发展政治上之知识，并培育道德，渐移易今日之不良社会。"[③]谷钟秀保持着传统士大夫的社会责任感，在传统儒家道德理论中寻找救亡出路，同时借鉴世界各国的历史经验、西方民主宪政的政治理论，兼顾讨论政治与社会、国民与政府的关系，对时局进行冷静分析，从而为反袁独裁提供舆论和思想武器。杂志主要设有《论说》《译述》《记载》《艺文》《杂纂》五大栏目，后来增设《时评》和《通信》两个栏目。除《论说》《记载》与政治关系较密切外，《译述》《艺文》《杂纂》等都是较纯粹的学术类栏目。《正谊杂志》发行了第一卷第一号至第九号，1915 年 6 月停刊。

高步瀛在入民国后任教育部佥事，公务之余，与友人王紫珊创办国群铸一社。下有通俗讲演社，桐城派学人贾恩绂、梁建章、韩德铭、步其诰等都为该社社员。通俗讲演社用通俗白话讲演，"以铸成国群同一思想，扶共和宪政稳健进行为宗旨"。从北京档案馆所保存的档案史料来看，通俗讲演社大概

---

① 舒芜：《牺牲的享与供》，上海：上海书店出版社，2009 年，第 259 页。

② 常堉璋：《邓毓怡行状》，见邓毓怡著，籍忠寅整理：《拙园诗集》，1930 年刻本。

③ 谷钟秀：《〈正谊杂志〉创刊词》，载《正谊杂志》第一卷第一号，1914 年。

一星期宣讲一次，高步瀛为通俗讲演社主要的演讲人，演讲的题目有《慎外交》《显亲》《戒争财说》《忠于社会说》《说信》等。[①] 高步瀛的《共和浅说》、韩德铭的《民政心说》也是通俗讲演社的演讲词[②]，“著讲演录，以宣导风俗，月成数册，民智赖以渐开”。[③] 此外，国群铸一社还是个著作印行机构，既然高步瀛为此社团重要成员，桐城派学人的作品自然也是此机构印行的一个重要对象。如吴闿生、高步瀛二人合著的《孟子文法读本》(1913 年)、《国文教范》(1913 年)、《古今体诗约选》(1913 年)，吴汝纶编辑的《古文辞类纂评点》(1914 年)及《十八家诗钞评点》(1914 年)，等等。可见，国群铸一社是宣传桐城派的一个学术媒介。高步瀛的通俗白话演讲与他在学术上坚持桐城古文并行不悖。由于清季民国桐城派学人大都以教师为职业，在口头传授知识给学生时应该是注意深入浅出、通俗易懂的，这可能也使得桐城派学人在一定程度上并不是特别反对白话文，后来一些古文著作都是比较浅显的。其实他们所希望看到的或许是一种白话文、古文并存的状态，可是后来的新文化运动并不给其生存的机会，将其完全否定，时代的潮流逼得他们不得不退出历史舞台。

1920 年，由徐世昌倡导、赵尔巽等 45 人发起的四存学会在北京成立，该学会遵循颜元“存人、存性、存学、存治”之旨，提倡颜元、李塨学说。在 45 位发起人中，有桐城派学人赵衡、吴闿生、严修、王瑚、吴笈孙、王树楠、贺葆真、林纾等，其中赵衡为副会长。该学会设有演讲会，很多桐城派学人都是演讲的积极分子。虽然颜、李学说与桐城派提倡的程朱理学有相违背之处，但是该学会旨在昌明孔孟之道，宣扬传统道德，是对新文化运动的一种回应。而且后期桐城派学人大都学有宗旨却无门户之见，他们并不排斥颜、李学说，甚至推崇颜元、李塨。该学会成立不久后还创办了《四存月刊》，这份杂志几乎成为桐城派学人的专有阵地，马其昶、姚永朴、姚永概、吴闿生、贾恩绂、李景濂、刘登瀛、步其诰、邓毓怡等都在上面发表过文章甚至整本著作，如贾恩绂的《直隶导河新志》、吴闿生的《尚书大义》、李景濂的《左氏管窥》都是每期

---

① 刘苏:《国群铸一通俗讲演社史料》，载《北京档案史料》，1996 年第 1 期。

② 高步瀛:《共和浅说》，直隶官书局，1912 年。韩德铭:《民政心说》，1913 年石印本。

③ 容媛编:《悼高步瀛》，载《燕京学报》，1940 年第 28 期。

连载。

邓毓怡于1922年国会再复时再度当选为议员。他以为开国十年宪法不成，乃为吾人不可旁贷之责任，故发起"宪法学会"，集众研讨，籍忠寅也为宪法学会的成员。期间，邓毓怡着手翻译《欧洲战后各国新宪法》，以此作为制定宪法之参考，由宪法学会发行出版。[①] 1924年，宪法学会还发行了由邓毓怡任编辑的《宪法论丛》期刊，"思举会中所讨论商榷者刊为杂志，以供宪法会议及海内人士之参考"。[②] 1924年，《宪法论丛》正式发行第一册，有论著、译述、附录三个部分，发表学者自撰的宪法著作或是翻译的宪法著作，以讨论中国、世界各国的宪法及中西宪法比较等各种问题为主，在当时学界有一定影响力。

总的来看，清季民国桐城派是一个既接受过传统教育且多数考取功名，又沐浴了西方知识和思想的一个群体，他们一方面于传统学术有着良好的基础，另一方面又有着可以接受新知的观念，因此这必然不会是一个保守的群体。在他们种种的学术活动中，史学都是一个重要的方面。无论是执教于北京大学，编修(译)教科书、讲义，还是创办报刊、团社，其中都有史学的体现，如姚永朴在北京大学撰写了史学理论著作《史学研究法》，刘乃晟、常堉璋合撰的《中国历史课本》，创办的期刊中撰写历史相关文章常常是一个大类，等等。桐城派向来以经史之学为重，但到了清末，经学地位开始下降，而史学地位在逐渐上升，"学术界以学问能否经世作为高下之判，人们愈来愈认为经学不足以经世，而史学可以经世。从晚清科举废八股改试策论之后，士子阅读史书的分量便大幅增加了，到了废科举之后，在正规的学习中，经的分量便愈来愈淡薄，而史的分量愈来愈加强"。[③] 因此，清季民国桐城派学人相较于前期桐城派学人，更加自觉地重视史学。这一群体中不乏史学家或是史学造诣颇高的学者，他们的史学活动较多，或参与官方正史及方志的编纂，或编纂史书、翻译外国史著，或出版史学理论书籍，等等。同时在这些史学作品中也蕴含了非常丰富的史学思想，在中国近代史学史上应占有一席之地。

---

① 李印刚：《邓毓怡传略》，见中国人民政治协商会议大城县委员会文史研究委员会编：《大城文史资料》，1995年，第54页。

② 邓毓怡：《宪法论丛·发刊词》，宪法学会发行，1924年。

③ 王汎森：《近代中国的史家与史学》，上海：复旦大学出版社，2010年，第80页。

第二章　清史和民国史的纂修

桐城派学人关于清史的纂修主要体现在参与官方组织编纂《清史稿》的活动。民国初年设立的清史馆向不少桐城派学人发出了邀请，他们入史馆修史，主要任务是参修列传和书志，在《清史稿》的编纂中起了重要作用。桐城派学人还重视民国史的编纂，主要著作有谷钟秀的《中华民国开国史》和尚秉和的《辛壬春秋》。面对中国由几千年的封建专制变为民主共和体制这一重大转折，桐城派学人以一种史学家的敏锐和基于存史求实"以昭来兹"的史学意识来著述当代史，在当时史学界产生了一定的影响。

第一节　清史的纂修

一、《清史稿》的参修

1914年春，北京政府国务会议决议："请特设清史馆，由大总统延聘专员，分任编纂，总期元丰史院，肇启宏规，贞观遗风，备登实录，以与往代二十四史，同昭垂鉴于无穷。"[①]1914年3月，大总统袁世凯下令开设清史馆，8月，

① 《政府公报》第628号，1914年2月5日。

聘赵尔巽[①]为馆长。在清史馆的聘用人员上本着“广召耆儒”“延聘通儒”“当有学术文章,能通史例为上选,而以有文采兼能潜心撰述者为次”的标准[②],所聘人员以清朝的进士为主,在清代光绪、宣统年间多已有声名之人,而桐城派中很多学人符合这些要求。桐城派的古体散文,尚雅洁,重实效,言简而意赅,能以最少的篇幅,表达极其丰富的内容,并且寓褒贬于一字之中,如古人所说的微言大义,是非常适用于修史的。此时的桐城派还未遭到新文化运动的冲击,在社会上尚有较高的威望和影响力,因此清史馆向不少桐城派学人发出了修史的邀请。

1914 年 8 月 22 日的《新闻报》上有《清史馆聘定各员名单》一文,记载了开馆之初所拟聘请的编纂人员。其中,桐城派学人严修、马其昶、姚永朴、李景濂、吴闿生均在被聘之列,严修、马其昶为纂修,姚永朴、吴闿生、李景濂为协修。[③] 这份名单应该是不太完整的,因为从姚永概的日记中得知 1914 年他也曾被聘为纂修。1914 年,严修、马其昶、姚永概、吴闿生均未到馆,入馆的只有姚永朴和李景濂。至于吴闿生,据曾师承马其昶、姚永朴的李诚所作《桐城派文人在清史馆》一文记载,由于赵尔巽不同意将吴汝纶列入专传中,他因此愤而辞职。此事在馆中引起轩然大波,经过马其昶、姚永朴、姚永概等人的努力,最终吴汝纶被列在文苑列传中。[④] 从吴闿生的《上赵次山总裁辞清史馆协修书》一文所写的时间是在 1914 年来看,吴闿生被聘用应在正式开馆前,其文中开篇云“昨乘宠命猥,以史馆协修见委”,可见吴闿生是在接到委聘后很快便回信婉拒此任的。[⑤] 1916 年,清史馆再次聘请马其昶、姚永概二人入史馆,马其昶为总纂,姚永概为协修,姚永朴此时也升为纂修,李景濂仍为

---

① 赵尔巽(1844—1927),字公镶,号次珊,别号无补。在清代光绪、宣统年间,历任监察御史、新疆布政使、山西布政使、湖南巡抚、户部尚书、四川总督、东三省总督等职。辛亥革命发生后,他被推为奉天保安会会长。民国成立后,改称奉天都督。1912 年 11 月,赵尔巽辞职,退隐青岛。

② 李思清:《舫斋载笔:清史馆文人群体的形成》,载《北京联合大学学报》,2012 年第 4 期,第 26～35 页。

③ 《清史馆聘定各员名单》,载《新闻报》,1914 年 8 月 22 日。

④ 李诚:《桐城派文人在清史馆》,载《江淮文史》,2008 年第 6 期,第 77～80 页。

⑤ 吴闿生:《北江先生文集》第五卷,文学社藏版,1924 年。

协修。清史馆里与桐城派学人关系密切之人较多,如柯劭忞、王树楠、夏孙桐等人,柯劭忞为总纂,且后来代理馆长一职,王树楠为总纂,夏孙桐[①]为总纂,这些人对《清史稿》的编纂起到了非常重要的作用。由于与桐城派的关系紧密,学界很多人就直接将他们划入桐城派之列,如戴逸先生就曾说过:"《清史稿》写作者有两部分人:一部分是桐城派,另一部分是满洲的才子。"[②]此处的桐城派,实际是一个以桐城派为核心的学人圈子,并不能都将其看成桐城派学人。清史馆里真正的桐城派学人有马其昶、姚永朴、姚永概、李景濂。其中,马其昶、姚永概的贡献主要在传记纂修上,而姚永朴、李景濂二人主要贡献在志的纂修上。下面分别阐述。

(一)《清史稿》列传的纂修

1. 马其昶与《清史稿》列传的纂修

马其昶是继吴汝纶之后桐城派声誉最高者之一,有桐城派殿军之称。"先生尝言:天地古今,万事万物之繁赜,历朝之治乱兴亡,人之臧否,六经诸子学术之纯杂不齐,其所以垂古今永万世而不敝者,则非文无以传,其传之久与不久,则又视乎其文之工拙以为断。故先生之于文也,视若性命,殚一生之力,忘食忘忧,孜孜焉以蕲,至乎其极"。[③] 光绪、宣统年间,马其昶历任安徽庐江潜川书院主讲、桐城中学堂堂长、学部主事、京师大学堂教习。辛亥革命后,先后任安徽高等学堂校长,北京法政学校教务主任。1914 年兼任袁世凯政府参政院参政,后因袁世凯企图复辟,辞职南归。1916 年,马其昶应清史

① 夏孙桐(1857—1941),字闰枝,晚号闰庵,江苏江阴人,近代著名的学者。其母为桐城姚鼐之后裔,傅增湘在《江阴夏闰庵先生墓志铭》中称"姚太夫人桐城名家,娴文史,工绘事……皆躬亲教授,经史辞章外,举凡立身涉世之方,无不详尽"。夏孙桐于《清史稿》经手最多,亦出力最多。见卞孝萱、唐文权编:《民国人物碑传集》,南京:凤凰出版社,2011 年,第 678 页。

② 参见《戴逸主任在清史传记试写样稿研讨会上的讲话》。(网址为 http://www.historychina.net/qszx/xwzx/2004—06—02/65.shtml.)此处戴逸先生指的桐城派实是包括了与桐城派关系紧密之人,如柯劭忞、王树楠、夏孙桐等人,而实际上有一些人不能算是真正的桐城派学人,不过还是能看出桐城派的影响。

③ 王树楠:《桐城马通伯先生墓志铭》,见卞孝萱、唐文权编:《民国人物碑传集》,南京:凤凰出版社,2011 年,第 515 页。

馆馆长赵尔巽再次之聘请，入都担任清史馆总纂。马其昶 30 岁以前，以古文为名，30 岁之后，研治群经，兼及子史，主要著作有《周易费氏学》《毛诗学》《尚书谊诂》《礼记节本》《庄子故》《老子故》《屈微赋》《桐城耆旧传》《左忠毅公年谱》《抱润轩文集》等，“年三十游京师，闻有巨人长德必修刺走谒，取所长自广。久而经史洽熟，文更阏博渊美”。[①] 张岂之主编的《民国学案》中称其为“经学家、史学家”。[②]

马其昶 1916 年入清史馆，一直至 1925 年才离开。《王钟翰清史论集》中收录《张尔田谈〈清史稿〉纂修之经过》一文[③]，该文是参与清史编修的张尔田在燕京大学为学生演讲，王钟翰笔录的，后经当年清史馆馆员夏孙桐、朱师辙[④]修订而成。文中附有“清史馆馆员名录”，此名录为章式之[⑤]所写，对当时清史馆馆员名录及分工有比较详细的记载。其中记马其昶，“任《咸同朝大臣传》，《儒林》《文苑传》亦归其整理。夏改‘咸同’为‘光宣’”(“夏改”即夏孙桐之修改)。后并附朱师辙的按语“通伯《文苑》《儒林》修改稿，余曾见之，后馆中仍用缪筱珊原稿”。该文还附录了夏孙桐写给张尔田的一封信，信中提到马其昶所撰光绪、宣统两朝列传，由邓孝先、金雪生助之。[⑥] 朱师辙在其所著《清史述闻》中说，马其昶“任光、宣列传，又修正‘儒林’‘文苑传’，史稿印时用

---

① 姚永朴:《马通伯先生七十寿序》，见《蜕私轩集续钞》，秋浦锦记书局印刷，1925 年。

② 张岂之主编:《民国学案》第三卷“马其昶学案”，长沙:湖南教育出版社，2005 年，第 1 页。

③ 王钟翰:《王钟翰清史论集》第三册，北京:中华书局，2004 年，第 1911～1924 页。

④ 朱师辙(1878—1969)，字少滨，祖籍江苏苏州，生于安徽黟县。其父朱仲武为姚永朴的好友，二人曾共修《两淮盐法志》。父子二人均入清史馆，朱师辙所修列传 100 多篇。其在清史馆待的时间比较长，熟知史馆情形，1928 年北伐战争胜利，南京国民政府接手清史馆，请其代为保管史馆内各种文件、史料和档案。

⑤ 章式之(1865—1937)，名章珏，为张尔田的老师，1937 年去世，张尔田写《先师章式之先生传》(载《史学年报》，1937 年第 4 期)。章式之为清史馆编修人员，所修有《艺文志》，并整理了《忠义传》。

⑥ 王钟翰:《张尔田谈〈清史稿〉纂修之经过》，见《王钟翰清史论集》第三册，北京:中华书局，2004 年，第 1916 页，第 1920 页。

其‘文苑传’，‘儒林’仍用缪稿”。[①] 李诚在《桐城派文人在清史馆》中也称马其昶修光绪、宣统两朝列传，并得到姚永朴、姚永概兄弟的协助。[②] 徐一士1936年在《逸经》上发表的《关于〈清史稿〉》一文中所提修史者并无几人，马其昶是其中之一，说其所修为“晚清诸臣传”，“顷于思昉处或见所藏其昶《清史稿大臣传稿》六篇，为胡林翼、丁宝桢、曾国藩（纪泽附）、李鸿章（瀚章、鹤章、昭庆附）、张之洞、林绍年诸人”。[③] 从以上六人来看，胡林翼、曾国藩明显是咸丰、同治年间的人。马其昶到底是修了咸丰、同治年间的列传，还是光绪、宣统年间的列传，还是范围更大的“晚清诸臣传”，似乎不能明确。不过大多数观点认为马其昶修了光绪、宣统年间的列传，还是比较可信的。徐一士、章式之产生的不同看法，这其中有两种可能：一是徐一士所见的手稿只是马其昶的整理稿，并不是撰写稿，正如李诚所说，马其昶在清史馆中，以文著名，“曾国藩、左宗棠、李鸿章几篇大传，由总纂王树楠撰写，再经过马通伯的润色，馆中同人对马的润色之处，都一致赞扬”[④]；朱师辙也曾说“王晋老亦撰曾文正传，又撰左、李传，马通伯又曾润色”。[⑤] 二是像后期负责校刻的金梁所说：“开馆十三年，纂修百十人，积稿至盈数屋，皆零篇散帙，未经编核。即以传论，或一人而数传，或一传而杂抄，既未分朝代，亦未分类别。”[⑥]《清史稿》列传的编修之人非常多，朱师辙也有同感，“在馆诸人，几人人皆有，以余论，虽以咸、同列传为主，而康、乾以来各朝皆曾补撰”。[⑦] 马其昶在清史馆近10年，其有可能是零星撰写了一些咸丰、同治年间的列传，主修了光绪、宣统年

① 朱师辙：《清史述闻》卷三《撰人变迁第六》，上海：上海书店出版社，2009年，第40页。此版据生活·读书·新知三联书店1957年版标点排印。此处朱师辙还提到纂修邓孝先时称“佐马通老任同、光列传”，据夏孙桐给张尔田的信，笔者以为此处不应是同治、光绪列传，而是光绪、宣统列传。

② 李诚：《桐城派文人在清史馆》，载《江淮文史》，2008年第6期，第79页。

③ 徐一士：《关于〈清史稿〉》，载《逸经》，1936年第6期，第11～12页。

④ 李诚：《桐城派文人在清史馆》，载《江淮文史》，2008年第6期，第77页。

⑤ 朱师辙：《清史述闻》卷十四《张尔田〈清史稿〉纂修之经过》，上海：上海书店出版社，2009年，第222页。

⑥ 金梁：《〈清史稿〉回忆录》，载《逸经》，1936年第10期，第6页。

⑦ 朱师辙：《清史述闻》卷十四《张尔田〈清史稿〉纂修之经过》，上海：上海书店出版社，2009年，第220页。

间的列传。

至于《清史稿》中的《儒林传》《文苑传》到底是马其昶所修还是加以整理也同样没有定论。一种观点是马其昶的文集中有《清史儒林传序》和《清史文苑传序》，这证明马其昶确与《儒林传》《文苑传》有一定的关联。李诚在《桐城派文人在清史馆》中称“文苑传由马通伯撰稿”[①]，肯定《文苑传》是马其昶撰写、《儒林传》则由其整理修改，又说他还自撰有《儒林传》。另一种观点就是前文已提到的，认为马其昶只是对《儒林传》《文苑传》加以整理，这点不管是在章式之的“清史馆馆员名录”里，还是朱师辙在张尔田一文的按语及《清史述闻》里，都是一致的。仔细分析，马其昶应该只是整理了《清史稿》中的《儒林传》《文苑传》，而不是撰写了二传或是其中的一传，因为《儒林传》《文苑传》由清史馆总纂缪荃孙撰修，上海图书馆至今仍藏有其所撰的《清史列传稿》稿本，其中就有《儒林传》2 册，《文苑传》4 册。缪荃孙声名并不逊于马其昶，史馆是不可能弃缪稿不顾，而让马其昶重新撰写的。可能只是闻马其昶之名，请其对缪稿加以整理、润色。至于李诚说马其昶自撰《清史儒林传》的说法，也不完全是空穴来风。因为马其昶在其文集《清史儒林传序》中称：“今录儒林传，不区分汉宋界域，要以重躬修，无愧圣门德行之科者为上卷，说经硁硁著述名家者为下卷。”[②]可知《儒林传》是“录”成的，并不是撰或著，很有可能就是录自经其整理的《儒林传》，因缪荃孙所撰的《儒林传》体例不合马其昶之意而又更改不得。《清史文苑传序》与《清史儒林传序》同为“辛酉年”即 1921 年所写，称“今特各从其所重者区之，然亦有记览该博而经学无专书者，虽不以诗文名，并次列于篇”。[③] 1921 年，马其昶仍在清史馆，笔者大胆推测，很有可能马其昶从其整理过的《儒林传》《文苑传》中辑录某些篇目按自己的意志重加编排而成新的《儒林传》和《文苑传》。

再者，在马其昶的稿子被采用的情况下，朱师辙的前后记载不太一样，朱

---

① 李诚：《桐城派文人在清史馆》，载《江淮文史》，2008 年第 6 期，第 77 页。

② 马其昶：《清史儒林传序》，见《清代诗文集汇编》第 781 册，据 1923 年京师刻本影印，上海：上海古籍出版社，2011 年，第 261 页。

③ 马其昶：《清史文苑传序》，见《清代诗文集汇编》第 781 册，据 1923 年京师刻本影印，上海：上海古籍出版社，2011 年，第 262 页。

师辙在张尔田一文的按语里认为《儒林传》《文苑传》都未用，而在后来所著的《清史述闻》中则指出《清史稿》刊印时用了《文苑传》，《儒林传》仍用缪荃孙的稿子。《清史述闻》里的观点应是可信的，因为这是其后来的著作，必是经过反复、认真核实的。不过这种前后不一的情况，可以用其在张尔田一文中的另一处按语来解释，“每人所任馆课，但就所知者书之，阙略尚多，须得馆中功课单详对之方可。师辙按：三十一年，余与张君孟劬复晤于燕都，闻余藏有功课簿，请为订正，略加按语，然无暇详记也”。[①] 无暇详记，或是一时记忆有差错，抑或是后来发现了新材料有了新结论并加以改正。

马其昶所撰的光绪、宣统年间的列传和整理的《文苑传》，本来是可以出现在《清史稿》中的，但是后来被人修改甚多。作为《清史稿》后期校刻负责人的金梁回忆说：“校刻议定，赵馆长即病，未几遂卒。代者柯凤老，不问事……同人意见不免参差，或交稿，或不交稿，或主此稿当印，或主彼稿当废，或言己稿不得易一字，或言人稿必当另删改，终日纷争，扰攘已甚……余一切不问，遇事但以史例衡之，有合史例者用之，不合史例者舍之，久始稍定……误者正之，阙者补之，画一而总核之。”[②]金梁在其所作的校刻记中称“光、宣为马君其昶、金君兆丰复辑而梁又重补辑之……‘儒林’为缪君荃孙稿，‘文苑’为马君稿，梁皆补之”。[③] 可见，马其昶所撰的部分史稿的确为金梁所修改，李诚的推测是正确的。《清史述闻》里记载夏孙桐藏有“《清史稿》抽换残篇”，朱师辙为之跋，曰“综而言之，列传之偷改以光、宣朝为多，‘儒林’‘文苑’亦有私增

---

① 王钟翰：《张尔田谈〈清史稿〉纂修之经过》，见《王钟翰清史论集》第三册，北京：中华书局，2004 年，第 1913 页。

② 金梁：《〈清史稿〉回忆录》，载《逸经》，1936 年第 10 期，第 6 页。金梁不经任何人同意，私自篡改史稿，这一做法使得很多史馆人员义愤填膺，朱师辙便将经金梁私自篡改并刊行的《清史稿》称为“伪本《清史稿》”。1928 年刊印了 1100 部《清史稿》，金梁将其中 400 部偷运至东北，这 400 部被称为“关外本”。馆中尚留有 700 部。北伐战争胜利后，南京国民政府准备接收清史馆，委托朱师辙保管史馆档案、文件、史料等，并任其为史馆图书点查员，由此朱师辙在点查图书时，才发现《清史稿》被篡改。后来史馆又再次组织人员对金梁篡改的部分进行抽换重印，这一版被称为“关内本”。后来，金梁将清史稿又一次修改重印，被称为“二次关外本”。

③ 朱师辙：《清史述闻》卷五《伪本〈校刻记〉》，上海：上海书店出版社，2009 年，第 67～68 页。

改者,二传以‘文苑’为稍多,如斌良原稿本无其附传,各人更无,众只知英华为彼增入,不知从斌良起一段皆私增也”。[①] 金梁私自篡改的史稿,在后来被抽回重印的过程中,也只是改回了其中一部分,很多地方“当时虽知之,已无暇抽改矣”[②],所以并没有完全恢复原样。对偷改较多的光绪、宣统年间的列传、文苑传也是如此,现存《清史稿·文苑传序》与马其昶所撰《清史文苑传序》的差异很大。后来重印的关内本主要是修订了关外本中的“清史馆职名”、删去了金梁私自撰写的校刻记、还原由朱师辙所撰的《艺文志序》、删去关外本的“张勋康有为传附张彪”、《儒林传》中将朱师辙之祖朱骏声改正传并附其父朱孔彰传五个方面,其他抽改的是“印误或移易增补”方面。至于《文苑传》,则将“张鹏翀改入‘艺术’,而以曹仁虎为正、附吴泰来黄文莲而抽改者也”,但是“此皆书未印成时抽换之事”。[③] 可见现存《清史稿·文苑传》依旧是经过金梁修改过的。

2. 姚永概与《清史稿》列传的纂修

姚永概诗文俱佳,马其昶之文与其诗曾被誉为“皖之二妙”。1894 年,姚永概师从吴汝纶治学,前后长达 9 年,清末历任桐城中学堂总监、安徽高等学堂总教习、安徽师范学堂校长。1907 年,姚永概赴日本考察学制,编译《东游自治译闻》。民国后,先后任北京大学文科教务长、正志中学教务长。姚永概生平学术著作主要有《孟子讲义》《左传选读》《慎宜轩笔记》《慎宜轩诗集》《慎宜轩文集》等,与姚永朴编选《历朝经世文钞》《初学古文读本》等。姚永概虽然没有写就一部专门的史学作品,但是其于历史一直非常重视,其青年时将读书“分为刚柔二日,刚日读经、读儒家书、读古文诗,柔日读史、读经济及时事书”。在莲池书院时便有写一部不刊之作的打算,“欲采《万国史记》《万国纲鉴》《万国年表》等书,以中国会盟为主,先为一篇,次及各种学问、教法,皆

① 朱师辙:《清史述闻》卷五《跋〈清史稿〉抽换残篇》,上海:上海书店出版社,2009 年,第 73 页。

② 朱师辙:《清史述闻》卷五《跋〈清史稿〉抽换残篇》,上海:上海书店出版社,2009 年,第 73 页。

③ 朱师辙:《清史述闻》卷五《跋〈清史稿〉抽换残篇》,上海:上海书店出版社,2009 年,第 75 页。

叙其源委利弊，次及各国史事。体例精详，文字雅洁，名曰《中外会盟记》”。[①]

1914年，姚永概被清史馆聘为名誉纂修，但并未到馆。1916年，姚永概再次被聘为协修，入馆修史，直至其1922年生病归桐城，次年病逝，才终止编修工作。李诚在《桐城派文人在清史馆》中提到姚永概担任《忠义传》的撰写，且因曾亲见其手稿《张广泗传》和听他人说撰有《王得禄传》，并据此二人生平推测，姚永概又撰写雍正、乾隆、嘉庆、道光四代大臣传。[②] 戴逸在《〈清史稿〉的纂修及其缺陷》一文中提到姚永概分任《食货志》的撰修[③]，王钟翰在《张尔田谈〈清史稿〉纂修之经过》一文中记载姚永概“任《食货志·盐法》。《食货志》子目甚多，亦系每人分纂者，其详待考。夏删去之，补‘任《忠义传》，未有留稿’八字。师辙案：《盐法》乃其兄仲实所撰”。[④] 姚永朴称其弟“分任诸名臣传”。[⑤]

从上文看，对姚永概的清史编修工作大致有两种看法，一是参与《食货志》编纂，一是参与列传编纂。在姚永概的日记中，自1916年8月被聘之后至1922年，经常有“赴史馆”和作史传的记载，明确记载其所撰的列传有《王得禄传》《倭仁传》《费扬古传》《庆成传》《彭雕传》《王士祯传》《韩文懿传》《郝浴传》《杨雍建传》《向荣传》《张国梁传》《彭刚直传》《刘蓉传》《徐勇烈传》《杨君传》《年羹尧传》《岳钟琪传》《阿桂传》《郦儒人传》《张广泗传》《哈元生传》《董芳传》，但这仅仅是其中一小部分，因为这期间姚永概的日记常有缺失，即使没有缺失的，还有不少地方仅以“作史传一篇”“作史传二小篇”来记载，所以无法知晓其所作具体为何人的传记。[⑥]

此外，安徽省图书馆现藏有一册姚永概《清史拟稿》抄本，七卷，是其为

① 姚永概著，沈寂等标点：《慎宜轩日记》(上)，合肥：黄山书社，2010年，第117页，第546页。

② 李诚：《桐城派文人在清史馆》，载《江淮文史》，2008年第6期，第79～80页。

③ 戴逸：《〈清史稿〉的纂修及其缺陷》，载《清史研究》，2002年第1期，第1页。

④ 王钟翰：《张尔田谈〈清史稿〉纂修之经过》，见《王钟翰清史论集》第三册，北京：中华书局，2004年，第1917页。1948年朱师辙于《国立中山大学文史集刊》第1期中发表《清史撰人考》一文，文中关于姚永概的按语为“《盐法》乃其兄仲实所撰，实任列传，有王得禄等传”。

⑤ 姚永朴：《叔弟行略》，见卞孝萱、唐文权编：《民国人物碑传集》，凤凰出版社，2011年，第738页。

⑥ 姚永概著，沈寂等标点：《慎宜轩日记》(下)，合肥：黄山书社，2010年，第1430页。

《清史稿》撰写的人物列传，卷一为费扬古、阿南达（子阿喇纳）、玛拉（苏勒达）；卷二为年羹尧、岳钟琪、张广泗（哈元生）；卷三为阿桂、倭仁；卷四为郝浴，韩菼（子韩孝嗣、韩孝基），王士祯（兄王士禄、王士祜），杨雍建；卷五为郭琇，彭鹏，王得禄（邱良功、许松年），阮元；卷六为向荣，张国梁，徐丰玉（张汝瀛、张汝沅、吴冲谟）；卷七为彭玉麟、刘蓉、刘坤一、苏元春。①

从姚永概日记的记载和《清史拟稿》的编撰，都没提及任何"志"的编修，可以认为章式之和戴逸认为姚永概所修《食货志》是有误的，应是和姚永朴混淆了。再从二者记载和已编撰的人物来看，李诚推测姚永概撰写雍正、乾隆、嘉庆、道光四朝大臣列传也是不正确的，像郝浴为顺治、康熙年间的大臣，费扬古为康熙年间的大臣，年羹尧、岳钟琪为历经康熙、雍正、乾隆三朝的重要大臣，可见姚永概所修不只是四朝的大臣列传。《清史拟稿》所编撰的人物与现存《清史稿》同样有很大差异。

（二）《清史稿》之志的纂修

1. 姚永朴与《食货志》的纂修

姚永朴师事同乡方宗诚、吴汝纶，尝与弟姚永概、姐夫马其昶论经史古文学。26 岁离乡北上转道上海，遇同县萧穆，"先生劝之用力经史，谓匪是无以为文章根本，语意肫勤"②，勖以致力经史之学。清末任学部咨议官兼京师法政学堂教习，1910 年被聘为京师大学堂经文科教习。辛亥革命后，姚永朴一直在北京大学文科任教，直至 1917 年受新文化运动冲击，辞职离开北京大学。辞职后与马其昶、姚永概任职于正志中学。1922 年，姚永朴与姚永概一起归桐城，后任周学熙创办的宏毅学舍教习，不久又任东南大学教授。1928 年，安徽大学成立，聘其为文科教授，讲授经学及古文辞。1935 年因病归桐城，1939 年逝世。姚永朴毕生致力于著书育人，其生平著作于文学、经学、史

---

① 姚永概：《清史拟稿》，抄本，安徽省图书馆藏。由于安徽省图书馆不对外开放该书，笔者辗转打听得知该书所写人物篇目，但不知其中具体内容，所以对姚永概的历史人物传记撰写有何特点无法作出分析。2015 年，安徽省图书馆馆员张秀玉有《姚永概〈清史拟稿〉考论》一文发表（载《湖南人文科技学院学报》，2015 年第 3 期）。

② 姚永朴：《萧敬孚先生传》，见《蜕私轩集》第四卷，秋浦锦记书局印刷，1925 年。

学、小学等无不涉及,《民国学案》称其“经学家、史学家”。[①]

1914年,在姚永朴任教于北京大学期间,被聘入清史馆编修清史,其“于史例,能具卓见”。[②] 姚永朴曾撰《与清史馆论修史书》,对本纪、志、表、传等各部分的编纂体例提出了自己的详细看法。其中关于“本纪”有三点:一是本纪亦自太祖高皇帝始,二是孝钦显皇后不宜立纪,三是宣统三年不可不立纪;关于“表”有两点:一是人表不宜过繁,二是事表亦酌增;关于“志”有四点:一是《食货志》宜并不宜分,二是学校当别为一篇,三是艺文志亦以《钦定四库全书总目》为监本,四是国语亦附以蒙古语、西藏语;关于“列传”有五点:一是专传用旧例,二是儒林于汉学、宋学外应增加调停两派之人,三是畴人传可以不立,四是忠义、孝友不可不立,五是明朝遗老自苦节外有表现者宜各就所长分而录之。对于以上各点,姚永朴都有陈述具体的原因,此处不一一详明,只举其一二,如关于修志的两点看法,其一是提出《食货志》宜并不宜分的观点:

> 诸志惟《食货志》最繁重者。议者或谓宜并或谓宜分。今征诸前史诸志,各以类从,初不计卷帙之多寡。况洪范八政,食货为先,即使此志多于他志,亦自无伤,何必独乱其例。[③]

其二是“学校志”可独立,因为“议者欲并学校于选举,意以清初学校为具文。然当时人才多出书院,果院长得人,亦能开一时风气。抑何可诬。至光绪罢科举后,制度又迥不同,乌可不志”。[④] 所论不乏真知灼见之处。清史馆也采纳了姚永朴部分意见,如《清史稿》最终立《宣统皇帝本纪》,《食货志》所修体例的确立,学校的独立立志等,都是出自姚永朴的建议。有关清朝最后一个皇帝的本纪,姚永朴认为“宣统三年不可不立纪也。议者或谓大清帝纪当自德宗而止……议者所拟谓为少帝幼帝末帝后帝者,于心诚不安,即引《史记》谓为今上,亦于事不合。惟称宣统帝者近之”。提出了宣统皇帝本纪的说

---

① 张岂之主编:《民国学案》第三卷“马其昶学案”,长沙:湖南教育出版社,2005年,第39页。

② 李诚:《桐城派文人在清史馆》,载《江淮文史》,2008年第6期,第79页。

③ 姚永朴:《与清史馆论修史书》,见《蜕私轩集续钞》,秋浦锦记书局印刷,1925年。

④ 姚永朴:《与清史馆论修史书》,见《蜕私轩集续钞》,秋浦锦记书局印刷,1925年。

法，后来《清史稿》中便立了《宣统皇帝本纪》。[①] 据李诚记载，开会讨论时，梁启超在座，说“姚先生之论是也”。[②]

在《张尔田谈〈清史稿〉纂修之经过》一文中的“清史馆馆员名录”里提到姚永朴为协修，“任《列传》。师辙按：尚有《食货志·盐法》”。[③] 但在赵尔巽的《清史稿发刊缀言》所列“清史馆职名”中，姚永朴任纂修一职。[④] 朱师辙在《清史述闻》中也说姚永朴为纂修。姚永朴之孙姚墉在《姚仲实行述》中说：“清史馆长赵公次珊，具礼聘清史纂修，诺之，成《清史稿》四十余卷。”[⑤]可见姚永朴应为清史馆纂修，这也符合其身份和学识。至于姚永朴所修史稿也基本上是比较明确的，主修《食货志》。李诚称“《清史稿·食货志》，共6卷，一卷中的户口，二卷中的仓库，四卷盐法，均由姚永朴撰写”。[⑥]《清史述闻》之《〈清史稿〉纪志表撰人详考表》说姚永朴纂修《食货志》，并有《盐法》一、二、三卷，《户口》一卷，此表“据功课簿录出，大概无误”。[⑦] 在后面的《撰人变迁》中，列出清史馆官员三期之变迁大致情况，明确指出第二期姚永朴“佐马通老任光、宣列传，第一期亦撰列传，又‘食货志’之盐法、户口、仓库诸篇”，此处可知姚永朴曾撰“仓库”篇。[⑧]《〈清史稿〉纪志表撰人详考表》中没有列出姚永朴修“仓库”篇，不知是否是稿子后来被舍弃没有收入《清史稿》，但即使是这

① 姚永朴：《与清史馆论修史书》，见《蜕私轩集续钞》，秋浦锦记书局印刷，1925年。

② 李诚：《桐城派文人在清史馆》，载《江淮文史》，2008年第6期，第79页。

③ 王钟翰：《张尔田谈〈清史稿〉纂修之经过》，见《王钟翰清史论集》第三册，北京：中华书局，2004年，第1915页。

④ 赵尔巽：《清史稿》卷五百六十三《清史馆职名》，1928年清史馆排印本。

⑤ 姚墉：《姚仲实行述》，见卞孝萱、唐文权编：《民国人物碑传集》，北京：团结出版社，1995年，第735页。

⑥ 李诚：《桐城派文人在清史馆》，载《江淮文史》，2008年第6期，79页。

⑦ 朱师辙：《清史述闻》卷二《〈清史稿〉纪志表撰人详考表》，上海：上海书店出版社，2009年，第25页。此处“功课簿”应是记录各馆员向史馆交史稿的名册。

⑧ 朱师辙：《清史述闻》卷三《撰人变迁第六》，上海：上海书店出版社，2009年，第40页。朱师辙采用夏孙桐的说法，将清史馆人员变迁分为三期，第一期全无条例，各自为战，如一盘散沙，时间约为1914年至1920年；后乃议整理，先从列传着手，是为第二期，时间约为1921年至1926年；后重加整顿以求结束，是为第三期，时间约为1927年至1928年。马其昶、姚永朴、姚永概在第一、二期中，第三期均已离开史馆。

样，按照作者自己所说“然其稿后有作废不用，间有改撰修正者”[①]，所以《〈清史稿〉纪志表撰人详考表》中对一些被舍弃不用或修正过的稿子或被张冠李戴之处，都有按语说明。而为何明知姚永朴修过“仓库”篇，此处既未提到又未有按语解释，笔者颇有疑惑。《户口》《盐法》无疑是被收入《清史稿》的，“仓库”篇到底有没有被收录不敢断下结论。但笔者以为，姚永朴既然修了该篇，没有特别说明用或没用，应该还是用了。《〈清史稿〉纪志表撰人详考表》的确比较详细，但不是非常完整、非常具体的记录，即如《清史稿·食货志》下有户口、田制、赋役、仓库、漕运、盐法、钱法、茶法、矿政、征榷、会计 11 项，此表中所列《食货志》撰稿人有 6 人，所修有盐法、户口、漕运、赋役、钱法、征榷、田制、矿政 8 项，还有 3 项没有记载，不知为何人所修。所以此表所据的“功课簿”的记录也是不完整的，有可能作者所存的功课簿只是一定时间范围内的记载。

姚永朴主修的部分《食货志》史稿，在其离开后只是经过同修《食货志》“征榷”的吴怀清稍作整理，刊印时金梁也没有作删改，因此现今《清史稿·食货志》中的“盐法”“户口”“仓库”基本上与姚永朴原稿无异。这点可从后来姚永朴 1934 年在《安徽大学月刊》连续发表的《清代盐法考略上——清史稿〈食货志〉之一》《清代盐法考略(卷下)》中得到验证。将《清史稿·盐法》与《清代盐法考略》加以比较，就会发现二文之间实际并无多大区别。且将二者稍作对比，《清史稿·盐法》开头“清之盐法，大率因明制而损益之。蒙古、新疆多产盐地，而内地十一区，尤有裨国计。十一区者：曰长芦，曰奉天，曰山东，曰两淮，曰浙江，曰福建，曰广东，曰四川，曰云南，曰河东，曰陕甘。长芦旧有二十场，后裁为八，行销直隶、河南两省”。[②] 再看《清代盐法考略》第一段：

> 清之盐法，大率因明之制而损益之。颇产盐地视明为广，然蒙古、新疆之盐，未若内地十一区之有裨国计。十一区者：曰长芦，曰奉天，曰山东，曰两淮，曰浙江，曰福建，曰广东，曰四川，曰云南，曰河东，曰陕甘。

---

① 朱师辙：《清史述闻》卷二《〈清史稿〉纪志表撰人详考表》，上海：上海书店出版社，2009 年，第 25 页。

② 赵尔巽：《清史稿》卷一百二十九《食货志四·盐法》，1928 年清史馆排印本。

长芦旧有二十场，康熙十八年裁为十六场，雍正十年复裁为十场，后又裁为两场，存八场：曰海丰，曰严镇，是为“南场”；曰丰财、曰芦台，是为“北场”；其处极北者，曰济民，曰归化，曰越支，曰石碑。产盐行销直隶、河南两省。[①]

从二文对比来看，只是《清代盐法考略》比《清史稿·盐法》更显缜密，应该是作者后期略加修订而成的。

姚永朴在《与清史馆论修史书》中提到“诸志惟《食货志》最繁重者”[②]，而姚永朴编修的就是最繁重工作中又比较重要的盐法。早在光绪二十一年(1895)，姚永朴在凤阳与长沙朱仲武同修《两淮盐法志》[③]，因此，其修《清史稿·盐法》已有一定的编修经验，或许被安排编修“盐法”正是因为此前修过《两淮盐法志》。《清史稿·盐法》比较全面地研究了从清代顺治年间至宣统年间的盐政，不仅对清代盐业的生产布局、制法情况作了介绍，而且突出了国家盐业政策、盐法的改革及利弊的考察，如：

其行盐法有七：曰官督商销，曰官运商销，曰商运商销，曰商运民销，曰民运民销，曰官督民销。惟官督商销行之为广且久……自官运商销，计本年边计各额引全数销清外，复滞销积引万余，所收税羡截厘及各杂款又百余万，而奸民不便。会上遣恩承、童华查办他岸，至川，富顺富绅王余照假灶户具词呈控，请改官督商销。有旨垂询。宝桢奏言：“官督商销，利归官与商，官运官销，权全归官，流弊皆大。惟官运商销，官商可相钳制。”既而控案讯明，奏请拿办。迨光绪末，各计岸亦多改官运焉。[④]

---

① 姚永朴：《清代盐法考略上——清史稿〈食货志〉之一》，载《安徽大学月刊》，1934年第1卷第6期。

② 姚永朴：《与清史馆论修史书》，见《蜕私轩集续钞》，秋浦锦记书局印刷，1925年。

③ 姚永朴有诗歌《朱仲武(孔彰)与予修〈两淮盐法志〉于凤阳四月以事返金陵赋赠》，见《蜕私轩集》，秋浦锦记书局印刷，1925年。姚永概的日记中也记载过此事，只是《两淮盐法志》最后未刊刻。朱仲武(1842—1919)，为朱师辙之父，苏州人，近代知名学者。1909年，掌教于安徽存古学堂。后入清史馆。其子朱师辙曰“先君到馆，任咸、同列传，撰稿甚多，月赴馆二三次，必辙侍往，调查书籍。《年羹尧传》亦先君所补”。(《张尔田谈〈清史稿〉纂修之经过》)

④ 赵尔巽：《清史稿》卷一百二十九《食货志四·盐法》，1928年清史馆排印本。

这段话提到了官运商销的良好结果，并通过沈宝桢之口，说出了官督商销和官运官销的弊端。此外，姚永朴在论及盐法弊端时，还会提出一些建议和措施。如强调盐务理乱，有“又以盐法莫急于缉私”“欲缉商私，必恤商而严其禁”的政策主张。[①] 姚永朴所撰“盐法”是较早全面研究清代盐政之文，对清代盐政的方方面面都有涉及，可谓一部清代盐法简史，但以现在的眼光来看，其研究还比较原始。

“户口”“仓库”二篇的重要性不如“盐法”，这从篇幅上已可看出。三篇中“盐法”最重要，独立成卷为“食货四”，而“户口”“仓库”分别是“食货一”和“食货二”下面的一个分类。作者以简洁的语言叙述了清代历朝各种户口政策、仓库管理政策及其演变的情况。

2. 李景濂与《刑法志》的纂修

李景濂（1869—1939），字右周，直隶邯郸人。1894 年，中优贡，入保定莲池书院就读，师从吴汝纶，由于品学兼优被聘为莲池书院斋长。[②] 1903 年，中进士。清末历任内阁中书、学部总务司案牍科主事、直隶大学堂汉文教习、直隶学校司编译处编纂、北京法政专门学堂国文教员等。进入民国后，历任北京大学预科国文教员、文科《左传》门教员，编有《左传讲义》《历史讲义》。1913 年，被选为国会众议院议员。国会解散后，任内务部地方行政讲习所国文中央教员，不久后又任北京大学哲学门教员。[③] 李景濂生平主要著作有《左氏管窥》《学部条例存稿》，与王振尧合著《中国地理》，与张云阁共同编译《心理学教科书》等。

李景濂于 1914 年被清史馆聘为协修，且当年入史馆。至于李景濂具体编修清史稿哪一部分，说法不一。在金梁的校刻记中记载李景濂与金兆丰、骆成昌、徐鸿宝等人共修《职官志》，后由金兆丰复辑。[④] 在《张尔田谈〈清史

---

① 赵尔巽：《清史稿》卷一百二十九《食货志四・盐法》，1928 年清史馆排印本。

② 斋长为莲池书院院长黄彭年所设。黄彭年藏书丰富，晚年任莲池书院院长时，他将自己的藏书捐给书院，共 23000 余卷。在主持书院期间，曾购书 33711 卷，另有许多丛书。贮于“万卷楼”中，供书院生员阅读。并在楼中设斋长一职，专管图书及借阅诸事。

③ 马保超、李梅、徐立群、魏丽：《河北古今编著人物小传续》，石家庄：河北人民出版社，1994 年，第 164～165 页。

④ 朱师辙：《清史述闻》卷五《伪本〈校刻记〉》，上海：上海书店出版社，2009 年，第 67 页。

稿〉纂修之经过》中有提到李景濂“任《列传》。夏补‘中途去，稿未用’”。[①] 而朱师辙在《〈清史稿〉纪志表撰人详考表》中提到李景濂与张尔田共撰《刑法志》三卷，李景濂成一卷，张尔田成一本第一卷，但按语说二人的撰稿后来皆未被采用，改用许受衡之稿。[②] 说李景濂任《列传》是没有错的，因为《列传》撰稿人甚多，在馆诸人，几乎人人皆有。朱师辙曾提到史馆早期情形混乱，“总纂与协修实平等，稿之能用与否无人过问，自李景濂撰吴汝纶传冗长，印示众，众谓其有违史例，因而告退，馆长始稍稍甄别”。[③] 虽然是反面教材，但是可证李景濂是修过《列传》的。李景濂为吴汝纶的得意门生，师生情谊深厚，其为师作传记当然言之不尽，“冗长”似是难以避免，也可以对其作“同情之了解”。这篇关于吴汝纶的长篇传记后来被收入 1930 年刊刻的《桐城吴先生全书》中，署名“清史馆协修李景濂”，如今也是研究吴汝纶的重要参考文献之一。[④]关于李景濂到底是修了《刑法志》，还是《职官志》，朱师辙的结论是比较可信的，他提到了“‘刑法’李右周曾作一卷未用，张孟劬仅撰一卷未成书，所阙尚多，后馆中购许受衡稿……此假借于馆外者一也”。[⑤] 金梁是在后来负责校刻事宜才进史馆的，“若金梁《清史稿》后记则多语焉不详，甚或违反事实，彼于民国十六、七年间《史稿》结束时始任校刻，于开馆情形全未深知”。[⑥] 也正因此，所记往往有误，如《地理志》当初系各人分纂，金梁却将其归为秦树声一人之功。李景濂离开史馆较早，其为第一期撰稿人之列，第二、三期没有参与，从前面朱师辙的叙述中，李景濂所写吴汝纶传记成为一个临界点，“馆长始稍稍甄别”，这一甄别是指 1917 年赵尔巽对史馆加以整顿，所以李景濂应该在此时离开。由此看来，李景濂居史馆时间约有 3 年。

---

① 王钟翰:《张尔田谈〈清史稿〉纂修之经过》，见《王钟翰清史论集》第三册，北京:中华书局，2004 年，第 1916 页。

② 朱师辙:《清史述闻》卷二《〈清史稿〉纪志表撰人详考表》，上海:上海书店出版社，2009 年，第 26 页。

③ 朱师辙:《清史述闻》卷三《撰人变迁第六》，上海:上海书店出版社，2009 年，第 45 页。

④ 李景濂:《清史本传》，见《桐城吴先生全书・吴先生行状》，1930 年吴氏家刻本。

⑤ 朱师辙:《清史述闻》卷三《撰人变迁第六》，上海:上海书店出版社，2009 年，第 45 页。

⑥ 朱师辙:《清史述闻》卷十四《张尔田〈清史稿〉纂修之经过》，上海:上海书店出版社，2009 年，第 220 页。

二 、桐城派对《清史稿》纂修的贡献

《清史稿》是由政府组织编修，能入史馆修史的人员大都是于学术界有声望者。清季民国桐城派学人被聘修清史，便是他们学术被认可的一个很好体现。现在的《清史稿》虽为人诟病，但依旧有较高的价值和地位。而桐城派学人于《清史稿》纂修之功劳是不可被忽视的，提到《清史稿》的编纂必然要提到桐城派学人，他们长居史馆，为总纂、纂修、协修，兢兢业业地编修有清一代之历史。桐城派学人中除李景濂较早退出外，其他人都坚持了很长时间。他们不仅把撰修清史当成学术来作，而且有着一种担当和责任心于其中，为国存史，以为后世之鉴，他们觉得这项工作是神圣的，正如姚永朴所说“一朝史笔万年监，圣德神功那可芟”，所以他们能“年年图史舫斋摊”[①]，希望著成一部垂名后世之史。

桐城派学人参与纂修《清史稿》中的传记和志，都是传统正史中非常重要的部分。马其昶、姚永朴、姚永概、李景濂都有修传记，其中，马其昶、姚永概主修传记，姚永朴修成清史 40 余卷，传记也应是很主要的部分。桐城派学人不管是自己编撰的传记，还是对其他馆员传记的润色，都能让“同馆叹服”。戴逸主持清史工程，在传记编撰上要求简洁、典雅，并以桐城派为例，称“虽然用的是白话，但是文章要力求典雅、简洁。《清史稿》虽然缺点很大，但是它的文字很好，有桐城派的味道”。[②] 志向来为正史编撰中最难的部分，而姚永朴所修的《食货志》部分又是志中最难的。李景濂所修的《刑法志》虽然没有录用，但是也能给其他编修人员在史料上提供借鉴和参考。清季民国桐城派学人秉持桐城先贤姚鼐提出的“义理、考据、辞章”的原则，且将其与“史学三长”联系起来，认为“识者义理也，学者考据也，才者辞章也。无义理则识偏，无考据则学疏，无辞章则才陋。三者皆史家之所忌。而就中识尤为本”，不得不谓

---

① 姚永朴：《自清史馆归志感》《寄马通伯》，见《蜕私轩集》，秋浦锦记书局印刷，1925 年。“舫斋”在清史馆。

② 戴逸：《戴逸主任在清史传记试写样稿研讨会上的讲话》，网址为 http://www.historychina.net/qszx/xwzx/2004—06—02/65.shtml.

有识之见。[①]

马其昶1916年入清史馆，1925年离开，修史近10年，对清史编修尽心尽力。姚永朴称"为清史总纂，凡一代名臣魁儒，遗文轶事搜讨尤勤，此其功在天下，后世更何如耶"。[②] 王树楠称"吾与先生同居史馆十余年矣，每有所为，必以质余。懿乎其言之简以赅也，渊乎其气之穆以静也，而身世之感，抑塞之怀，则义俨乎其若思，恤乎其若有忧也"。[③] 可见马其昶在史料搜集上的功夫及所修史稿之可圈可点之处。1925年，马其昶离开清史馆，因为不满清史馆中一些人不求史实的做法，"有不足重轻之人，徒据宣付史馆旧案或缘其子姓之请托，在馆诸人之私昵浮词，琐行累牍不休者"。[④] 又可见马其昶是一位求真之良史。姚永朴1914年入史馆，直至1920年离开，居史馆6年之久，前文提到其孙述其所修清史有40余卷，数量是比较多的，但是如今除了明确《食货志》的"盐法""户口""仓库"为其所修，其他不得而知，应是散见于诸列传中。从姚永朴一开始对史例的探讨至后来列传、《食货志》的完成，于《清史稿》的编纂有着重要作用。关于姚永概，其修名臣传，"每脱稿，同馆叹服"[⑤]，清史馆馆长赵尔巽在其去世后感慨道："今海内学人，求如二姚（姚永朴、姚永概）者，岂易得乎？"[⑥]

尽管除姚永朴所修的部分《食货志》史稿基本上保持了原貌外，桐城派学人所编修的《清史稿》各篇或间有改撰、修正，或有作废不用，现已无法考证，但是不能因此否认、忽视他们对于《清史稿》编修的努力，他们所做的工作是后来《清史稿》修订的基础，即使不用之稿，也具有一定的参考价值。

---

① 姚永朴：《与清史馆论修史书》，见《蜕私轩集续钞》，秋浦锦记书局印刷，1925年。

② 姚永朴：《马通伯先生七十寿序》，见《蜕私轩集续钞》，秋浦锦记书局印刷，1925年。

③ 王树楠：《桐城马通伯先生墓志铭》，见卞孝萱、唐文权编：《民国人物碑传集》，南京：凤凰出版社，2011年，第597页。

④ 陈祖壬：《桐城马先生年谱》，见《晚清名儒年谱》第16册，北京：北京图书馆出版社，2006年，第62页。

⑤ 姚永朴：《叔弟行略》，见卞孝萱、唐文权编：《民国人物碑传集》，南京：凤凰出版社，2011年，第738页。

⑥ 马其昶：《姚叔节墓志铭》，见严云绶、施立业、江小角主编：《桐城派名家文集》第8册《抱润轩文集》，合肥：安徽教育出版社，2014年，第274页。

第二节　民国史的编纂

桐城派学人关于民国史的编纂，主要有谷钟秀的《中华民国开国史》和尚秉和的《辛壬春秋》，二书都是记载民国初年的历史，其实也就是当代史的记载。

一、谷钟秀《中华民国开国史》的编纂及特点

(一)作者与内容介绍

谷钟秀(1874—1949)，字九峰，直隶定县(今定州)人，“师事张裕钊、吴汝纶，受古文法，才学杰特冠一时，称高第弟子”。[①] 其与吴汝纶感情深厚，在吴汝纶去世之后，撰写了饱含深情亦见文字功底的骈文悼文《祭桐城先生文》：“乌呼！鞠凶降天，萎我哲人。为国家痛，亦哭私恩。甲乙之际，余始纳贽。溉胸练脏，长余小子。”[②]1902 年，考入京师大学堂师范馆。后赴日本早稻田大学留学，攻读政治经济学，留日期间参与创办《中国新报》。回国后任直隶高等师范学堂教员，不久后又任直隶巡抚署秘书。辛亥革命爆发后，谷钟秀代表直隶地区参加各省都府代表联合会武汉会议和南京会议。1912 年被选为南京临时参议院议员，1913 年任国会众议院议员，并为宪法起草委员会委员。1914 年袁世凯解散国会，谷钟秀在上海创办《正谊杂志》《中华新报》。1916 年任段祺瑞政府农商总长兼水利局总裁。1922 年国会恢复，仍为国会议员。1927 年任西北军冯玉祥顾问、豫陕甘三省建设委员会主任委员等职。1930 年中原大战时，任冯玉祥的代表驻太原。1933 年冯玉祥组织抗日同盟军时，曾应邀前往，参赞军务。1936 年任河北省政府委员兼井陉矿务局局

① 刘声木撰，徐天祥点校：《桐城文学渊源撰述考》，合肥：黄山书社，1989 年，第 301 页。

② 吴汝纶撰，施培毅、徐寿凯校点：《吴汝纶全集》第四册，合肥：黄山书社，2002 年，第 1164 页。“甲乙之际”是指 1884 年至 1885 年之间，“甲”为甲申年，“乙”为乙酉年，两个年份紧挨。六十年一轮回，每六十年总有“甲乙之际”。

长。抗日战争胜利后，曾任北平市参议会议长、北平文物整理委员会主任委员及河北通志馆馆长。1949 年病逝于北京。[①]

1913 年，袁世凯解散国民党，国会被迫停止活动，谷钟秀南下。1914 年在上海创办了《正谊杂志》。《中华民国开国史》最早是在《正谊杂志》上连载的，从 1914 年 1 月第一卷第一期始至 6 月第一卷第六期完，同年 7 月由泰东书局出版发行。泰东书局 1914 年创办于上海，由欧阳振声任总经理，谷钟秀任总编辑。《中华民国开国史》为当代人写当代史，且是亲身经历之人去写亲身经历之历史，时间也仅是几年之隔，所以可信度比较高，如作者所言："缔造艰难之业，苟无所志，奚以召来兹。走以菲才，值组织政府之初，即往来鄂宁，滥竽代表。参议院国会递嬗，复继续议席，未间，至临时政府告终，国会废止，始获引身而退。见闻所逮，凡关系治乱得失，荦荦大端著为实录，名曰开国史。"[②]

《中华民国开国史》采用新式章节体撰写，除序外，共五编，每编之下有若干章。第一编为"绪论"，第五编为"结论"，其余三编分别为"组织政府时代""南京临时政府时代""北京临时政府时代"，将中华民国初期的历史划分为这样三个大的时期。第一编"绪论"，下分四章，分别为"地理之关系""历史之关系""人种之关系""清政之不纲及革命潮流之弥漫"。这一编作者从地理、历史、民族、清廷四个方面来议论清末政治形势及革命爆发的原因及合理性。从地理来看，"我国地势平坦，利于统一，又自古环列皆小蛮夷，不足争雄，长无竞争，故不能进化，君主专制数千年未尝少变，海通以来，屡被侮于外人"。[③] 可以看出，作者认为中国的地理环境导致中国一直故步自封，没有参与国际竞争，因而在近代落后于其他国家，并受尽凌辱，国势的衰弱便激起了国内人民政治改革的呼声。第二章"历史之关系"，谷钟秀欲从历史中去分析君主专制的弊端及说明君主专制必然会导致革命的爆发，"专制之国，惟王作

① 参见《河北近现代历史人物辞典》，香港：亚洲出版社，1992 年，第 388～389 页。

② 谷钟秀：《中华民国开国史·序》，见沈云龙主编：《近代中国史料丛刊》第六十六辑，台北：文海出版社，1972 年，第 1 页。

③ 谷钟秀：《中华民国开国史》，见沈云龙主编：《近代中国史料丛刊》第六十六辑，台北：文海出版社，1972 年，第 9～10 页。

宪，有治人无治法。虽英君贤辟，偶施仁政，而下逮者鲜……我国之历史，君主专制之历史，亦即革命之历史也……历朝因之专制之势愈盛者，革命之祸亦愈速……故专制与革命若形影之不能相离”。[①] 作者从中寻找到革命党人发动起义推翻清廷的合理性，建立民主共和国家的功劳，更是凸显了谷钟秀作为一个学者型的政治人物对历史的深邃把握和认识。第三章“人种之关系”实为“种族之关系”，作者分列了中国境内五大民族：汉族、满族、蒙古族、回族、藏族。但主要叙述了满族在定鼎中原后一直对汉族实施的民族压迫和歧视政策，导致革命者以“满汉问题”为号召发动革命。第四章叙述了清廷政治的腐败无能，“政治之窳败，未有甚于清季者也”[②]，政治的不可救药更加促使了革命潮流的弥漫。这一编总的来看是在介绍清末革命爆发的背景，为下面内容的展开作好铺垫。第二编“组织政府时代”共有九章，第三编“南京临时政府时代”共有十二章，第四编“北京临时政府时代”共有十一章。每编之下的每一章都以重大事件冠名，如第二编的标题有“民军起义于武昌”“清廷起用袁世凯”“各省响应民军三分天下有其二”“汉口之大火及吴禄桢之被刺”“清廷宣布十九信条袁世凯被举为内阁总理入京执朝政”“汉阳南京之战事与大局之关系”“各省民军代表集会于武昌宣布临时政府组织大纲”“和议之发端民军代表伍廷芳与清内阁总理代表唐绍仪之折冲”“组织政府之顿挫及孙文被举为临时大总统”。这三编从 1911 年武昌起义爆发开始，至 1914 年国会废止结束。对三年间的三个政府发生的一些重大历史事件都作了比较详细的记载。第五编为“结论”，有两章，分别是“今后政治之趋势”和“吾人理想之共和国”。在“今后政治之趋势”一章里，作者再次斥责了袁世凯废止国会、企图复辟帝制的行为，并对社会上存在的中国不宜实行共和制度的言论作了反驳。作者力倡民主共和制度，对当时的政治状况非常不满，因此作出预见，

---

① 谷钟秀：《中华民国开国史》，见沈云龙主编：《近代中国史料丛刊》第六十六辑，台北：文海出版社，1972 年，第 10～11 页。

② 谷钟秀：《中华民国开国史》，见沈云龙主编：《近代中国史料丛刊》第六十六辑，台北：文海出版社，1972 年，第 14 页。

“窃尝谓今日政治之种因，即国家不亡，已足使中国三十年内无宁岁”。[①] 这一预见被后来的历史所验证。作者在最后一章提出了“吾人理想之共和国”的构想，并言“吾人理想之共和国终有实现之一日”。[②]

（二）编纂特点

1. 实录之作

1914 年 7 月，《正谊杂志》第一卷第七期对《中华民国开国史》的介绍作如是说：“是书始民国起义讫国会废止，凡民国缔造之艰难，政局变迁之因果，择精语详，据实直书，而于政潮暗幕尤能探得奥秘。作者自组织政府之初即以代表资格往来鄂宁。嗣经参议院讫国会时代复继续议席未间。局中人叙述目睹习闻之事倍觉津津有味。诚我国民一般应读之书，不但垂为一代之信史已也。”[③]称赞该书为“据实直书”“一代之信史”。该书又名为《中华民国临时政府实录》。虽然《正谊杂志》和泰东书局都是谷钟秀自家的杂志和出版机构，但是这样的评价并不是虚夸。“实录”实为该书最主要的特点，主要体现在三个方面：

第一，不畏强权。该书对一些重大历史事件的描述能够不畏权贵，不惧统治者的高压和迫害，做到据实直书，还原历史真相。如该书第四编“北京临时政府时代”为全书分量最重、描写最详细的一编，叙述袁世凯的独裁政治。该书发行的 1914 年是袁世凯担任大总统、大权在握的时期，且是复辟帝制言论甚嚣尘上的一年，作者于此时揭露袁世凯的种种独裁、破坏共和的行为，是冒着危险的，体现了作者不畏强权的实录精神。如对宋教仁被刺一案的记载便体现了这样一种精神。1913 年 3 月，宋教仁被刺，全国震惊，案情也扑朔迷离。有称“沪上发现一种监督政府政党之裁判机关，并附有简明宣告文，杂列宋教仁、梁启超、袁世凯、赵秉钧、汪荣宝等之罪状，谓俱宜加以惩创，特先

---

① 谷钟秀：《中华民国开国史》，见沈云龙主编：《近代中国史料丛刊》第六十六辑，台北：文海出版社，1972 年，第 192 页。

② 谷钟秀：《中华民国开国史》，见沈云龙主编：《近代中国史料丛刊》第六十六辑，台北：文海出版社，1972 年，第 193 页。

③ 谷钟秀：《正谊杂志》第一卷第七期，1914 年。

判决宋教仁之死刑，即时执行。情事至为离奇”。[①] 但作者通过对案件进展的详细梳理，详细列出了案件主要嫌疑人应夔丞与洪述祖、洪述祖与赵秉钧、赵秉钧与应夔丞之间的函电往来，从而得出了应夔丞、武士英为该案的直接谋杀者，洪述祖、赵秉钧为该案的间接谋杀者，所谓上海的裁判机关也是此等人伪造出来的结论。书中虽没有直接指出袁世凯为幕后真凶，但读者依旧可以从中很明白地看出袁世凯与此案的关联：“二月四日，洪致应犯函，有冬电到赵处，即交兄手，面呈总统，阅后色颇喜，说弟颇有本事，既有把握，即望进行云云。”“二月廿二日，洪致应犯函，有来函已面呈总统总理阅过，以后勿通电国务院。”“赵总理致洪函，有应君领纸，不甚接头，仍请一手经理，与总统说定方行等语。”[②]后来该案中的武士英、应夔丞、赵秉钧三人均“暴卒”，洪述祖逍遥法外，案件不了了之，作者在此接揭露了袁世凯在宋案中阴险狡诈、贼喊捉贼的丑恶嘴脸。又如对袁世凯与国会夺权最后废止国会的记载：“陆内阁时代，事无大小，皆总统府决之。赵内阁时代，则直移国务会议于总统府，国务院无所谓国务会议。形式上虽有会议，然仅裁决较为微细之事务……至熊内阁成立，国务总理熊希龄忽倡负责任之议……一时国务院之权限似又渐趋于膨胀。未几总统制之说盛行，熊内阁失败以去。寻新约法公布，正总统制之名义，而国务院遂废。”“于是国会遂永陷于不能开会之悲境，而机能全失矣，以共和国家而有如此非立宪举动，全国震惊。”[③]此外，作者还揭露了不少袁世凯通过不正当的做法及阴谋诡计达到其独裁的目的，如袁世凯由临时大总统被选举为正式大总统的过程：“是日自晨八时开始选举，至下午十时始毕事。有自号公民团者数万人整齐严肃如军伍，包围众议员数十匝，迫即日选出所属望之总统，否则靳选举人不令出议院一步。选举人亦不得不俯首听令，忍饿终日以行选举。直至袁世凯当选之声传出，各公民皆高呼大总统万

---

① 谷钟秀：《中华民国开国史》，见沈云龙主编：《近代中国史料丛刊》第六十六辑，台北：文海出版社，1972 年，第 126～127 页。

② 谷钟秀：《中华民国开国史》，见沈云龙主编：《近代中国史料丛刊》第六十六辑，台北：文海出版社，1972 年，第 129 页，第 130 页。

③ 谷钟秀：《中华民国开国史》，见沈云龙主编：《近代中国史料丛刊》第六十六辑，台北：文海出版社，1972 年，第 119 页。

岁，振旅而返。盖正式大总统预备于十月十日即武昌起义之国庆日行就职礼。是以有公民团以速其成功，虑延期且或有选举意外之变也。翌日选举副总统无公民之迫。”[①]作者对袁世凯这些行为的揭露，无疑可以让人们更加认清袁世凯的真面目，同时希望引导舆论，遏制其复辟帝制的倒退行为。谷钟秀是希望借史书来回顾、叙述中华民国创立之艰难曲折，痛斥袁世凯复辟的不得人心之行为。

第二，揭露内幕。作者以一个亲历者的身份揭露了民国开国历史中的很多内幕，使得人们对这一段历史有了更真实、更进一步的了解，以做到“实录”“信史”。如在第二编的第九章“组织政府之顿挫及孙文被举为临时大总统”中，作者作为北方代表，介绍了辛亥革命后南北方各省代表会集南京，商议组织临时政府事宜。在临时大总统选举之前，推选大元帅、副元帅以代职权，黄兴、黎元洪分别当选，而黄兴主动请辞，推黎元洪为大元帅并组织临时政府，南北方代表之间的矛盾也由此爆发，“一时党人意气，以大元帅降副元帅为奇辱，有在代表会跳踉大叫者。忽迁怒于未独立之北方各省代表，目为汉奸或袁党，甚至以手枪拟之。其实未独立之北方各省代表固未尝敢有所主张。当时棼乱情形，易置大元帅副元帅如弈棋。及今思之，亦实有可笑者，然当时苟不如是，或祸变立现。此中委曲周折，固非局外者所能亿逆其万一也”。[②] 而黎元洪接受大元帅之职，却又委任副元帅黄兴代行其职务，二人相互推诿，使得组织临时政府事宜如坠云雾。正因为如此，孙中山的到来使得这一悬而未决的问题得到解决，最终被推举为临时大总统。第三编第四章“和议之顿挫及北伐之计画”，谷钟秀记述了唐绍仪辞职后，南北和议过程中的争执愈演愈烈，但却迟迟没有决裂，原因是“然和议所以不即决裂者，因唐代表虽辞职，仍时来协商共和政府迅速统一南北之道，而两方表面上则争执甚烈，开战之机

---

① 谷钟秀：《中华民国开国史》，见沈云龙主编：《近代中国史料丛刊》第六十六辑，台北：文海出版社，1972 年，第 160 页。

② 谷钟秀：《中华民国开国史》，见沈云龙主编：《近代中国史料丛刊》第六十六辑，台北：文海出版社，1972 年，第 57 页。

朝不保夕。此固当时中外人士所诧为奇特，非局中人不能迹其端倪者也”。[①]

第三，注重细节。《中华民国开国史》为实录之作还有一个体现就是非常注重对史实细节的记载，如谷钟秀对许多重要历史事件的时间、人物等信息的记载非常具体。在对汉阳南京之战的过程描述中，处处可见具体时间的记载，“九月二十六日上午十一时”“二十七日拂晓”，甚至精确到如“至下午四时半，桥成，以湘军二千为先锋，乘夜渡桥”。[②] 对人物的记载，往往不惧多费口舌，逐一记录。如辛亥革命后，南北方各省代表齐聚商议组织临时政府，“遂公决于十一月初十日，开选举临时大总统会。至日奉天代表吴景濂，直隶代表谷钟秀、张铭勋，河南代表李槃，山东代表谢鸿焘，山西代表景耀月、李素、刘懋赏，陕西代表张蔚森、马步云……云南代表吕志伊、张一鹏、段宇清到会”。作者将到会的 17 省代表共 43 人均一一列出。[③] 此外，该书中“载文”“载言”之处也不少，可算得上是一明显特色。“载文”部分，如对各种条文和演讲词的记录。书中所述三个政府，法律、政治等方面的条文比比皆是。辛亥革命后军政府照会各国使馆的条文、清廷宣布的十九信条、中华民国临时政府组织大纲、南北和议过程中双方所拟的各种条文、清帝退位及优待皇室条文、中华民国临时约法、宪法草案，等等，这些条文都被详细列出。演讲词如孙中山就职大总统、卸职大总统之演讲，袁世凯就职大总统之誓词等，也是全文录入。“载言”如对南北和议过程中唐绍仪、伍廷芳二人当庭对话、回旋之记载：“（伍廷芳）略谓全国人心皆向共和，即知共和政体必能成立……唐应之曰然，今日欲平和解决，非共和不可。私心实表同情，但须注意东三省及蒙、回、藏，必须完全无缺方可以保全中国。伍曰，所谓共和国非仅指十八省而言，东三省、蒙、回、藏，当然保全于共和国范围之内。唐答，我虽为全权代

---

① 谷钟秀：《中华民国开国史》，见沈云龙主编：《近代中国史料丛刊》第六十六辑，台北：文海出版社，1972 年，第 70 页。

② 谷钟秀：《中华民国开国史》，见沈云龙主编：《近代中国史料丛刊》第六十六辑，台北：文海出版社，1972 年，第 36～37 页。

③ 谷钟秀：《中华民国开国史》，见沈云龙主编：《近代中国史料丛刊》第六十六辑，台北：文海出版社，1972 年，第 58 页。

表，先承认共和一层，必须先电达袁内阁，得覆再商。”[①]这些细节描述使得历史更加具体和生动，同时也为后人考察这段历史提供了参考资料。

2. 议论形式多样

该书除纪实外，也重议论，书中的议论形式是多样的。白寿彝关于史书议论总结了几种形式：“有书前的总论，常以自序、进书表等形式出现。有书后总叙，如自叙传、跋等形式。有篇前论、篇中论、篇后论，有夹叙夹议，有寓论断于叙事。”[②]这几种议论的形式在谷钟秀的书中几乎都有。该书第一编“绪论”和第五编“结论”无疑就是书前总论和书后总叙，这是文中议论最多、最集中、最充分的两编，几乎全编都是议论，前文已大致介绍，不再赘述。除“绪论”“结论”中大段的议论外，正文的议论存在于篇前、篇中和篇后各处。如第四编第四章“财政与借款”，在记载民国初的几大借款之前，篇前有大段议论：“民国成立后，各省因其固有之势，凡中央向之所恃为财源者，皆括之为己有。而中央孤立于上，统一之实力亦锐减，故国家欲达于巩固之地位，具备统一之实力，首宜整理财政。实际上整理财政无端绪，亦无他政治之可言。夫整理财政，势不得不出于借款以应一时之急。苟财政上确有计画，借款诚不足为累。近今无论何国政治上生剧烈之变动，或国际战争，国债无不骤涨，并有国债愈多，而其国愈强之倾向，无足异也。惟吾临时政府时代，日日言财政，日日言借款，财政与借款若不可须臾。虽然借款源源不已，而财政始终未见有丝毫整理之成绩，此则大可悲者也。”[③]这些议论表达了作者对借款的看法：不反对借款，但对政府只借款却无整理财政之能力表示不满。作者在将民国初年四大借款具体情况列出之后，篇中议论道：“借款之历史，始终受扼于银行团，无论经如何周折，究不能不就其范围，而以鱼肉膺刀俎，此亦财政史上之大耻也。”紧接着便指出民国成立初政府如何受人刀俎。文章的最后，作者再次议论道：“终国会之世，迄不见有预算之交议，而政治上无终朝之计

---

① 谷钟秀：《中华民国开国史》，见沈云龙主编：《近代中国史料丛刊》第六十六辑，台北：文海出版社，1972 年，第 52 页。

② 白寿彝主编：《史学概论》，银川：宁夏人民出版社，1983 年，第 183 页。

③ 谷钟秀：《中华民国开国史》，见沈云龙主编：《近代中国史料丛刊》第六十六辑，台北：文海出版社，1972 年，第 119 页。

画，亦实无预算之可言，苟且偷安，以迄今日，而财政遂为亡国之一大问题。”[①]这一章篇前、篇中、篇后的议论都有涉及，当然，这种情况在该书中也并不常见，常常是有篇中、篇后议论而无篇前议论，或是有篇前、篇后议论而无篇中议论；至于“夹叙夹议”的情况比较多，但大多议论较短，如“（孙中山）尝于袁总统宴筵，离席而祝曰，使袁总统为总统十年，得练兵百万，文亦经营铁路，延有两万里之长，民国富强可致也。虽不过一时之侈言，然倾心袁总统之状态，亦略可见”。[②] 除以上几种议论形式外，还有“寓论断于叙事”，通过对具体史实的叙述把作者的态度表现出来。如前文提到的宋教仁案件和选举正式大总统的事件，作者只是详细叙述两个事件的过程，都没有直接指出袁世凯为幕后的主使者，也没有对袁世凯有任何责骂，但是读者读完，完全明白是怎么回事。总的来说，不管何种议论形式，作者都是在史实的基础上展开议论的。

二、尚秉和《辛壬春秋》的编纂及特点

（一）作者与内容介绍

尚秉和（1870—1950），字节之，晚号滋溪老人，直隶行唐县人。1889 年，入保定莲池书院，受业于吴汝纶，“逊臣于历史地理及诸家古文，素所服习，尤擅长制艺。既至莲池，颇为吴先生所赏拔”。尚秉和游学于莲池书院直至 1903 年中进士，这期间“凡归、方、姚、梅、曾、张，并吴先生所评点诗古文、诸子、前四史、五代史，或假之于吴先生，或索之同门，日夕移录者数年。由是于班、马、韩、欧，叙事虚实，详略简括，微眇之旨，略得于心……吴先生已殁，乃问法于吴北江、常稷笙、贾佩卿、刘莘西诸同学，凡有所作，无不就正，遂门径

① 谷钟秀：《中华民国开国史》，见沈云龙主编：《近代中国史料丛刊》第六十六辑，台北：文海出版社，1972 年，第 122 页，第 123 页。

② 谷钟秀：《中华民国开国史》，见沈云龙主编：《近代中国史料丛刊》第六十六辑，台北：文海出版社，1972 年，第 114～115 页。

粗通”。[1] 尚秉和中进士后，任职工部。1904 年，入进士馆。1905 年，巡警部尚书徐世昌闻其名调其入巡警部。1910 年，巡警部改名为民政部，辛亥革命后又改名为内务部，尚秉和供职于部中 10 余年。期间，于 1911 年 2 月至 1912 年 12 月任京师大学堂及北京大学高等科教员。1929 年，赴沈阳，与吴闿生、高步瀛执教于奉天萃升书院。九一八事变后回京，先后在中国大学和保定莲池讲学院讲学，并在寓所为生徒讲易学，著书立说。尚秉和于学术无所不窥，遍涉经、史、子、集，于易学、史学尤有建树，生平著作等身，主要学术作品有：《古文讲授谈》《辛壬春秋》《历代社会风俗事物考》《焦氏易林注》《焦氏易诂》《周易尚氏学》《周易古筮考》《易说评议》《毛诗说》等。

《辛壬春秋》为尚秉和的代表作之一。尚秉和自述该书成书背景及经过，曰：“至辛亥革命，国体变更，私忖此变为数千年所未有。蹶然兴曰：‘是吾有事之日也。’”[2]尚秉和以史官自任，对《辛壬春秋》用力之深。《辛壬春秋》一书创作始于 1911 年，1924 年由北京历史编辑社刊行。可见封面书名由王士珍[3]题，扉页有邓毓怡题书名，书前分别有王树楠、吴闿生、谷钟秀、赵衡、张鼎彝[4]的序，而且此书还经王树楠、吴闿生审定，并由张鼎彝评点，这几位或是桐城派中人，或是与桐城派学人关系密切之人。《辛壬春秋》书名的“春秋”就是指历史，“乃年月之代词，本书用以命名，并非援麟经之例有所褒贬”，该书主要记录了辛亥、壬子两年中国发生重大转折时的历史，即 1911 年至

---

① 尚秉和：《周易尚氏学·滋溪老人传》，北京：中华书局，1980 年，第 356 页。有记载尚秉和于 1909 年入京师大学堂为教习（如百度百科、2010 年中国书店出版的《辛壬春秋》的“出版前言”），据北京大学校史研究室编的《北京大学史料》（北京大学出版社，1993 年，第 328～346 页）第一卷中所记载的职员名单，尚秉和为京师大学堂教习的时间是 1911 年，并非 1909 年。此外，还有记载尚秉和抗日战争胜利后曾被国史馆聘为纂修，但是现藏于重庆档案馆的《国史馆职员通讯录》中记录的 18 位纂修、20 位协修、13 位助修中，均无尚秉和的名字。（夏雨：《民国国史馆研究》，华东师范大学硕士学位论文，2006 年，第 11 页。）

② 尚秉和：《周易尚氏学·滋溪老人传》，北京：中华书局，1980 年，第 357 页。

③ 王士珍（1861—1930），字聘卿，号冠儒，河北正定县人，北洋三杰之一（段祺瑞、冯国璋），官至北洋总理。

④ 张鼎彝（1878—?），字子铭，河北献县人。清末举人，历任保定陆军速成学堂及直隶陆军小学堂国文教员、北京政府陆军部主事、度支部员外郎等职。民国后，曾担任国会众议院议员、绥远都统署总务处处长、财政厅厅长等职。编纂《献县志》，于民国十四年（1925）刻。

1912年的历史，“兹书专纪辛亥壬子清室鼎革、民国开国之事，间有因事溢出辛壬后者不数篇也”。[①]

（二）编纂特点

1.“提纲以地以事而不以人”

《辛壬春秋》正文内容主要有：首篇为“辛壬大政纪”一卷；紧随其后的二十二卷分别叙述了二十三个省份从清末独立到统一的情况；再接着分别是“海军”“南京政府”“清室禅政”“北京政府成立记”“辛壬之际月表”“国会”“官制废置”“礼制”“全国行政区域废置表”“革命源流”“袁大总统事略”各一卷；之后“民党死事记”七卷、“清臣殉难记”六卷；最后“叙目”一卷，共四十八卷。其中，“民党死事记”和“清臣殉难记”为人物传记。[②] 尚秉和自述该书“分篇叙述自革命起至民国统一日止，中述开国之事，末附民党死事、清臣殉难诸人小传，以备史官采择”，“分篇纪述，其有大事不能分见于各篇者，则尽纳于辛壬大政纪中，略如各史之有帝纪也，所以济其穷也，又所以为纲领也”。[③] 王树楠称“盖专记辛亥、壬子两年革命之事，间有叙及癸丑年者，则全国统一之本末也。是书分省隶事，各自为篇，其有大事不能分系于各篇者，则组之于大政纪中。其繁而要者，则列之于表，以备后人之详考”。[④] 由此可见，《辛壬春秋》主要是以地记事为主，张鼎彝称“以地以事而不以人，一创也”，全书四十八卷，而各省纪事就占了二十二卷，可见分量之重。“以地以事”其实也就是王树楠所称“以地隶事”，所谓“不以人”是指不像古代史书中以人物传记为核心，该书“末附”人物传记。

---

① 尚秉和：《辛壬春秋》，北京：中国书店，影印本，2010年，第6页。

② 《辛壬春秋》目录上的标题与正文标题略有差异，如目录中为“北京政府成立记”，正文用“北京政府成立”；目录中为“袁世凯事略”，正文用“袁世凯略史”。这可能是由于该书经过众人匡正，“因文已成来不及改”。

③ 尚秉和：《辛壬春秋·凡例》，北京：中国书店，影印本，2010年，第6页。

④ 王树楠：《辛壬春秋序》，见尚秉和：《辛壬春秋》，北京：中国书店，影印本，2010年，第2页。

该书在编次上，“以精神脉络第其篇，若头目腹背上下前后之不可互易也”[①]，可知结构上的紧凑和严整。在第四十八卷“叙目”中，尚秉和详细阐述了全书四十八卷的内容和编排的依据，“天之所废亡也忽焉，智取术驭，国本亦孱。癸丑战后，统治乃专，述辛壬大政纪第一；蜀乱最先而屈最后，系秉轴之弗臧，而疆臣负诟次简，端以明厥咎，述四川第二；江汉滔滔，首揭干橹，列国闻风，祖右张楚，述湖北第三；沅湘横流，元戎先贾，德不称位，祸随及身，懵矣焦陈，述湖南第四……叙目第四十八”。[②] 作者对篇与篇之间，每篇内部之间内容的处理和安排都是有一定依据的，不可随意置换。张鼎彝所谓的“精神脉络”，笔者以为便是历史发展的线索，“革命本由各省独立，其次乃设南京政府，其次乃促清室禅政，其次乃成北京政府，由是而兴革诸大端与夫革命伟人殉节烈士，乃灿然而可纪”，沿着这一“精神脉络”依次记叙，条理清晰，顺理成章。[③] 此外，《辛壬春秋》还继承了传统史学的议论形式，不少篇后出现了“论曰”，用以表达自己的看法，长短不一。“清室禅政”“北京政府成立记”“革命源流”结尾都有比较精彩的议论。如“革命源流”篇后的“论曰：世以革命党人所为暴烈奸滑，断断焉訾议之；而为之解者，则又张其功，蔽其罪，冀无名誉之累焉。余以为此皆不览古之过也。古之汉高光武朱太祖，亦幸而成功耳，否则其恶暴矣。且革命何等事，而欲以寻常徽纆引而绳之，抑何其谬哉”。[④] 尚秉和认为革命是非比寻常之事，对革命党人不能简单地用好的或不好的来评价。

有学者认为尚秉和这种体裁是“仍纪传体而参本末之法”，笔者以为大体上是比较准确的。[⑤] 纪事本末体在近代由于其既能反映历史发展的线索，又能囊括丰富的内容，所以近代史学家多用纪事本末体改造纪传体。如1900年章太炎撰写《中国通史略例》一文，欲采用多种体裁配合的方式撰写中国通

---

① 张鼎彝：《评点辛壬春秋序》，见尚秉和：《辛壬春秋》，北京：中国书店，影印本，2010年，第5页。

② 尚秉和：《辛壬春秋》，北京：中国书店，影印本，2010年，第332～334页。

③ 张鼎彝：《评点辛壬春秋序》，见尚秉和：《辛壬春秋》，北京：中国书店，影印本，2010年，第5页。

④ 尚秉和：《辛壬春秋》，北京：中国书店，影印本，2010年，第242页。

⑤ 李周峰：《尚秉和〈辛壬春秋〉浅述》，载《历史档案》，2012年第3期，第131页。

史。梁启超也曾试图用总叙、载记、年表、传志、志略五部分配合来撰写通史，以载记为主干，载记的作用是用记事的方法概述某一历史阶段的军、政大事和演变，叙事简单清楚，不作具体的记述，只讲史事大致的发展过程，实际上就是借鉴西方章节体和传统史学纪事本末体并加以创造性的发挥。章太炎、梁启超二人虽然对史书体裁都有探讨，但是最后都没有撰著相应的史学著作。《辛壬春秋》将纪事本末体、纪传体二体相配合，克服了只以纪事本末体或纪传体为体裁的缺点，如纪事本末体忽视人的存在，而此书则在纪事之外加上“民党死事记”和“清臣殉难记”，使得这段历史有了更加丰满和立体的记载。

2.“成一代之信史”

王树楠在给此书作序时称“阅时无几，而人事之纷拿，全国之糜沸，千端万绪，闻见异辞。未闻有汇辑一书以垂世者。行唐尚节之先生虑其久而益失真也。乃竭十余年之力，详咨精择，以成一代之信史”。[1] 因此，害怕史实失真而“成一代之信史”便成为该书最重要的特点，这也是以史官自居的尚秉和撰写此书的最大追求。为了“成一代之信史”，尚秉和在史料的搜集、处理及文章撰写上都是颇下功夫的。

史书的编纂是在搜集史料、运用史料的基础上而成的。只有广泛地搜集史料并加以考证、整理，才有可能“成一代之信史”。尚秉和为了写作此书，“搜集传记，存录报章，凡百七十余种”[2]，吴闿生也称“尤留意故实，于开国以来遗闻轶事，搜讨至勤”[3]，“凡公私报纸及私家记述，靡不甄录，存其事实，而刊落其偏私”。[4] 除文献资料外，还搜集有口述史料，“常询访当事者”。[5] 尚

① 王树楠:《辛壬春秋序》,见尚秉和:《辛壬春秋》,北京:中国书店,影印本,2010 年,第 2 页。

② 尚秉和:《周易尚氏学·滋溪老人传》,北京:中华书局,1980 年,第 357 页。

③ 吴闿生:《辛壬春秋序》,见尚秉和:《辛壬春秋》,北京:中国书店,影印本,2010 年,第 2 页。

④ 吴闿生评点,见尚秉和:《辛壬春秋》,北京:中国书店,影印本,2010 年,第 334 页。

⑤ 尚秉和:《辛壬春秋·凡例》,北京:中国书店,影印本,2010 年,第 7 页。

秉和的高足梁容若[1] 1962年在台湾文星书店出版的《辛壬春秋》序中说:"大约北廷秘闻,多得之于王士珍,王为袁世凯心腹,参与密勾。南中传闻,多核之于定县谷钟秀,谷为南京临时议会之河北代表。党人资料,得之沧州张溥泉。此外如立宪派之籍忠寅等,高瞻远瞩,兼听慎择,实事求是,此本书之所以能正确。"[2]可见尚秉和史料搜集范围之广。当搜集的各种史料存在说法不一的情况时,尚秉和采取的办法是"存异说"。如"甲与乙所述每不相同,且每至互相驳斥,甚至一人所述前后或亦小异。然全是小节,此等小节,若律以古人简括之纪录,则在不书之例。兹略述之者,原以推波助澜"。"清臣殉难列传中所载事实每有与本省篇小有歧异者,非未加检点,因传闻异词必有一是,故两存之"。[3] "存异说"也是中国史学的一个传统,所谓"信以传信,疑以传疑"。[4] 如在"民党死事记"中所记的毕永年之人,尚秉和说其人最后出家为僧,"赴罗浮为僧,改名普航,抑郁卒。或曰永年实未死,仍居横滨,营商业待时。然自辛亥以来,寂不闻,疑卒罗浮为信"。[5] 尚秉和通过这种方式以做到"求客观,无偏倚,存异说,极矜慎之能事"。[6]

在该书的撰写上,尚秉和为了"成一代之信史"也是苦心孤诣、孜孜不倦。尚秉和在许多史实尚未清晰明了之前,是绝不轻易下笔的,"斯书纂辑凡十二年,其间或因一人名,因一事俟之数年。而后得之,恃以成篇,或一篇而至四五易稿"。[7] 吴闿生称其"劬劬瘁瘁,如制敝衣,百衲补缀"[8],可见作者求真之态度和作史之谨慎、用心。在得到可靠的史实之后,尚秉和会"据事直书",如

---

① 梁容若(1904—1997),字子美,河北行唐县人,为尚秉和高足之一。1922年,考入北京师范大学。1936年,入东京帝国大学文学部,回国后在北平多所高校任教,从事语言文学研究。1948年后去台湾,先后在台湾大学、台湾师范大学、东海大学任教。1974年后移居美国。1981年回国,任北京师范大学客座教授。1983年患上眼疾后赴美,1997年在美国逝世。

② 梁容若:《辛壬春秋序》,见尚秉和:《辛壬春秋》,台北:台湾文星书店,影印本,1962年。

③ 尚秉和:《辛壬春秋·凡例》,北京:中国书店,影印本,2010年,第7页。

④ 司马迁:《史记》卷十三《三代世表》,清乾隆四年(1739)武英殿校刻本。

⑤ 尚秉和:《辛壬春秋》,北京:中国书店,影印本,2010年,第262页。

⑥ 梁容若:《辛壬春秋序》,见尚秉和:《辛壬春秋》,台北:台湾文星书店,影印本,1962年。

⑦ 尚秉和:《辛壬春秋·凡例》,北京:中国书店,影印本,2010年,第6页。

⑧ 吴闿生评点,见尚秉和:《辛壬春秋》,北京:中国书店,影印本,2010年,第334页。

占全书很重分量的各省纪事，尚秉和称“各省初起草创，简略情形，每据事直书”[①]，当然书中“据事直书”的不仅仅这一部分。此外，作者写作此书尽可能保持一个客观的立场，不掺杂个人情感，如“关于革命零星纪载，向分新旧两派而立论，每不相容以致纪载每多失实。兹篇于新旧人物精神道德各有表彰，无所偏倚，务存其实”。[②] 这是史家应守的法度。他为了怕读者误会，还特别强调书名《辛壬春秋》之“春秋”并非“援麟经之例有所褒贬”，只是“年月之代词”。[③] 梁容若称该书“直书事实，劝惩自见，是非自明”[④]，这评价是很到位的。一本只记载两年时间的史书，却花了十二年的时间写作，这期间虽有时代动荡导致作辍不常的因素，但更主要的是由于作者求真求实的态度，所以不肯轻易成书脱稿，这种态度是难得的，是史家所具备的优秀品质。从这点来看，尚秉和无疑是一位“良史”。

3.“文成而法立，词简而事赅”

尚秉和作为经史文兼习的大学者，所写史书必然也是注重辞章之学的。几位给《辛壬春秋》作序的学者皆夸赞其写作功底之深厚。王树楠推崇该书“文成而法立，词简而事赅”[⑤]，张鼎彝肯定其“无所矫揉造作，于其间已文成而法立”[⑥]，吴闿生更是赞许“吾友尚君节之夙雄于文……其文章意气，殆欲与左史班范相争衡”。[⑦] 张鼎彝、吴闿生二人还专门为该书作点评，写作技巧方面的点评是其中之一。笔者以为《辛壬春秋》在写作方面最大的特点，可借用王树楠“文成而法立，词简而事赅”来概括。中国文人历来主张文无定法，在写作过程中不会预立一格，他们会不动声色、不露痕迹地使“文成而法立”，且无“矫揉造作”之感，尚秉和的《辛壬春秋》便具有这样的特点，“丝毫不露斧

---

① 尚秉和：《辛壬春秋·凡例》，北京：中国书店，影印本，2010年，第6页。

② 尚秉和：《辛壬春秋·凡例》，北京：中国书店，影印本，2010年，第6页。

③ 尚秉和：《辛壬春秋·凡例》，北京：中国书店，影印本，2010年，第7页。

④ 梁容若：《辛壬春秋序》，见尚秉和：《辛壬春秋》，台北：台湾文星书店，影印本，1962年。

⑤ 王树楠：《辛壬春秋序》，见尚秉和：《辛壬春秋》，北京：中国书店，影印本，2010年，第2页。

⑥ 张鼎彝：《评点辛壬春秋序》，见尚秉和：《辛壬春秋》，北京：中国书店，影印本，2010年，第5页。

⑦ 吴闿生：《辛壬春秋序》，见尚秉和：《辛壬春秋》，北京：中国书店，影印本，2010年，第2～3页。

凿痕,良由笔妙”。[①] 人们常常诟病文人写史有“文丰而事省”或“取文舍事”[②]的毛病,尚秉和作为一位文史兼修的学人,其史书则避免了这样的毛病。《辛壬春秋》在辞章上另一大优点正是“词简而事赅”,语言简练生动却又能将事情很好地叙述出来。如四川省纪事开篇说“革命之起由川乱,川乱由铁路收归国有,国有政策始于张之洞,成于盛宣怀。宣怀博通时务,为北洋大臣李鸿章所识拔,创办新政,事举绩著。至光绪二十二年,遂以津海关道充督办芦汉铁路大臣。二十八年,宣怀与美商合兴公司订约,修粤汉铁路,既签约筑路矣。湘鄂粤绅商议自筑,力争湖广总督张之洞助之,卒废约。之洞之主废约,非拒外资,实欲挤宣怀,夺之权”。[③] 这一段话虽只有百余字,但容纳了大量的历史史实,干净利落,毫无拖沓之感,张鼎彝在段后评曰“着语无多,情事毕著,是谓峻洁”。[④] 书中这样的例子还有很多。梁容若称该书“损之又损”,所以能“文省而事赅,扼要而畅达”[⑤];吴闿生在书后赞其“明练简核,使棼乱之源了如指掌”。[⑥] 各家对尚秉和的称赞,是深明其旨而作出的评价,并非泛泛赞语。

三、民国史编纂的影响

从上文的分析可以总结出桐城派民国史编纂有几个共同的特点:第一,求真。求真是史学从古至今不变的宗旨,史家著史的目的大都是要成一代之信史,留名后世,《中华民国开国史》和《辛壬春秋》也不例外。第二,体裁体例的创新。这种创新是相较于传统史学的体裁体例而言的。史书体裁体例的变化发展与时代有紧密关系,新的时代需要与之相适应的史书体裁体例。民

---

① 张鼎彝评点,见尚秉和:《辛壬春秋》,北京:中国书店,影印本,2010 年,第 157 页。

② 章太炎 1924 年在南京教育改进社年会上作以“劝治史学并论史学利弊”为题的演讲,指出史学弊端有五,“取文舍事”为第一。(载《新闻报》,1924 年 7 月 20 日。)桑兵指出章太炎所说的“取文舍事”是归有光、方苞等文辞派评点《史记》《汉书》,以事实就文章,忽视史书实录的本质,易为写作文章而捏造事实,旨在进一步肃清桐城派的影响。(桑兵:《晚清民国的国学研究·绪论》,上海:上海古籍出版社,2001 年,第 6 页。)

③ 尚秉和:《辛壬春秋》,北京:中国书店,影印本,2010 年,第 41 页。

④ 张鼎彝评点,见尚秉和:《辛壬春秋》,北京:中国书店,影印本,2010 年,第 41 页。

⑤ 梁容若:《辛壬春秋序》,见尚秉和:《辛壬春秋》,台北:台湾文星书店,影印本,1962 年。

⑥ 吴闿生评点,见尚秉和:《辛壬春秋》,北京:中国书店,影印本,2010 年,第 336 页。

国肇建，推翻了几千年的君主专制，建立了民主共和政体，编纂这样一个完全不同于传统的新时代的历史，需要用新的史书体裁体例来展现。“自《东观记》以至《通鉴》祖左氏体(编年体)，自《汉书》以及《明史》祖司马氏体。盖自汉以降，国家有兴亡而世局无变更，故史体亦因仍不改，理势然也。民国肇兴，事事尽翻前局。昔之以一姓而扫荡群雄者，今则合群雄而涪扶一姓；昔之以一人而驱策寰区者，今则合寰区而委任一人。椠笔其间者，犹复遵循前例，蹈袭旧规，事非不可行，文非不可通。吾恐方凿圆枘之龃龉者多，而情事或因以不显。故论史法于今日其不能不别创一体，以与时会相乘除”。[①] 进入民国，桐城派学人在编写史书时注意体裁体例的变化和创新，《中华民国开国史》已采用“章节体”这种新史学的编撰方式，而《辛壬春秋》也是将传统史学纪事本末体加以创造性的发挥。第三，有较高的历史文学成就。白寿彝先生称“历史文学作为对历史的文字表述，这跟历史题材的文学作品有性质上的不同。但历史作为文本而存在，又必然不能与文学彻底划清界限”。[②] 尚秉和作为以文著称的桐城派的弟子，其在历史文学上的成就必然是要高于一般学人的。

从今天来讲，这两部书属于民国史的范围，也就是近代史的范围。应该说，不管是从近代历史研究的角度看，还是从近代史学史研究的角度看，这两部书都不应该被忽视。《中华民国开国史》是为数不多的一部记录辛亥革命及民国初年的历史著作，如果要以作者的政治身份来看，编撰的是其亲身经历的历史事件，因此史料价值非常高，对现今研究辛亥革命史有比较高的价值。章开沅在《50 年来的辛亥革命史研究》一文中便提到“中华民国史之类书籍，其中出版最早且较有参考价值的，是曾任清末直隶咨议局议员和民初国会参议员的谷钟秀编的《中华民国开国史》”。[③]《辛壬春秋》费十二年之功

① 张鼎彝：《评点辛壬春秋序》，见尚秉和：《辛壬春秋》，北京：中国书店，影印本，2010 年，第 5 页。

② 白寿彝：《中国史学史》第一卷，上海：上海人民出版社，2006 年，第 17 页。

③ 章开沅：《50 年来的辛亥革命史研究》，载《近代史研究》，1999 年第 5 期，第 222 页。

而成，其价值自然不可小觑，“欲观民国之史乘，舍兹编所记，复何求”。[①] 知名作家曹聚仁[②]曾专门写文章郑重介绍《辛壬春秋》一书，并对尚秉和的史识、史才、史学，表达了自己的敬意。[③]

学界已经充分认识到《中华民国开国史》的史料价值，很多学者在研究辛亥革命及民国初年的政治史时，都引用过这本书，这本书已成为近代史研究领域的重要的参考书目。《中华民国开国史》被收入沈云龙主编的《近代中国史料丛刊》中，由台湾文海出版社影印出版。相较而言，本该更有影响力的《辛壬春秋》却一直没有引起重视，如章开沅就提到“1924 年刊行的尚秉和《辛壬春秋》，叙事虽尚条理明晰，间有为外界所罕知者”。[④] 1962 年台湾文星书店曾影印出版《辛壬春秋》，1970 年该书在香港由文艺书屋出版社出版。20 世纪中国书店曾两次出版，2010 年中国书店缩为一册后再出版。[⑤] 学界知道此书的人很少，思及原因，可能有以下三方面：一是《辛壬春秋》刊行已是 20 世纪 20 年代，那个时候新史学和白话文已逐渐成为主流，这种在形式上看似传统史学，且用古文写作的史书，在那个时代是不太会受欢迎的。二是该书记述史事仅局限于两年的时间，在重贯通的思想背景下，不易为学人所看重。三是该书在内容上有对革命党人的一些不好方面的记载，台湾文星书店出版该书后就曾被蒋介石下令没收，但是在国外流传甚广。不能因为

---

① 吴闿生：《辛壬春秋序》，见尚秉和：《辛壬春秋》，北京：中国书店，影印本，2010 年，第 3 页。

② 曹聚仁(1900—1972)，浙江人，毕业于浙江第一师范学校，著名的作家和记者。1922 年到上海，任教于爱国女中、暨南大学、复旦大学等。曾主编《涛声》《芒种》等杂志。抗日战争全面爆发后，任战地记者，曾报道淞沪战役、台儿庄战役。1950 年赴香港，任新加坡《南洋商报》驻港特派记者。20 世纪 50 年代后期，主办《循环日报》《正午报》等报纸。后多次回内地，促进祖国统一事业。著有《中国学术思想史随笔》《万里行记》《现代中国通鉴》等。

③ 曹聚仁：《天一阁人物谭》，北京：生活 · 读书 · 新知三联书店，2007 年，第 489～492 页。

④ 章开沅：《50 年来的辛亥革命史研究》，载《近代史研究》，1999 年第 5 期，第 223 页。

⑤ 尚秉和：《辛壬春秋 · 出版说明》，北京：中国书店，影印本，2010 年，第 2 页。《辛壬春秋》的再版情况尚且如此，《中华民国开国史》更是不及，该书 1914 年出版，直至被沈云龙主编的《近代中国史料丛刊》收录，1972 年由台湾文海出版社出版。这两部书被现在的学者大都拿来当作参考资料，利用其中保存的史料，并没有多少人关注这两部书作为史学著作从史学史角度来分析其价值。目前学界只有一篇《尚秉和〈辛壬春秋〉浅述》的文章。（载《历史档案》，2012 年第 3 期。）

尚秉和记载了革命党人不好的一面就认为他是攻讦革命党，不满革命。前文曾提到尚秉和在评价新旧人物时各有表彰、天所偏倚，他对革命党人也有同情和称赞的地方，他说到所列“民党死事记”的原因时说：“死在辛亥前及辛亥冬者为断，所以深痛民党为共和尽力，未得享共和幸福也。”[①]所以，尚秉和只是实事求是地记载了一些事，不能过分地被上升到政治立场问题。前文已提到清季民国桐城派群体在思想上是比较开放的，他们当中基本上没有人在清朝被推翻后隐居不仕，相反大都在民国任职，包括尚秉和，一直在内务部供事，所以于政治上他们并无保守之说。

尚秉和写作《辛壬春秋》的时间晚于谷钟秀的《中华民国开国史》，作为同门，尚秉和必然是参考了《中华民国开国史》，这在谷钟秀给《辛壬春秋》写的序言中可以看出：“民国三年，秀遁沪，草《中华民国开国史》，既刊行，而于各省独立始末付诸阙如。方拟补缀未果也。五年归京，晤故人尚节之先生，得悉伊已著《辛壬春秋》，省自为篇，于独立始末特详，秀遂辍笔。日耀灵出，爝火可以熄矣。而先生不以秀著浅陋，于南京政府国会诸篇亦多采及。”[②]二书共同代表了桐城派学人近代史编撰的成就。

---

① 尚秉和：《辛壬春秋·凡例》，北京：中国书店，影印本，2010年，第6页。

② 谷钟秀：《辛壬春秋序》，见尚秉和：《辛壬春秋》，北京：中国书店，影印本，2010年，第2页。

第三章　中国通史和世界史的编纂

桐城派学人于中国通史和世界史的编纂也颇有作为。清末民初，由于进化史观的影响逐渐深入，学界再一次兴起了研究和编纂中国通史的热潮。此时的中国通史编纂随着时代的变化，也发生了一个由传统向近代的转变。桐城派学人的中国通史编纂出现了以进化史观为指导下的历史分期及教科书体中国通史的编纂形式，这些都是近代中国通史编纂转型过程中的尝试。虽然有一些新的变化，但是在记述内容上还是秉承传统史学的做法。到了民国中后期，桐城派学人再次适时而变，在中国通史编纂上开始以流行的社会史的研究为内容，且取得不小的成就。桐城派学人关于世界史的编纂与编译，内容多集中于兴衰变化、外交、宪法等方面，主要本着以为中国提供借鉴之资的目的，这是桐城派学人眼界开阔、思想开放的体现。桐城派学人关于世界史的编译，主要体现在对日本史书的翻译上，这些编译过来的史书，在一定程度上为当时中国史学的发展提供了参考和指导。

第一节　中国通史的编纂

清季民国桐城派学人有关中国通史研究的主要著作有常堉璋、刘乃晟的《中国历史课本》，姚永朴的《史事举要》《白话史》，以及尚秉和的《历代社会风俗事物考》等。其中，《中国历史课本》《史事举要》为清末撰写的中国历史教科书，《中国历史课本》属于国内较早一批自撰的历史教科书，《历代社会风俗事物考》《白话史》都是民国后期的中国通史作品，《历代社会风俗事物考》

是一部社会史通史。这些作品由于受时代学术思潮的影响，打上了烙印，同时又保留着传统史学的某些因素。

一、常堉璋、刘乃晟的《中国历史课本》

（一）作者与内容介绍

常堉璋[①]（1869—？），字稷生，号寄斋，河北饶阳人，副贡，师事吴汝纶，清末官陆军部主事。庚子之乱后，常堉璋协助吴汝纶开办“华北译书局”，任编辑，并创办半月刊《经济丛编》，1904 年改名为《北京杂志》。民国后当选为第一届国会议员，任袁世凯政府国务院秘书厅佥事、徐世昌政府经济调查局参议。刘声木称其“通古今中外学，晓世务，能文章，恢奇雄放，才思精练”[②]，吴闿生也说“吾友常君于学无所不通……虽信多才，而其居家讲习乃不专一于是，自经史百家之书，周秦以来奇人硕士之文辞下至方舆、外国奇侅幽眇之论，莫不深研而浅讨之”。[③] 常堉璋著有《寄斋文草》八卷。刘乃晟[④]（？—1929），字苹西，河北衡水人，师事张裕钊、吴汝纶，清末举人，与常堉璋是同门好友。民国后历任江西萍乡、黎川、瑞昌及直隶定兴、晋县知事。常堉璋、刘乃晟二人于 1904 年刊行了他们自主编纂的教科书《中国历史课本》。[⑤]

---

① 常堉璋在学界几乎不受人关注，其生卒年月并不是很清楚，笔者关于其出生年是由其写的《籍公行状》推测出来的，籍公指另一位桐城派人物籍忠寅，此文中常堉璋提到其长籍忠寅八岁。此文落款署名为“甥常堉璋”，可见二人关系。常堉璋的卒年无法得知确切年月，只是据 1934 年刊行的河南《西平县志》的“凡例”中提到有赖常堉璋等人的审核。据此推测其 1934 年前后仍在世。

② 刘声木撰，徐天祥点校：《桐城文学渊源撰述考》，合肥：黄山书社，1989 年，第 294 页。

③ 吴闿生：《北江先生文集》第一卷《送常济生序》，文学社藏版，1924 年。

④ 在邓毓怡的诗集《拙园诗集》中有“挽刘苹西”之联语，且这副联语位于“挽梁任公”之后，为其诗集中所收倒数第二篇之作，最后一篇为“挽马小山”，马小山即马筱珊，梁启超 1929 年 1 月 19 日去世，邓毓怡 1929 年 3 月 11 日去世，刘苹西去世时间应位于其中间。1927 年刘乃晟还在任直隶晋县公署。

⑤ 国家图书馆藏《中国历史课本》四册。其中一册为第三版，1907 年出版的；剩余的三册为第四版，1908 年出版。该两版都不完整，但 1908 年版的三册已经能呈现该教科书的主要内容。1908 年版的扉页上有“光绪三十年九月初版、光绪三十一年十二月再版、光绪三十三年二月三版、光绪三十四年五月四版”。

《中国历史课本》初为直隶保定高等学堂的教科书，后得到时任直隶总督袁世凯的称赏，“以谓高等小学以上之学校皆适用……属更印行”，便在直隶地区推广开来。该历史课本记述内容始自伏羲时代，下至清朝末年，“括四千余年之故事，约以十余万言”。[①] 作者将这几千年的中国历史划分成了几个阶段，即“上古史”“中古史”“近古史”及“近世史”，秦以前为上古之期，自秦至隋为中古之期，唐至明为近古之期，“近世史”为专记清朝大事。《中国历史课本》共有四册，第一册为“上古史”“中古史”，第二、三册为“近古史”，第四册为“近世史”。

（二）编纂特点

1. 以进化史观为指导

清末，严复译成《天演论》，从中国民族危机的现实出发，将英国思想家赫胥黎的生物进化论及其社会进化论与斯宾塞的社会达尔文主义思想相糅合，较为系统和深入地介绍了西方近代进化史观。严复宣传的社会进化论观点，适应了当时中国形势的需要，受到了学界的欢迎。就是这样一部深刻影响中国近代的译著与桐城派有着一定的联系。吴汝纶应严复之请为《天演论》作序，对该书褒扬有加，吴汝纶自己也深受进化史观的影响。因此吴门弟子大都接受过进化论的洗礼。在新的历史观的指导下，桐城派学人的史书编纂往往也出现新的变化，体现在以进化史观来考察和分析中国历史，探索历史发展的因果关系和社会进化的轨迹，且将史书的编纂与救亡图存紧密联系起来。

《中国历史课本》将中国历史划分为“上古”“中古”“近古”“近世”几个时期，共四册，上古、中古合为一册，近古部分占了两册，还专门将“国朝大事，则别为一编，承于后”[②]，即近世又为一册。这种历史分期是便于明了社会进化轨迹的。关于社会进化轨迹，作者有明确表述：

> 人类由朴野日趋文明，曾累跌进，未有已时……人类之历史，万物之

---

① 常堉璋、刘乃晟：《中国历史课本·袁世凯叙》，北京华新印书局，1908 年。

② 常堉璋、刘乃晟：《中国历史课本·总论四》，北京华新印书局，1908 年。

历史也。历史又非徒记世代之沿革，实人群思想之维系……人类之初祖，在动物植物之间，无所谓种族也。已而有种族矣，种族相争，则不能无国界，有国界则不能无政治，政治者风俗之遗蜕也。有种族有风俗，则举族听命于酋长，有国界有政治则举国听命于君主。于是有酋长时代、贵族时代、封建时代，私天下时代、公天下时代，君主时代、民主时代、共和时代。①

作者还利用进化史观来解释中国在古代为什么可以保持大国地位，而到近代却落后挨打：

故吾以为中国古昔，闭关一统，无外来之刺激，虽有边患，无一败涂地之虞。虽有知识，无交通进步之猛。只此压力反动力，同种扰攘而已。近百年来，五洲大通，文明日益刺激，天演公例日明，破尽四千年成局，渐入优胜劣败世界。又不若压力尚有反动时矣。②

这段解释，说明作者注意到了历史发展的相互联系和因果关系，表述了历史发展的进化情况。关于以进化史观为指导来激发国人爱国救亡之心的编纂目的，《中国历史课本》也有明确表述：

特未知茫茫世宙，磊磊五洲之英雄，各争存于天择物竞之中，谁与享此最后之幸福？而光耀此最后之历史者？顾尤望吾侪，读此中国历史，振其合群之思想，保此中国种族，中国土地，中国宗教，超越此过渡时代，而孕育最后之英雄也。③

观数千年兴革之故，知吾族自黄炎以来之可贵，知吾族蹉跎至今日之不易，尚其捐弃腐旧，以对待此天演剧烈之新世界乎。④

由上可见，常堉璋、刘乃晟《中国历史课本》是在进化史观指导下编撰的，与传统史书孤立地研究历史的方法、内容有区别，因此具有一定的创新意义。

---

① 常堉璋、刘乃晟：《中国历史课本·总论一》，北京华新印书局，1908年。

② 常堉璋、刘乃晟：《中国历史课本·总论三》，北京华新印书局，1908年。

③ 常堉璋、刘乃晟：《中国历史课本·总论一》，北京华新印书局，1908年。

④ 常堉璋、刘乃晟：《中国历史课本·总论三》，北京华新印书局，1908年。

2. 以帝王为纲之内容

《中国历史课本》的编撰虽体现了进化史观的指导思想，但在内容上却依旧采取传统史学的方式，即以帝王为纲，记载的都是有关帝王将相及治乱兴衰之事，不是"新史学"提倡的要写人民大众的历史。相反，常堉璋、刘乃晟反对梁启超"新史学"提倡的"民史"。常堉璋在为保定直隶学堂监督钱镕所代写的序文中说：

> 自新学勃兴，言历史者，动谓吾国旧史，大抵一姓帝王之私谱，于所谓民族史国史之新议不相合，乃竟取小说杂记之所言，牵引附会，编次成书，以求合于历史学之新议。此亦近今之通蔽也。吾国自唐虞以来，皆以国土为君主之所有，故往者史家，皆以一姓统全国。然而国君之兴亡，斯民族之文野强弱，可附以共见。今乃必取小说杂记山野村市猥琐不经之谈，旧史所不载者，以求合国史民史之新议。无论其于传信之义何如，而历代衰兴之大端已略矣。故事之不悉，安所得其感情乎，流极支离，且更入于无君之异说。何莫非彼赴会史学新议者之启其机也。且夫外国之所以有国史民史者，以其向来立国之成迹如是也。成迹不如是，而必迁就以合之，然则塑古人之像，而强指一今人之伟丽者为之范，遂谓神似所塑之古人。其可谓得乎？况外国亦未尝不尊君，日本人士，且以其二千年皇统一系，夸于五洲，而明治维新，即原因于尊王之学说，则吾又安可舍一定之君统，而别事张皇乎。①

这段话占了序文近一半的篇幅，很明显是针对梁启超批判中国传统史学专记帝王将相之历史，提倡写"民史"的"新史学"而言的，并对社会上那些为迎合此种"新史学"而不顾史实、牵强附会之作品提出批评。在常堉璋看来，中国与外国传统不一样，中国史学写帝王将相是有根据和合理的，不能一味模仿外国，如果那样就好似比照一个现代人的样子去刻画古人，并不合适。

---

① 钱镕：《中国历史课本叙》，见常堉璋、刘乃晟：《中国历史课本》，北京华新印书局，1908年。这虽然是钱镕的序，但是在常堉璋的文集《寄斋文草》中有一篇《〈中国历史课本〉代序》，即是代钱镕所写，将二文加以比较，内容几乎一致。《寄斋文草》八卷，国家图书馆藏，铅印本，无出版者及发行年月。

此外，该教科书是一部学堂教科书，其编纂需要遵循官方思想。清朝末年，清廷实行“新政”，教育改革是其中一个重要的方面。1904 年 1 月颁布的《奏定学堂章程》，又称“癸卯学制”。该学制是中国近代学校教育开始的标志。其中正式规定在初等小学堂、高等小学堂、中学堂等各级学堂开设历史课程，从此历史作为一门独立的课程进入学校教育中。伴随着新学制的出台，历史课程得到了重视，紧接而来的便是教科书的编写和发行，以供教学之用。《中国历史课本》的编纂便是在这样的时代背景下产生的。“癸卯学制”是中国历史上第一部具有近代化意义的课程标准，但是要注意的是清廷当时各种改革的出发点是要维护摇摇欲坠的政权，这也就导致了其必然会要求“立学宗旨，无论何等学堂，均以忠孝为本，以中国经史之学为基。俾学生心术一归于纯正，而后以西学沦其智识，练其艺能，务期他日成材，各适实用，以仰副国家造就通才、慎防流弊之意”。[①] 同时又规定“先讲中国史，当专举历代帝王之大事，陈述本朝列圣之善政德泽，暨中国百年以内之大事；次则讲古今忠良贤哲之事迹，以及学术技艺之隆替，武备之弛张，政治之沿革，农工商业之进境，风俗之变迁等事”。[②] 正由于有新学制如此的思想和规定，由此而编的官方教科书必然也会打上烙印。因此“编著历代成败治乱之迹，皆以帝王为纲，而民族文化之进退，种族之消长，即因以著白。即故事而陈新义，是诚符合乎历朝之成迹”。[③] 从这点来看，《中国历史课本》也是完全吻合新学制的宗旨的。

3. 文辞有家法

文辞有家法，即是文辞具有桐城派的特点。常堉璋、刘乃晟作为吴门弟子，是倡导用古文写作的。吴汝纶在世时非常反对由梁启超等倡导的报章体即俚语写作。庚子之乱后，常堉璋曾协助吴汝纶创办了“华北译书局”，并于

---

① 张百熙、荣庆、张之洞：《重订学堂章程折》，见舒新城编：《中国近代教育史资料》上册，北京：人民教育出版社，1961 年，第 195 页。

② 《奏定中学堂章程·学科程度章第二》，见舒新城编：《中国近代教育史资料》中册，北京：人民教育出版社，1961 年，第 504 页。

③ 钱镕：《中国历史课本叙》，见常堉璋、刘乃晟：《中国历史课本》，北京华新印书局，1908 年。

1902年发行半月刊杂志《经济丛编》，该杂志中专设《文学》一栏，因为“凡政教艺术必因文以达，而理论之高深尤非遂于文者不能畅其义。故近有议废中文，易以俚语者，皆不审之论。远识之士常兢兢于此道焉，至各国文字之异同，其源流本末，尤学者所宜知集而编之不惮繁琐”。[①] 对于清末已经兴起的“废议中文”之舆论，桐城派学人是竭力抵制的。吴汝纶后期重提“雅洁”，就是针对当时俚语写作的“俗”。因此，常堉璋、刘乃晟继承家法，以雅洁的古文来编写此套教科书。袁世凯提出该书文辞方面的不俗，称赞道“东西洋学风流衍，吾国学子大抵用其率易不文之词著书行世，而文事忽焉不讲，意以为浅近易通也，究之不取足于文者。其意且无由以达，往往枝蔓镠轕，不足于义，而徒费于词。后生传习，或至执笔而不能自明其所言。此一弊也。是编文词具有家法，括四千余年之故事，约以十余万言，而条理明达，奥如旷日，自高等小学以上之生徒，苟得此本而研究之，固将以述往思来，充扬国粹，而以其间抽绎其文词，且可为文法学科之一助也”。[②] 袁世凯认为该书不仅可以作为历史教科书使用，还有助于“文法学科”的发展，评价甚高。《中国历史课本》分课叙述，每课课文都不是很长。如在叙述“秦”的一段课文中说：“秦王既并六国，自以为功过五帝，地广三王，遂称始皇帝。由一世传万世，不用谥。改封建为郡县，置守尉监。又以匈奴为边患，发三十万人征之，尽取其河南地，筑长城起临洮迄辽东以限之。又取百粤，置南海桂林象郡，徙民五十万戍之，示威胡越。又作阿房宫，隐宫徒刑者七十余万人。未就，用李斯言，焚书坑儒，禁偶语诗书，毁名城杀豪杰，销锋铸鐻，以吏为师。欲愚黔首，肆意杀戮，遂至上下离心，土崩瓦解。”[③]作者用高雅简洁的语言，仅百余字就将秦始皇的功过表述出来，实属不易。

二、姚永朴的《史事举要》和《白话史》

《史事举要》是姚永朴所著的一部通史著作，其弟姚永概于书前作一简短

---

① 《经济丛编·叙例》，1902年第1册。

② 袁世凯：《中国历史课本叙》，见常堉璋、刘乃晟：《中国历史课本》，北京华新印书局，1908年。

③ 常堉璋、刘乃晟：《中国历史课本》第一编《上古史》第四十三课，北京华新印书局，1908年。

的序文，称“吾兄仲实是书，成于壬子夏，起盘古氏迄清末，略仿教科书体。分三百五十课，为卷七。其文本旧史，以历代治乱兴衰为主，凡典章人物及学术之变迁，外国之交涉，择其大者，咸附见焉。间有亦释者，各注于本句下。族父星五观察，喜其简明，足以嘉惠后学。助资付印”。[①] 该书完成于 1912 年夏，但直至 1917 年才由他人资助刊印。既然完成于 1912 年夏，那么写作时间总的来看属于清末鼎革之际。《史事举要》与《中国历史课本》一样，都是教科书体，受到进化史观的影响，按时间先后顺序编撰，却在内容上保持传统史学的特色。《史事举要》分课叙述。全文共三百五十课，每五十课为一卷，共七卷。第一卷从皇古至秦末，第二卷从汉至曹操代汉，第三卷从三国鼎立至隋朝灭亡，第四卷为唐朝创立至五代十国，第五卷为宋朝创立至灭亡，第六卷为元、明二朝，第七卷为清朝。该史书的内容也主要集中于治乱兴衰等国家大事，但同时涉及了学术之变迁，如关于“两汉儒学”“魏之儒学”“南北儒学”“宋之儒学”“明之儒学”“清之儒学”等的叙述，这一点是《中国历史课本》所没有的，说明姚永朴更加重视历代学术的发展变化。《史事举要》有一大特点是简要，正如姚永概在序文中提到的“喜其简明”。该书记载历史的时间跨度比《中国历史课本》还要大，但仅为一册，大部分的课文只占半页纸张，最长的也不过一页半，所成的一册并不厚重，真可谓一部“中国最简通史”。该书刊印于 1917 年，新体裁、新形式、新内容的历史教科书已非常多，这样一部仍“文本旧史”的教科书自然是不会产生太大影响的。不过作为读史入门之作，还是有一定价值的。

姚永朴尚有一部《白话史》，安徽省图书馆藏有红格钞本一册。该书与《史事举要》一样，同样是一部简明中国通史，首章为“皇古”，紧接之后的分别为“唐虞”“夏”“商”“西周”，直到“明”“清”，共二十五章。姚永概在序中所言“乃仲兄所编，以教家中小儿”[②]，是一部具有启蒙性质的儿童历史读本，内容是比较浅显的。此外，名曰《白话史》，毋庸置疑，自然是一部以白话文为语言

---

① 姚永概：《史事举要·序》，北京共和印书局，1917 年藏。

② 姚永朴：《白话史》，清红格钞本，安徽省图书馆藏。2020 年，由安徽省图书馆编、安徽大学出版社出版的《安徽省图书馆藏桐城派作家稿本钞本丛刊·姚永朴卷》便收录《白话史二十五章》。

特色的史学作品,此列举一段加以说明:

> 英、俄、法、德、日本诸国,又日渐强大,外交上屡次失败。光绪二十年,以争朝鲜事,日本开仗,我军水陆皆败,不得已,赔款乞和,清之国势,从此衰微。二十四年,德宗听主事康有为之言变政,原是想自强的意思,而行之太骤,文武诸臣不悦,进谗言于孝钦老太后,于是此案翻将过来,杀了几个要变的,有为逃去……武昌变起,各处响应,德宗的皇后,这时节做皇太后,宣统帝逊位,遂成中华民国。①

该书较《史事举要》有一明显变化,就是完全是新史学的章节体,但是在内容上似乎变化不大。

《白话史》由姚永概作序,应该是在1923年之前就已完成。姚永朴作为桐城派古文大家竟然会写作章节体的白话文作品,可见其思想还是十分开放的。虽然不反对甚至主动运用白话文,但是这不代表姚永朴放弃古文的写作及自身坚守古文的立场,《白话史》只是一本用以教育家中小儿的初级蒙学课本,且没有刊行。在出版刊行学术性较强的著作中,姚永朴都是以古文写作的。后期的桐城派学人对五四运动提出废除古文,提倡白话文是不满的,在1921年由不少桐城派学人参与创办的《四存月刊》的"编辑叙例"中,就有针对废除古文的反驳,他们认为:"文字之用简而明,俗白之语繁而费。述一事达一辞,必舍文而尽用白语,恐文之尽以一言者,白则数言或十数言且不能尽也。费何如也。大抵口述宜白,笔述宜文。实至当不移之理。"②因此,在《四存月刊》上发表的文章都是用古文写作的。实际上,桐城派学人能接受白话文的存在,他们真正希望的是白话文与古文共存,他们的反驳是为古文的生存争得一席之地,但是他们的努力在时代大潮流面前是不会成功的。

---

① 姚永朴:《白话史》第二十五章,清红格钞本,安徽省图书馆藏。

② 《四存月刊·编辑叙例》,1921年第1期。

三、尚秉和的《历代社会风俗事物考》

（一）写作背景与内容介绍

《历代社会风俗事物考》是尚秉和继《辛壬春秋》之后另一部重要的史学著作，1938 年由商务印书馆出版发行。该书是在其早先撰《历代社会状况史》的基础上而成的。尚秉和曾有《历代社会状况史》[①]甲编二十卷刊行，其在书前例言中称"是书分为甲乙两编，兹先将甲编出版，乙编续出"。《历代社会状况史》甲编其实就是后来《历代社会风俗事物考》的前半部分。[②] 尚秉和自述《历代社会风俗事物考》的写作缘起时说："思中国历史，皆详于朝代兴亡，政治得失，文物制度之记载。至于社会风俗之演变，事物风尚之异同，饮食起居之状况，自三代以迄唐宋，实相不明。一读古书，每多隔阂。初学固病之，即通人学士，偶有所询，瞠目不能答者多矣。然一物有一物之历史，一事有一事之历史。即细而至于拜跪坐卧，床榻几席，更衣便旋，亦莫不有其历史。"[③]在今天看来，尚秉和此书无疑是一部社会史，且是一部社会史通史。作此书的原因是中国史书向来只注重政治得失、典章制度等大的方面记载，而忽略了风俗的演变、事物的沿革，这种知识的欠缺，导致后人在读古书时往往产生隔阂，不甚明了，即使是通儒达士，也不能道其所以然。这部书的写作固然由于作者想通过对历代风俗事物的考证而解开读古书时的"隔阂"，其实还有一个时代背景，就是 20 世纪社会史研究的兴起。梁启超批评中国传统史学有"四弊""二病"，"四弊"为"知有朝廷而不知有国家""知有个人而不知有群体""知有陈迹而不知有今务""知有事实而不知有理想"，"二病"为"能铺叙而不能别裁""能因袭而不能创作"，因此他主张破除旧史学而建立新史

---

① 国家图书馆现藏有该书，铅印本，无出版年月及出版者，上、下两册，书后附勘误表。《历代社会状况史》1981 年 1 月由台湾文海出版社出版，与国家图书馆版本无区别，是影印本。

② 尚秉和：《历代社会状况史》，国家图书馆藏民国铅印本。

③ 尚秉和：《周易尚氏学·滋溪老人传》，北京：中华书局，1980 年，第 357～358 页

学。[①] 新史学就是要“叙人群进化之现象而求得其公理公例者”[②]，就是要“皆为朝廷上之君若臣而作”，要“为国民而作者”。[③] 因此这种新史学其实就已有社会史的内涵。到了20世纪三四十年代，社会史研究出现了一个高潮，“社会史遂有取政治史而代之之趋势”。[④] 尚秉和的《历代社会风俗事物考》便是这一阶段的社会史研究代表作之一。在尚秉和看来，“社会之推移，风俗之演变，一事一物之沿革，可以考人群之进化，防弊害于未然。其事虽小，其所关则甚大”。[⑤]

《历代社会风俗事物考》“追本溯源，上自三代，下迄晚清，凡历代社会情状、风俗变迁等专史未说者，诸如衣食住行、婚丧嫁娶、博弈游戏、岁时祭祀、市肆街衢等，条分缕析，详加考证”。[⑥] 该书共四十四卷，前三卷描述了三代以前的社会状况，第四卷开始分类记载各种风俗事物，如服饰、饮食、车马、屋室、灯烛、城郭、闾里、祠祭、学校、农田、嫁娶、丧葬、仪节、讼狱、文具、禁忌、物价、称谓、医药、赋役、行旅、兵事及杂事物等，作者通过丰富的历史文献，考证中国历史上的各种风俗。

---

① 梁启超著，夏晓虹点校：《清代学术概论·新史学》，北京：中国人民大学出版社，2004年，第231～235页。

② 梁启超著，夏晓虹点校：《清代学术概论·新史学》，北京：中国人民大学出版社，2004年，第241页。

③ 梁启超著，夏晓虹点校：《清代学术概论·新史学》，北京：中国人民大学出版社，2004年，第232页。

④ 顾颉刚：《中国社会史科丛钞甲集序》，见瞿宣颖纂辑：《中国社会史料丛钞甲集》，上海：上海书店出版社，1985年，第1页。尚秉和《历代社会风俗事物考》写作体例与此书大致类似。

⑤ 杜琨：《〈历代社会风俗事物考〉叙》，见尚秉和著，母庚才、刘瑞玲点校：《历代社会风俗事物考》，北京：中国书店，2001年，第1页。

⑥ 尚秉和编著，木东、杨晟盛点校，陈文和审订：《历代社会风俗事物考·点校后记》，南京：江苏古籍出版社，2002年，第408页。

（二）编撰特点

1. 史料征引丰富

该书重视文献考证，征引的史料特别丰富。其所“征引典籍凡三百余种”[①]，“经史百家，及晋唐宋以来小说，凡人所习焉不察，而于事物之历史有关者，详细辑录，解说原委，连缀成篇”。[②]所引史料的繁富、种类的多广，是一般作者及作品所达不到的。该书写作方式即每一卷为一大的类别，卷下分各种细小的篇目，每一小的篇目均有命名，属于大的类别范围之内。内容有长有短，短的只有一两句话，长的也不过千字左右。通常正文总是以所征引史料开篇，有的为一则史料，有的为多则史料，作者以史料来证明该篇目标题所表达的内容。在史料征引之后，往往有作者的阐述，或是按语或是论断。如卷七“饮食”，卷下有篇目名为“周以来饮酒状况，造酒之法”，正文内容为：“《周礼·天官》：‘酒正，掌酒之政令，以式法授酒材。’又，《月令》：‘孟冬，乃命大酋：秫稻必齐，曲蘖必时，湛饎必洁，水泉必香，陶器必良，火齐必得。’皆所谓酒材，授者以其法授酒人也。按：秫者，今之高粱，北方以其米酿白酒，俗所谓烧酒也。饎者，黍与黏稻；湛饎者，煮稻黍为糜，俟凉再加曲蘖，盛以瓻而酿之也。今南方用稻，北方用黍，黍酒色黄，俗曰黄酒，而其法周时皆有之。”[③]这便是一篇内容的全部，并不长。全书的形式大都如此。

在史料征引上，最有特点的要算尚秉和对晋唐宋以来小说的征引。民国时期，陈寅恪从古人诗文集中寻找资料来进行文史互证，但是挖掘小说中的史料来证史，这在当时还是不常见的。因为小说是虚构的，其很多关于历史人物、事件的记载并不真实。但是对于研究社会风俗，小说中的某些史料还是可以运用的，因为小说本质上是源于现实生活的，在社会生活方面的记载应是当时社会现实的反映，是可信可取的，这足以看出尚秉和读书之博及史

---

① 尚秉和编著，木东、杨晟盛点校，陈文和审订：《历代社会风俗事物考·点校后记》，南京：江苏古籍出版社，2002 年，第 408 页。

② 尚秉和：《周易尚氏学·滋溪老人传》，北京：中华书局，1979 年，第 357～358 页

③ 尚秉和著，母庚才、刘瑞玲点校：《历代社会风俗事物考》，北京：中国书店，2001 年，第 107 页。

才之高。如卷三十四“奴婢佣赁”下“唐脱奴婢籍名从良”篇中便征引了三篇小说中的史料:“唐蒋防《霍小玉传》:‘长安有媒鲍十一娘者,故薛驸马家青衣也。折券从良,十余年矣。’又,《刘无双传》:‘苍头塞鸿云:‘某已得从良客户。’又,《隋唐嘉话》:‘京兆韦衮有奴名桃符,有胆力,每征讨必从。衮以久经驱使,乃放从良。’是盖因自古凡为奴婢者,皆罪人非良人,故以脱奴籍为从良。”[①]可见其对小说等之类史料的关注。

2. 考证精详

尚秉和于历代风俗事物“考沿革,察变迁”[②],因此该书也是一本考据著作,这从书名也可看出。书中有不少篇命名“某某考”,如“牛耕考”“胡床考”“几案考”“历代养蜂考”等,许多虽不以“考”命名,但实际上为考证之内容。依赖文献来考证是该书的特点,且常常“借甲以证乙,因乙以明丙”,考证甚为精详。[③] 如作者认为东汉坐床者虽多,但床上尚无茵席,“东汉坐床者,记载不可胜数,然床上无铺藉。盖古人席地坐,而席又薄,其苦可知,乍得床以为甚适,故无藉也。《后汉·袁术传》:‘六月,坐箦床而叹。’注:‘箦,第也,谓无茵席也。’夫以术之僭侈,尚无茵席,他更可知”。[④] 作者从人之常情的角度分析认为东汉时坐床刚刚流行,较以前的席地而坐已经好很多,人们还不会想到在坐的床上加上褥子。这个结论还可以用作者之前提到的“后汉兼坐床,然仍跪坐”加以证明,“《向栩传》:‘常于灶北坐板床上,如是积久,板乃有膝踝足趾之处。’又,《魏志·管宁传》:‘宁常坐一木榻上,积五十年,未尝箕踞,榻上当膝处皆穿。’” 据这两则文献,作者认为“夫必跪坐,床上积久,乃有膝踝足趾之痕。若如今日之垂腿坐,则无是矣”。[⑤] 此处作者主要是考证东汉流

---

① 尚秉和著,母庚才、刘瑞玲点校:《历代社会风俗事物考》,北京:中国书店,2001 年,第 379 页。

② 尚秉和著,母庚才、刘瑞玲点校:《历代社会风俗事物考·例言》,北京:中国书店,2001 年,第 2 页。

③ 尚秉和著,母庚才、刘瑞玲点校:《历代社会风俗事物考·例言》,北京:中国书店,2001 年,第 2 页。

④ 尚秉和著,母庚才、刘瑞玲点校:《历代社会风俗事物考》,北京:中国书店,2001 年,第 277 页。

⑤ 尚秉和著,母庚才、刘瑞玲点校:《历代社会风俗事物考》,北京:中国书店,2001 年,第 276 页。

行坐床后，人们仍用跪坐的姿势，但从中也能大概推测坐床上是没有茵席之类可以铺的东西的，若有，即使跪坐，也不会于坐床上留下痕迹，“彼向栩、管宁床上之有膝踝痕者，亦无席之证也”。[①] 而这些文献又进一步证明了尚秉和提到的魏晋时人多不穿袜子的论断：“魏晋时虽有袜而仍多赤足，前于《足服部》述之详矣。兹又于上二事证之，膝虽隔裤，用力重尚可日久有痕；若足趾隔袜，虽日久于木上亦不能有迹。兹竟有趾痕者，以古人常赤足也。”[②]正因为古人不穿袜子，脱履后即赤足，所以可以解开读《史记・滑稽传》中的隔阂：“东郭先生贫困，衣敝，履不完。行雪中，履有上无下，足尽践地。道中人笑之，东郭先生应之曰：‘谁能履行雪中，令人视之，其上履也，其履下处乃似人足者乎’？”[③]正因为不穿袜子，履又无下，所以脚直接触地留下足印，而不是履印。可见尚秉和的考证环环相扣，有理有据，这样的例子在全书中还有很多。

3. 论断公允独到

虽然该书中每一篇目都不长，但是这并不妨碍尚秉和发表论断。作为史学家的尚秉和似乎总是能敏锐地发觉某些史料的特别之处，并作出独到、公允的论断，从中也可看出其思想。如尚秉和对历史上男女不平等之种种现象表达了不满，卷三“五帝时社会状况”下有“时男女之别益严，女遇男须避行，不避则辱之”篇，正文内容为“《淮南子》：‘帝颛顼之法，妇人不避男子于路者，拂之于四达之衢。’按：黄帝之时，但曰别男女而已。此云妇人须避男子，不云男子避妇人，不公甚矣！拂之者，以手摩其肌肤。四达之衢，人众之地，以女既不避男，即令男子拂其肌肤，又何妨哉？罚太酷矣。”[④]尚秉和认为只规定女子要避让男子，却不规定男子要避让女子，这是很不公平的。女子不避让

---

① 尚秉和著，母庚才、刘瑞玲点校：《历代社会风俗事物考》，北京：中国书店，2001 年，第 277 页。

② 尚秉和著，母庚才、刘瑞玲点校：《历代社会风俗事物考》，北京：中国书店，2001 年，第 276 页。

③ 尚秉和著，母庚才、刘瑞玲点校：《历代社会风俗事物考》，北京：中国书店，2001 年，第 79 页。

④ 尚秉和著，母庚才、刘瑞玲点校：《历代社会风俗事物考》，北京：中国书店，2001 年，第 16～17 页。

男子，男子即可拂其肌肤于大庭广众之下，这样的惩罚太残酷了。在卷十九“嫁娶”中，尚秉和提到宋以前不少妇女并不以改嫁为耻，只是自宋明以来提倡守节，这是不对的。“自周迄宋，妇女皆不讳再嫁”全篇皆为议论，尚秉和说：“贞女不再嫁，操守清洁，自古义之，然在周时殊无特别旌表之举。盖王道本乎人情，礼缘义起，女而守固为义，即再嫁亦不违礼。其见于载记者，自周迄宋，皆如是也。自明以来，士族搢绅之家，皆耻于再醮，以守节为高，以改嫁为不义，不验人情，但崇虚矫，致使社会男女，受无形之拘束，及其溃决，遂并廉耻而胥捐，放佚狂荡不可制止。斯非古圣人之过，乃宋明以来，腐儒客气不衷之谈之有以致之也。”[①]尚秉和已认识到守节是禁锢人性的“不验人情”之行为，提倡这种行为的只不过是“腐儒”。他认为守节使得男女受无形之拘束，等到一定程度，便会走向极端，造成恶劣的社会影响。这种论断不能不说是非常有见地的。尚秉和的思想与近代以前的桐城派一向推崇程朱义理是不太相符的，作为后期桐城派弟子，在新时代的环境下，其思想也是在慢慢变化的。又如尚秉和提到唐宋官妓的盛行，卷四十四“妓”有“凡官吏宴饮则召官妓侑酒”篇，其中说到“唐宋官吏，只有宴会，无不召妓。盖其时士风，不似后来之拘执，视声妓丝竹，为固有之事。兼其时官吏多文人学士，妓女之风流文采，又足以副之。故觞咏所至，则湖山生色；歌词传播，则今古蜚香。自蒙古兴，此风渐衰。自洪武起，悬为厉禁。于是古人所恃以舒写劳瘁活泼精神之事，至清末遂铲除无余。而文化之低落随之。出轨之反动以起，则以疏导失宜之故也”。[②] 在尚秉和看来，唐宋官妓合法且流行，官员多文士，妓女也大都是多才多艺，二者珠联璧合，促进了文化的繁荣。当这种风气消失，文化也就跟着低落了。而且似乎尚秉和还认为官妓的消失与前面提到的提倡妇女守节一样，是人性的束缚。这两种论断正不正确虽然有待商榷，但还是非

---

① 尚秉和著，毋庚才、刘瑞玲点校：《历代社会风俗事物考》，北京：中国书店，2001 年，第 236 页。

② 尚秉和著，毋庚才、刘瑞玲点校：《历代社会风俗事物考》，北京：中国书店，2001 年，第 498～499 页。官妓，是古代供奉官员的妓女，唐宋时官场应酬会宴，有官妓侍候，明代官妓隶属教坊司，不再侍候官员，清初废官妓制。官妓为朝廷特别设定的，有大户人家抄家后女眷入妓，也有自小培养入妓的。官妓不仅有姿色，而且为了迎合官员们的需要，琴棋书画样样精通。

常独到的，尤其是“妓界文学”[①]之说的确是值得注意的。

（三）学术影响

《历代社会风俗事物考》于 1938 年出版，一问世就受到学界的欢迎。1939 年 4 月及 1941 年 5 月，商务印书馆再版。1943 年该书还被翻译成日文，名曰《支那历代风俗事物考》，由京都市大雅堂出版。[②] 中华人民共和国成立后，台湾、大陆都曾多次出版。台湾商务印书馆于 1966 年再版，至 1985 年已发行至第六版。在大陆，该书也被多家出版社多次出版。1959 年上海文艺出版社出版[③]、1989 年上海文艺出版社再版，1991 年岳麓书社、上海书店两家出版机构出版了该书，2001 年中国书店、2002 年江苏古籍出版社也出版了该书。其中，岳麓书社版、中国书店版、江苏古籍出版社版都是现代点校版，读起来已非常方便。“此书自 1938 年至今，迭次出版，仍不能满足广大社会读者需要，说明先生之学，用以致用，为关心国家历史文化者所服务，稽古考史者所必备”[④]，“对热衷于我国传统文化特别是想了解历代社会风俗的人来说，自是益人心智、不可多得的重要文献”。[⑤]

《历代社会风俗事物考》出版次数之多是《辛壬春秋》所不能及的。当然这并不代表《辛壬春秋》在史学价值上低于《历代社会风俗事物考》，因为《历

---

① 尚秉和著，毋庚才、刘瑞玲点校：《历代社会风俗事物考》，北京：中国书店，2001 年，第 503 页。

② 该书台湾大学图书馆藏有，笔者并未亲见，只是据台湾大学图书馆网站搜索而知这本书的翻译者应为秋田成明。中国书店版“重印《历代社会风俗事物考》序”的作者史树青提到“日本学者秋田盛明将该书删节、调整为三十六卷译出，易名为《中国社会风俗史》（平凡社，1986 年 6 月），殊有不合先生全书原意之处”。史树青应该没有见过日本的译本，但是他提到的译者“秋田盛明”与台湾大学图书馆藏的书中的“秋田成明”应是一人，笔者推测史树青所提的版本可能是日本最早版《支那历代风俗事物考》的再版。

③ 1959 年上海文艺出版社出版过该书的说法是据为 2001 年中国书店出版社出版的《历代社会风俗事物考》写作“重印《历代社会风俗事物考》序”的作者史树青先生所言，笔者没有见到该书，国家图书馆也没有收藏。

④ 史树青：《重印〈历代社会风俗事物考〉序》，见尚秉和著，毋庚才、刘瑞玲点校：《历代社会风俗事物考》，北京：中国书店，2001 年，第 2 页。

⑤ 尚秉和编著，木东、杨晟盛点校、陈文和审订：《历代社会风俗事物考・点校后记》，南京：江苏古籍出版社，2002 年，第 408 页。

代社会风俗事物考》恰好适应了当时的学术潮流，即社会史研究的兴起，因此会被更加重视和更易流行起来。当然，《历代社会风俗事物考》本身的学术质量在当时诸多社会史著作中也是出类拔萃的，如在《历代社会风俗事物考》出版前一年、同样由商务印书馆出版的瞿宣颖的《中国社会史料丛钞》，二书体例大致类似，但是在当时及后来的影响都远不及《历代社会风俗事物考》。

如今该书已成为研究20世纪三四十年代社会史必须提到的一本代表性的著作。该书的通史写作，上自夏商周三代下迄晚清，时间段之长，不仅证明了尚秉和的学术功底，而且在当时疑古思潮甚厉的年代也是非常有勇气的。瞿宣颖的《中国社会史料丛钞》虽也是通史，但仅从汉代开始。《历代社会风俗事物考》出版后便有人批评"其最大之病为信古不辨。晚近古史学者与社会史学者深质疑于传统之三代以前史迹，从事于新研究，颇著成绩……乃上溯皇古，深信为实，窃未见其是"。[①] 可是在今天看来，随着考古挖掘的发现，三代的历史被证明是存在的，尚秉和的许多论断也被证明是正确的。

四、中国通史编纂之评价

桐城派学人中国通史的编纂是清季民国时期中国通史编纂热潮的一个部分，促进了中国通史由传统向近代的转变和过渡。周予同说："中国史学体裁上所谓'通史'，在现在含有两种意义：一种是中国固有的'通史'，即与'断代史'相对的'通贯古今'的'通史'，起源于《史记》。最显著的例子如《隋书·经籍志》说梁武帝曾撰《通史》四百八十卷，从三皇到梁代；另一种是中国与西方文化接触后而输入的'通史'，即与'专史'相对的'通贯政治、经济、学术、宗教等等'的'通史'，将中国史分为若干期而再用分章分节的体裁写作。"[②]这是认为中国传统通史与近代意义上通史的区别是一种"纵通"与"横通"的区别。也有学者认为大多数学者所言的新式中国通史其实是依照西方"普世史"模式所编纂的中国通史。考察20世纪初中国通史编纂的转变，会发现它是逐渐趋同于西方的"普世史"模式，更确切地说它是逐渐被西方的"普世史"

① 《图书季刊·图书评论》，1939年第2期。

② 周予同：《五十年来中国之新史学》，见朱维铮编：《周予同经学史论著选集（增订本）》，上海：上海人民出版社，1996年，第535～536页。

模式所同化，从而实现向新式中国通史的过渡。①

清末民初，桐城派学人的中国通史编纂主要以教科书体的形式呈现，这些史书需兼顾知识性、系统性，还要考虑学生的接受能力，大多内容比较简单，但仍然渗透了撰者的学识，体现了较强的学术性。有学者称“在二十世纪初年，所谓重新编写中国历史，主要是编写历史教科书，以适应新兴学校和社会教育的需要”。② 不管对“通史”有何种认识，清末民初历史教科书体的通史编纂都被一致地认为是通史由传统向近代过渡过程中的一个重要体现。桐城派学人所编纂的通史教科书有一定的成就和影响。如《中国历史课本》得到直隶总督袁世凯的称赞，成为清末直隶地区的历史教科书，在 1904 年至 1908 年这短短四年的时间里刊行了四版，销售两万余本，可见影响是不小的。该教科书与夏曾佑的《最新中国中学历史教科书》第一册同年出版，且同为国内较早一批自撰的历史教科书，但是现在的学术界只知道有夏曾佑的《最新中国中学历史教科书》，却不知道桐城派学人常堉璋、刘乃晟的《中国历史课本》，最主要的原因是由于夏曾佑的教科书完全代表了新史学，体裁上以章节体来写作，思想上以进化史观为指导，内容上是包罗政治、经济、文化等方面。而《中国历史课本》虽然也以进化史观为指导，但是内容上还是传统的帝王将相之历史，他们不仅不能代表新史学，甚至还明确反对梁启超新史学中的某些内容，他们并不接受新史学对中国传统史学的完全否定。当然，对于这些受过传统教育且有科举功名，热衷于传统文化的桐城派学人来说，要他们一下子推翻、否定过去几十年所学习的内容，确实是有一定难度的。《中国历史课本》尽管被后人遗忘，但是在当时来看，其影响应该也是不下于《最新中国中学历史教科书》的。毕竟在清末民初，还并不完全是新史学的天下，新旧交叠、亦新亦旧之史学同样存在，且有一定的影响力。

民国后期，随着新的史学主流逐渐深入人心，桐城派学人的通史编纂也有新的变化，以提倡的社会史研究的面目出现，这是《历代社会风俗事物考》

---

① 杨舒眉：《1900—1915 年间的中国通史编纂》，载《齐鲁学刊》，2010 年第 5 期，第 43～47 页。

② 俞旦初：《二十世纪初年中国的新史学思潮初考(续)》，载《史学史研究》，1982 年第 4 期，第 78 页。

产生较大影响的一个原因。但是书中所用的史学方法依旧是传统的历史考据方法，这在已经新兴起来的新的历史考据学面前又显得有些陈旧。可以看出桐城派学人在学术上并没有画地为牢，而是不断变化的，但是在那个时候，他们总是赶不上时代急遽变化的步伐。

第二节　世界史的编纂及编译

清季民国桐城派学人所处的时代环境，已不再是一个封闭的环境，当时中国已置身于世界各国优胜劣汰的竞争中，而中国在此大潮流中被西方列强侵略、掠夺，面临着亡国之危机。清季民国桐城派学人中不少人有游历日本的经历，他们大都具有世界眼光。近代中国挨打落后的局面，尤其是甲午中日战争的失败，更使得他们认识到了解世界、向先进国家学习的迫切性。所以桐城派学人撰写、编译了一批世界史著作，有助于国人了解世界。

一、世界史的编纂

(一)邓毓怡的《世界交通史略》和《新世界史》

邓毓怡(1880—1929)，字和甫，自号任斋，晚年号拙园，直隶大城人，与前文提到的常堉璋是表兄弟。1898 年，邓毓怡入保定莲池书院，师从吴汝纶，吴门弟子中只有邓毓怡与李刚己是年少及门，受到了吴汝纶特别的爱护。1901 年，与常堉璋协助吴汝纶创办报纸，任编辑。后因清政府干预，将报社改办为“华北译书局”，翻译并出版书籍，1902 年 3 月，发行半月刊杂志《经济丛编》。1903 年，邓毓怡留学日本早稻田大学，此间受革命派影响，参与密谋暗杀，由于事泄而终止。之后退而兴学，创办直隶省第一所女子师范学校，因治学有声，受聘北洋女子师范学堂及北洋法政专门学堂。民国后当选为国会众议院议员，历任总统府咨议、国务院咨议、经济调查会委员、盐务署顾问、盐务学校校长。1922 年，发起宪法学会，翻译欧战后各国新宪法，刊行杂志《宪法论丛》，以作国会制宪之参考。邓毓怡有《大城县志》《拙园文集》《拙园诗集》，编译了《矿物界教科书》《欧洲宪法史》，编纂了《世界交通史略》《新世界史》两部世界史著作。

邓毓怡所撰写的世界史有《世界交通史略》与《新世界史》。虽然现已找不到这两本著作，但是很有幸还能从《经济丛编》杂志中得知这两部书的内容。《经济丛编》下专设《历史》一栏，主要刊登的就是世界史，“史传所记皆已往陈迹。然列国兴亡之事，固有前覆可为后鉴，彼智可为此师者，比而观之可以增长智虑、振奋精神，不可忽也”。[①] 邓毓怡为该杂志的编辑，许多文章都出自其手笔，只是并未都用真名发表，其所用名有“何负”“任斋”等，“何负”与其字“和甫”音似。《新世界史》及《世界交通史略》均在《经济丛编》之《历史》栏下刊登，所用名均为“何负”。1903 年《经济丛编》第三册、第四册《历史》专栏下连载《世界交通史略》，篇幅较长。邓毓怡说：“天下事无不难，所以有待于慷慨作起排疑难负艰巨之豪杰也。谨用此义，为一书，曰《世界交通史略》，起自壬寅，年为一表，专记列国交通大事，简其文，系以日月，俾读者易识。列国多用阳历，而此以阴历记时，以书之意旨，将以示吾国人也。事不悉日月者，断以电信传达之时日，闻见所不及，缺之。为史难，负不学，分固不可。独以疆舆亡之效，身受之而不可忽也。故敢以所闻著于篇。愿救国豪杰，考时局之变嬗，察列国之情态者，得以览焉。”[②]从这段文字中可大致得知该书的写作目的和内容。此处邓毓怡所谓“交通”，与我们现在所理解的“交通”不太一样。邓毓怡的“交通”实际上是指列国之间的交往大事，有点类似于大事记，如文中记载 1902 年 1 月 7 日“日使内田康哉以英日同盟来告”、1 月 9 日“奥太子觐俄皇于森彼得堡”、1 月 12 日“驻韩日使以英日同盟告韩廷”。1903 年《经济丛编》第三册、第四册连载的内容为 1902 年的“交通史略”。从上面的文字中可知邓毓怡是打算从 1902 年开始，每年都加以记载的，“年为一表”。1904 年 5 月，该杂志改名为《北京杂志》，不久后便停刊。

《新世界史》刊登于《经济丛编》1903 年第十三册的《历史》专栏下，这一册所刊登的是“择录四卷第一篇”的内容，名为“列国富力比较表”，可见该书在期

① 《经济丛编·叙例》，1902 年第一册。
② 邓毓怡：《世界交通史略》，载《经济丛编》第三册，1903 年。

刊上发表时应该已完成。“列国富力比较表”考察了英、美、德、日四国的国力，“今考英、美、德三国国力之增进，最以日本。为表凡七，其俄、法诸国，不以富力名，不与焉。盖举世而详之，识者病其繁颐，择焉而表四国，其古人隅反之意乎，作富力比较表”。七表分别为“人数表”“商运表”“租税表”“矿产表”“煤铁表”“铁路表”“邮政表”，即从这七个方面比较英、美、德、日的综合国力。通过比较，可见美国之国力富盛。且最后说“独中国以天府之地，据其富力以资强者而已，无时得入于此比较之列，天演之数”。[①] 虽然不知邓毓怡的《新世界史》具体写了哪些内容，但是其目的同样还是为激励国人而作的。

（二）李刚己的《教务纪略》

李刚己（1872—1914），直隶南宫人，十三岁以童子应州试，时吴汝纶知冀州，与贺涛、范当世见其诗文，叹曰“此天才吾辈所畏也”[②]，拔为第一。既补博士弟子员，委贽受学三先生。后吴汝纶辞官主讲莲池书院，亦复从之。李刚己1893年中举人，1894年中进士，之后历任山西大同知县、代州知州、直隶州知州及灵丘、繁峙、五台、静乐等县知县。1914年，清史馆馆长赵尔巽聘其为协修，不就，任保定优级师范学堂国文教员，同年冬天逝世。

《教务纪略》是李刚己于清末辑录的一部介绍西方基督教相关问题的著作，受与桐城派学人关系密切的周馥的委托而写作的。1904年，周馥任山东巡抚，“爰属直绅李进士刚己搜辑各集，撮录要旨，俾辟见闻而拓风气，非劝人入彼教也，要使先知彼教大旨与夫各国政教之所出尊奉之所由”。[③] 周馥于清末曾经协助李鸿章办理洋务三十多年，因感到历次教案创巨痛深，遂委任李刚己纂《教务纪略》一书，希望有助于改变当时一些官员不通外情，不达教旨，以致引起中外争端的状况。该书之成还得到吴汝纶及其他人的帮助，“是编成于李大令刚己，家骅与校雠之役，搜讨教务各籍，稍变原书之体例而增损

---

① 邓毓怡：《新世界史·列国富力比较表》，载《经济丛编》第十三册，1903年。因为国家图书馆收藏的《经济丛编》也是不完整的，所以无法得知更多内容。

② 赵衡：《李刚己墓志铭》，见《序异斋文集》卷五，天津徐氏刻本，1932年。

③ 周馥：《教务纪略·叙》，见李刚己辑录：《教务纪略》，上海：上海书店出版社，影印本，1986年。

之，其先后修饰者，为吴京卿汝纶、孔编修祥霖、张观察士珩”。[①]

《教务纪略》最初于1904年由山东印书局印行，五册。书前有周馥的“叙”及魏家骅的“例言”，书后有周馥的“跋”。此书有卷首一卷及正文四卷，卷首为“论旨”，第一卷为“教派”“传教”，第二卷为“教规”“教例”，第三卷为“条约”“章程”，第四卷为“成案”“杂录”。1905年，周馥调任两江总督，两江学务处又再次出版该书，与1904年版本相比多了“卷末”，内容为周馥的识语及两江学务处杨文鼎等的跋文，还多了附录“新约节存”。该书曾风行一时，许多地方都有出版，有1905年河南排印处印本、1905年南洋官报局印本，以及1906年兰州官书局印本，等等，内容与两江学务处出版的一致。《教务纪略》与《李刚己先生遗集》中《西纪教略》内容大致相同，但有所添改，卷名不一样，《西纪教略》第一卷为“西教源流”，第二卷为“奉旨开禁”，第三卷为“教理教规”，只有三卷，为残本。1986年上海书店出版社据1905年南洋官报局印本影印出版了该书。卷首“论旨”辑录清代自康熙至光绪历朝皇帝的保教谕旨。第一卷“教派”“传教”二目阐述西教之创立、盛衰及入华始末。第二卷“教规”“教例”二目大多采掇西书，略加厘订而成。“教规”下有“教民之规”“教长之规”“在家应行教规”“在国应行教规”“四规”“十戒”等内容，“教例”下有“大清律续纂保教例”“东西各国通行教例”等内容。第三卷“条约”“章程”二目分别辑录凡关涉教务的条约、章程之条款。第四卷“成案”一目记录各起教案之发生、审断及结果，“杂录”一目采辑并详加辩明时人及西人有关中西礼俗不同之论述，有西人教法异同考等篇。全书条目清晰，贯通中西，史料丰富，对研究清末教案问题具有重要的史料价值。

二、世界史的编译

（一）吴闿生的世界史编译

吴闿生（1879—1949），原名启孙，字辟疆，号北江，安徽桐城人，吴汝纶之

① 魏家骅：《教务纪略·例言》，见李刚己辑录：《教务纪略》，上海：上海书店出版社，影印本，1986年。

子，自幼随父学文，打下了扎实的学问功底。早年作文呈父，其父奇许之，曰“琢炼謦耸，可与学韩”，后师事贺涛，贺涛每叹曰：“文章，天下公器；自今日观之，已为吾师家事。”[①]1899 年前后，吴闿生入北洋大臣李鸿章幕府担任幕僚。1901 年，赴日留学，就读于早稻田大学。1903 年，吴汝纶去世，吴闿生回国。此后，他历佐山东巡抚、直隶总督、北洋大臣幕府，以劳晋候选知府加三品衔，奏调度支部参议上行走，清度支部财政处总办。1908 年，入北洋大臣杨士骧幕府。后任职直隶学校司，主持莲池讲学院。民国初，任袁世凯大总统府秘书、教育部次长代理部务。1916 年后，在黎元洪、徐世昌、段祺瑞等北洋政府任总统府秘书，教育部次长，国务院参议、顾问等职。1928 年，应张学良之聘，任奉天萃升书院古文教授。抗日战争期间，深陷敌区，隐居著述。抗日战争胜利后，复任奉天萃升书院教授、北京古学院文学研究员。1949 年，于北京病逝。吴闿生“于经史子集四部之书，无不涉及”，史学是其治学的一个领域，其著《文史征微》二卷，现已不见。[②]

吴闿生在日本留学期间翻译日本著作甚多，吴汝纶在 1902 年 12 月写给吴闿生的两封信中提到“汝十一月六日来书，知所译讲义，年内当成三数种，又以日短不能多译为歉”。“汝自与吾别后，译书已十三种，足见惟日不足，孳孳少暇，用功之勤如此”。[③] 其翻译的著作种类较多，其中有一部分为历史类。在刘声木《桐城文学渊源撰述考》中收录吴闿生的史学著作有《哥萨克东方征略史》《西史教科书》《西史通释》《近时外交史》及《万国通史》二卷。[④] 吴闿生这些著作现均已不知下落，只是在其文集中还保留了一些序文，从中略窥一二。

---

① 钱基博：《现代中国文学史》，长沙：岳麓书社，1986 年，第 166 页。

② 吴闿生生平参考《北江先生小传》，见吴闿生著，余永刚点校：《北江先生诗集》，合肥：黄山书社，2009 年，第 18 页。后面评价见刘叶秋：《学海纷葩录》，郑州：中州古籍出版社，1992 年，第 66 页。

③ 吴汝纶撰，施培毅、徐寿凯校点：《吴汝纶全集》第三册，合肥：黄山书社，2002 年，第 603～604 页。

④ 刘声木撰，徐天祥点校：《桐城文学渊源撰述考》，合肥：黄山书社，1989 年，第 513 页。刘声木将《近时外交史》记载成《近世外交史》，有误。且《西史教科书》并不是吴闿生的作品，此处刘声木收录有误。虽然在吴闿生文集卷二中有《西史教科书译序》一文，但是为他人所写，“杜子译此书，条理完密，文字亦优胜”。

《哥萨克东方征略史》是吴闿生翻译的有关俄罗斯哥萨克民族东征的历史，现已不见，唯有序文收入《北江先生文集》第一卷最后一篇，该卷收录的序文写作时间为1896年至1903年，吴闿生在序文中称“此书西历千八百八十五年，俄都莫斯科所编，藏在其国图书馆，曰《阿穆尔乌苏里地志》，日本得而译之。其纪述哥萨克东征事至详悉。风会所趋，功名材智之伦，奋起以乘事会，岂可限量哉”。[①] 从序文中可知，此书是转译自日文，因此该书极大可能为吴闿生留日期间所译。哥萨克为俄罗斯的一个民族，是俄罗斯17世纪往东扩张的主要力量，东征为后来俄罗斯强大的国力奠定了基础。吴闿生翻译此书是要鼓励国人锐意进取，参与世界优胜劣汰的竞争，摆脱被他国殖民的状况，走向富强兴国的道路。“吾国情见势绌，忧时之士儳然不可一朝居。然则成败之所终极，意未可以遽测邪……胜则鞭笞八海，败则一蹶不振，转委命于他人。殖民兴国之事业岂独欧人也哉”。[②]

《西史通释》为吴闿生翻译西方各国从起源直至近代发展变迁的一部通史。现已不见，序文收入《吴闿生文稿》第二册。复旦大学图书馆藏有一册《吴闿生文稿》，为第二册，是未刊之稿，有圈点修改之迹，且有其他桐城派学人的评点。该文稿与文学社刊行的《北江先生文集》第二卷有一些区别，《吴闿生文稿》第二册的时间是“起光绪二十九年癸卯迄三十四年戊申”，即1903年至1908年，《北江先生文集》第二卷时间是“起光绪二十九年癸卯迄三十三年丁未”，即1903年至1907年，二者收录文章也不太一致。吴闿生在序文中称“余译早稻田学校所辑西史，自埃及巴比伦古国以至希腊罗马欧洲列强之发源，下接乎近世，凡十余万言。于西方民族变迁、世运升降、成败之迹，昭然若发诸蒙，其记述既详尽矣”。吴闿生1901年留学日本早稻田大学，该书为其翻译早稻田大学的西史教科书。翻译的目的与其译《哥萨克东方征略史》差不多，主要是让国人了解西方发达国家虽然在以前不过是不起眼的小国，但是他们后来居上，而中国虽是地大物博，千年文明，却是“不以救危亡，良可哀矣。胜败何尝之有后先……六洲广壤今供三五列强所鞭笞”。[③] 所以国人

① 吴闿生：《北江先生文集》第一卷，文学社藏版，1924年。

② 吴闿生：《北江先生文集》第一卷，文学社藏版，1924年。

③ 吴闿生：《译西史通释序》，见《吴闿生文稿》第二册，复旦大学图书馆藏。

要放弃盲目自大的态度，学习西方，开拓进取，摆脱列强的“鞭笞”。从序文可以看出《西史通释》的大致内容，字数十余万，横向上包括西方各国，时间上从西方各国之起源讲述至近代，是一部“万国通史”，所以笔者推测刘声木《桐城文学渊源撰述考》中所录的《万国通史》二卷可能就是《西史通释》。

《近时外交史》为吴闿生整理厘定的一部史学译著，现已不见。在复旦大学图书馆藏《吴闿生文稿》第二册中，还有一篇序文，也是已刊行的文集中所没有的，即《近时外交史译序》。1904 年的《北京杂志》(《经济丛编》后改名为《北京杂志》)第二期中还刊登了吴闿生《近时外交史译本序例》，即序文和凡例。在序文中，吴闿生称“有贺长雄氏，日本国际学名家。尝著《近时外交史》一书，于拿破仑一世败挫以来，欧洲列国废兴之大执，记载最悉以明。近世史学诸编，无出其右。学校司译其书，余为整齐厘定，修饰其未善”。该书虽然非吴闿生翻译，但是经其厘定凡例、整理删削而成。译本中有凡例六条，对于中西史学体裁的差异及外交史于中国学者的意义、该书整理过程中所遵循的原则等一些问题进行了说明。如该译书之意义，“是编于欧西诸国盛衰得失之由，莫不穷根究底，了然于心目之间。庶几读一字得一字之实用。此书出而后西史之学始备焉”。如该书之翻译厘定，“外交之事千头万绪，错综乘分，往往心知其意，而口不能言。条理少紊，尤难索解。此书初译，不无缪绕难通之处，今重按原书，详加厘正。译人本非一手，兹悉该归一律，令事绪首尾秩然。各当勾稽隐秘，炯若然犀，行文亦揆合原著语气。期于条达畅适，繁词枝义，间从简约。然于原文记述，情态丝毫不失”。[①]

《克莱武赫斯丁传》是吴闿生又一史学译著，为人物传记。《北江先生文集》第二卷中收有《译克莱武赫斯丁传序》一文，写于 1904 年。克莱武、赫斯丁为英国在 18 世纪后期、19 世纪初期派遣印度的两位殖民政客，都曾担任过印度总督。序文中称“余译马考娄所为《克莱武赫斯丁列传》，凡英人戡定印度之绩略具在是矣”。[②]克莱武、赫斯丁二人对巩固英国在印度的殖民统治是非常有贡献的，通过该译著一方面可以让国人了解到西方列强通过殖民扩

---

① 吴闿生：《近时外交史译本序例》，载《北京杂志》，1904 年第二期。

② 吴闿生：《北江先生文集》第二卷，文学社藏版，1924 年。

张并以此走上富强的道路，这其中英雄式人物起了重要作用。“嗟乎，国家盛衰之故岂可不加察哉。自史策以来，凡轶兴轶废其间者，虽东西相去数万里，而成败得失之数，若持筹布，迹亘千古不累黍失也。英雄举事，其规模多拟乎前载，亦无足怪。独庸夫怆士身膺尊显之位，威权在握，曾不思振奋，举幅员广袤之土地坐挠，弃而不顾”。[①] 另一方面又想通过此书表达希望统治阶级奋发图强，早日醒悟，认清世界形势，不要使中国与印度一样完全沦为殖民地的愿望，“英之治印度也，鞭笞践踏……及循其故迹观之，乃知其所以凌夷以至于斯者，壹皆其人之自为而如分以呈其效焉。英人初无能损益于其间也，独悲其威权盈握之时，固宴然莫之省也”。[②] 吴闿生好友同为莲池学子的贾恩绂评点该文为“愤郁沉痛刿目怵心之文”。[③]

（二）邓毓怡编译《现代欧洲宪法史》

《现代欧洲宪法史》是邓毓怡 1922 年至 1926 年间编译西方国家新宪法的作品。常堉璋在《邓毓怡行状》中提到《现代欧洲宪法史》翻译的背景“十一年，国会再复，会社林立，君独介立无所左右，而翻译欧西列邦新宪法，勤勤不辍，筹资印行，费用不给，则鬻书画以益之，意谓立国之本在是，议员之责不可贷也”。[④]邓毓怡编译的目的是他认为宪法为立国之根本，翻译欧洲各国宪法以为中国制宪提供参考。《现代欧洲宪法史》从 1922 年开始着手翻译，就在这一年邓毓怡发起了“宪法学会”，“以负制宪责任之人与治宪法学术之人，时聚一堂，为自由之讨论，学理之商榷”。[⑤]《现代欧洲宪法史》共发行了四编，一编、二编、二编增订版及三编。一编、二编、二编增订版以《欧战后各国新宪法》为名，由宪法学会发行，中华印刷局印刷出版。第一编 1922 年出版，根据英文和日文编译了德意志、奥地利、普鲁士、波兰、捷克斯拉夫、远东共和国、苏俄七国宪法。第二编 1923 年发行，据西文编译了中国、苏维埃联合国、罗

① 吴闿生：《北江先生文集》第二卷，文学社藏版，1924 年。
② 吴闿生：《北江先生文集》第二卷，文学社藏版，1924 年。
③ 吴闿生：《北江先生文集》第二卷，文学社藏版，1924 年。
④ 常堉璋：《邓毓怡行状》，见邓毓怡著，籍忠寅整理：《拙园诗集》，1930 年刻本。
⑤ 邓毓怡：《宪法论丛 · 发刊词》，宪法学会发行，1924 年。

马尼亚、爱尔兰自由邦、南斯拉夫、新土耳其、匈牙利、捷克斯拉夫(补第一编)八国宪法，并附“德国新宪法条文修正与变更”“爱尔兰宪法缘起”“新土耳其宪法缘起”三则。第二编增订版1924年发行，在第二编八种宪法的基础上又据西文编译了立陶宛和莱提维亚两国之宪法，共十国宪法，附录二种。第三编1926年由邓毓怡自己筹资，中华印刷局印刷出版，此编邓毓怡在封面上标注“一名《现代欧洲宪法史》”，辑译了芬兰共和国、伊沙尼亚共和国、唐济谷自由市、法兰西、荷兰、比利时六种宪法及修正条文，并附芬兰、伊沙尼亚共和国、唐济谷自由市、捷克斯拉夫、波兰、南斯拉夫、俄罗斯七国宪法缘起，德意志、奥地利、普鲁士三国制宪经过。在第三编书前的“凡例”之后，将邓毓怡这四编均列出，并指出“右两编，合本编，共收宪法二十二国，附录十三种；世界新宪条文，及其历史，备于此矣”。[1] 所以这几编译作合在一起“可当最近欧洲宪史读也”。[2]《现代欧洲宪法史》是中国第一部介绍欧战后各国宪法的译著，“凡吾共和立宪国人民，孰可一日无此书”。[3]“研究国宪者、筹备省自治者、留心世界大势者，学人、议员、官吏、法律家、外交家、经济家、立宪国民均不可不备”。[4] 它的出版使更多人了解到世界发展的趋势，推动了宪法的研究工作。

三、世界史编纂编译之意义

“世界历史”的观念起源于西方基督教世界。对于传统的中国人而言，中国“极东孤立，庞然自大……并不知有亚洲，遑问世界？故世界史之著，亘古无闻焉”。[5] 19世纪中叶起，中西碰撞日益加深，晚清学人逐渐关注外部世界，开始以传统史学的国别体撰写外国史。而到了20世纪初，近代西方“世界历史”观念经由日本明治时代的万国史译著中转传入中国，深刻影响了晚

① 邓毓怡:《欧战后各国新宪法三编·凡例》，中华印刷局，1926年。

② 邓毓怡:《欧战后各国新宪法三编·序》，中华印刷局，1926年。

③ 邓毓怡:《欧战后各国新宪法三编》，中华印刷局，1926年。

④ 邓毓怡:《宪法论丛》第一册，中华印刷局，1926年。

⑤ 转引自刘雅军:《晚清学人“世界历史”观念的变迁》，载《史学月刊》，2005年第10期，第97页。

清学人对这一概念的接纳和理解。而由于清季民国桐城派学人中很多留学日本，他们在日本更加直接地接受了一些先进的学术思想和理念，这有利于他们的学术创作。从以上介绍分析可以看出，除邓毓怡《欧洲宪法史》外，桐城派学人世界史的编撰和编译主要是在1895年之后的清末时期。甲午中日战争之后，国人的民族意识被彻底唤醒，开始深入反思中国的出路和救亡的途径。他们认识到明治维新带给日本的巨大改变，因此更加敞开胸怀吸收西方思想文化。清季民国桐城派学人世界史的编撰与编译主要宗旨是为国内提供借鉴，以致用为目的，内容包括西方列国的外交、历史兴衰、经济、宪法、宗教，等等，可以看出他们有着迫切的救亡图存之心。如1901年常堉璋、邓毓怡创办"华北译书局"，1902年发行《经济丛编》，该杂志重视世界各国之历史，尤其是有关兴盛衰亡的历史，以此给处于危机重重的清政府及世人以提醒和借鉴。桐城派学人的世界史著作、文章也大都发表于此。除上文中提到的主要著作外，还有一些关于世界史方面的文章，如王振尧的《波兰灭亡始末记》、邢赞亭《世界史上佛兰西之声价》等，都体现了桐城派学人对世界史的重视。由于桐城派学人对世界史的关注和重视是为了给中国提供借鉴，以此救亡图存，因此他们世界史的观念是一种以西洋史为中心的世界史，主要的对象为西方各国，因为在他们看来，西方国家的文明代表着先进，是他们所向往的。至于编译之史书，均译自日本，之所以称之为编译，是因为桐城派学人的翻译不仅仅是简单的文字转换，而是在翻译之后有编辑删定润色等工作，这也同样是很重要的工作。这些编译的世界史进入国内，不仅传播了世界史方面的知识，扩大了国人的眼界，而且也使西方的史学理念进入国内学术界，给后来学者们的史学编纂提供了一定的参考和指导。

第四章　人物传记的编纂

清季民国桐城派学人除参加官方组织的《清史稿》之人物传记编纂外，还有一批私家传记著作，大概有三种类型：传记著作、文集中的传记、年谱与乡贤师友传记史料。清季民国桐城派学人所作传记，大都与为之立传的人物有过交往，对传主生平活动比较了解，而且桐城派学人本着求真、不妄加毁誉于人的撰写原则，因此这些传记的史料价值比较高。此外，清季民国桐城派学人于年谱撰写及乡贤师友的传记史料如碑传、言行录等的整理也有不少作品。无论是传记的编纂，还是传记史料的辑录，都有一定的价值。

第一节　传记著作

清季民国桐城派学人与桐城派前贤相比，编纂了不少传记著作。从这些传记的作者来看，可以分为两类：一是桐城派学人独撰的传记，二是与他人合撰的传记。从内容来看，也可分为两类：一是同一类型人物的短篇传记的汇编，二是为某一人物专门而作的传记。此处按照独撰、合撰来划分，独撰的著作有马其昶的《桐城耆旧传》、姚永朴的《旧闻随笔》、吴闿生的《先大夫弟子籍》和《故友录》。桐城派学人参与编撰的传记著作有吴闿生和沈祖宪的《容庵弟子记》、赵衡参与的《大清畿辅先哲传》、谷钟秀和梁建章参与的《铁珊轶事》等，其中，《容庵弟子记》《铁珊轶事》是专门写某一人物的传记。不管是独撰还是合撰，这些传记著作或是为宣传某一类人或某一人而作，以为后世树立典范；或是因怕被遗忘而作，以扩大影响力。

一、独撰的传记著作

（一）马其昶的《桐城耆旧传》

清季民国桐城派较有代表性的传记著作便是马其昶的《桐城耆旧传》。该书初刻于1911年，是一部重要的史学著作。马其昶写于1886年的序文称"述邑先正遗事，自前明以迄近世，为专篇及附见者凡九百余人，略次时先后……吾之述此，第及一县之地，远不出数百里外，而上自名卿、硕辅，以逮文儒忠义之彦，操行不一，要皆特立于一时，而可不泯没于后世者"。[①]《桐城耆旧传》十一卷，附《列女传》一卷，全书共十二卷。书初成于1886年，后又经多年拾掇补遗，如1907年所写的序文就说"今年馆中多暇，乃锐意取前稿重修之，更益所未备……计初草创，至今逾岁廿"[②]，1908年的序文则说"逾年重编目次"[③]，由此可见马其昶用力之深。这样一部精雕细琢的史学作品，必然是有其特点和成就的。下面简要分析该书三个重要特点：

第一，"赓扬盛美，诱迪方来"[④]之撰写宗旨。马其昶说："吾县人才彬彬，称极盛矣……黄、舒之间，山川奇杰之气蕴蓄且千年，宜其遏极而大昌；又窃怪今者风流歇竭，何前后旷不承邪……仰前哲之芳躅，悼末俗之陵替。"[⑤]由此可见马其昶撰述此书，是有感于清末世道变化，桑梓风流歇竭，所以著此书弘扬先贤的嘉言懿行，而为后世之榜样，希冀起到匡正风俗的作用。书中所载多有清正廉明、刚正不阿的官员，有忠君爱民之义士，有"行有独至"的孝子，有满腹经纶的硕儒，有德高望重的乡绅，有固守贞节之烈女，等等，皆为"特立于一时"的耆旧。马其昶所持的是一套遵循程朱理学的传统道德历史评判标准，这也是其作为桐城派弟子在《桐城耆旧传》所要体现的"义理"。该

---

① 马其昶著，毛伯舟点注：《桐城耆旧传·自序》，合肥：黄山书社，1990年，第1～2页。

② 马其昶著，毛伯舟点注：《桐城耆旧传·自序二》，合肥：黄山书社，1990年，第4～5页。

③ 马其昶著，毛伯舟点注：《桐城耆旧传·自序三》，合肥：黄山书社，1990年，第6页。

④ 马其昶著，毛伯舟点注：《桐城耆旧传·自序》，合肥：黄山书社，1990年，第2页。

⑤ 马其昶著，毛伯舟点注：《桐城耆旧传·自序》，合肥：黄山书社，1990年，第1～2页。

书中可见“凡吾之书，所以表前烈，法后来”，“足以敦浇俗，厉风纪”，“别出之，以观示乡人”等语句[①]，或是对世风日下的感慨：“噫！风会随世移易，宋儒义理书，在今日又恐翻为人所罕见者矣。”“吾乡俗乾嘉前至纯美矣……乃今亦不可复睹矣！余是以慨然书之。”[②]马其昶处于清末风云变幻、动荡不安的鼎革之际，面临各种困惑不得解时，便如历史上许多硕儒那样“怀古悼今”，以寄托情感。

第二，参考文献丰富、事皆有征。马其昶自序曰：“余既广征载籍，会粹旧闻。”“其昶少有志乡邦文献，及居先母忧，祥禅后，始从事于此。发前所集采传记、公私谱牒盈箧笥。”[③]可见《桐城耆旧传》所用史料搜罗时间之长、内容之丰富。方志、谱牒、墓志及其他重要的地方文献如《桐城轶事》《龙眠[④]古文》《桐城乡贤实录》《桐城文征》《桐旧集》等，都是马其昶参考的重要史料。《桐城耆旧传》还参考了不少其他地方的方志，这是因为桐城先贤们有很多在外地为官，当地方志多有记载。如书中提到的有《一统志》《畿辅志》《山西省志》《福建省志》《浙江省志》等。桐城先贤们的作品也是马其昶所参考的文献，常常在传记后有“录之以存其实”。[⑤] 因为参考的史料丰富，所以马其昶笔下的传主生平事迹比以前一些文献的记载都要丰富，正如书前有友人毛庆蕃的题辞称：“桐城文献名邦，号天下第一，得通伯网罗放佚，都为一编，又无不各肖其人平生气象以出，岂非三百年先辈英灵所式凭，而海内学者所共为愉快者欤。”[⑥]而且各种文献相互参照比较，还可弥补正史和地方志的简略和缺失。如《桐城县志》记明代画家丁南羽为桐城人，马其昶经考证后以为，“南羽实休宁人，旧志误也”。[⑦] 又如《胡瓒传》中“公疏运治泉事载《明史》，厥绩

① 马其昶著，毛伯舟点注：《桐城耆旧传》，合肥：黄山书社，1990 年，第 380 页，第 382 页，第 450 页。

② 马其昶著，毛伯舟点注：《桐城耆旧传》，合肥：黄山书社，1990 年，第 260 页，第 400 页。

③ 马其昶著，毛伯舟点注：《桐城耆旧传·自序》《桐城耆旧传·自序二》，合肥：黄山书社，1990 年，第 1 页，第 4 页。

④ 桐城有龙眠山，文人常用“龙眠”代指桐城。

⑤ 马其昶著，毛伯舟点注：《桐城耆旧传》，合肥：黄山书社，1990 年，第 297 页。

⑥ 马其昶著，毛伯舟点注：《桐城耆旧传·题辞》，合肥：黄山书社，1990 年。

⑦ 马其昶著，毛伯舟点注：《桐城耆旧传》，合肥：黄山书社，1990 年，第 274 页。

懋矣。独其家居争编审见忌事，莫能言其详。《龙眠古文》录公《编审议》，有目无书，后从胡氏谱见公《与邑人论编审改法书》，因亟录之”。[①] 马其昶所作《桐城耆旧传》：“曩吾为此传，用阮文达公拟国史《儒林传》例，采掇旧文，悉注所出。尝侍吴先生，语及之，先生曰：‘此百衲衣也，宁复有佳文乎？’……自是遂翻然改图，事皆有征，词必己出。”[②]可见，为了不影响文章之美，马其昶没有将所引之文“悉注所出”，但是还可寻出其史料来源。《桐城耆旧传》对桐城“两朝之学术风趋，盛衰得失之林，亦略具于此，又欲令异世承学、治国闻者有考焉”。[③] 书中对桐城地方儒生、学人及其学术传承和他们的学术作品都有记载和介绍，所以该书的学术史价值是不可低估的。

第三，叙事驯雅丰赡，论赞精彩深刻。毛庆蕃说：“大著叙事雅赡，有法度，论赞神致渊永，往往胜绝，如通伯者可谓有良史才矣。”[④]在叙述上，马其昶批判地方文献“率伤冗繁”，因此他作《桐城耆旧传》“必归诸驯雅”。[⑤] 此处所指的“驯雅”，不仅包括了文辞上的高雅，还包括了行文上详略得当、避免冗繁。全书记载人物九百多位，有主传、附传之分别，如卷一“方断事传弟三”以方法为主传，传后又有吴名扬、杜万户、詹大刀、赵景初为附传，人物重要性不一，内容记载详略也不一，此可谓“有法度”。对一些重要的、有影响力的人物，记载翔实生动。如“左忠毅公传弟四十四”中记载“忠贤矫旨，逮杨、左入京考鞫。缇骑至桐城，家人环泣生祭，槛车出郭，父老拥马首号泣，壮士数百人潜行，欲伏阙讼冤。行至黄河，公知之，固辞谢，乃还。容城孙钟元先生欲脱公于客氏，以告公，公曰：‘吾虽不肖，岂能求生于媚人之手乎？’至，则下诏狱”。[⑥] 这段记载将左光斗深得民心、爱民及大义凛然的高大形象跃然纸上。至于该书对人物的评论方面也可谓精彩、深刻。马其昶“窃取迁、固之遗法”[⑦]，在人物传后有“马其昶曰”来进行论赞，发表观点，“神致渊永，往往胜

① 马其昶著，毛伯舟点注：《桐城耆旧传》，合肥：黄山书社，1990年，第139页。
② 马其昶著，毛伯舟点注：《桐城耆旧传·自序三》，合肥：黄山书社，1990年，第6页。
③ 马其昶著，毛伯舟点注：《桐城耆旧传·自序》，合肥：黄山书社，1990年，第2页。
④ 马其昶著，毛伯舟点注：《桐城耆旧传·题辞》，合肥：黄山书社，1990年。
⑤ 马其昶著，毛伯舟点注：《桐城耆旧传·自序》，合肥：黄山书社，1990年，第2页。
⑥ 马其昶著，毛伯舟点注：《桐城耆旧传》，合肥：黄山书社，1990年，第161页。
⑦ 马其昶著，毛伯舟点注：《桐城耆旧传·自序》，合肥：黄山书社，1990年，第2页。

绝”。如在“周、张、夏、金四孝子传第三十二”传后有“马其昶曰:周、张、夏三孝子,其时皆在万历前,金稍后,今以类记之。旧志称其割肝为乙酉六月二十三日,则当鼎革时也。国史、方志于孝义皆别纪。夫孝,通德也,人人当勉。若区为类传,于义狭矣。然行有独至,举其大者,固可以厉风教。余所记尤彰彰表著者,岂尚苟难哉?从同之行,盖不可殚述也。噫!‘不忍以亡亲贾名’,夏孝子深远矣”![①] 该段赞语较长,不仅总结了全文的内容,还提出了一个深刻的观点,即在正史、方志中都会有“孝义传”,但实际上“孝”应该是每个人都要具有的品德,本不需要载入史册加以表彰的,每个人都应该自觉去践行。马其昶希望孝行成为一种风尚,人人皆为,从而“不可殚述”。

除以上特点外,还必须指出该书存在的一些不足之处。最明显的是在思想观念上宣传封建的伦理道德。所谓“耆旧”,在作者那里就是忠、孝、节、义的代名词。该书中还充满了宿命论、因果报应论等封建迷信和唯心主义思想。正因为如此,马其昶也就规避了一些影响较大、地位较重要的桐城历史人物,比如明末的显官、剧作家阮大铖。

总的来说,《桐城耆旧传》是一部有鲜明特色及很高文献价值的史学作品,彰显了马其昶“可谓有良史才矣”。[②] 该书虽然是一部地方史,但是史学价值还是比较大的。如其中所参考的很多地方文献现大都已散失,今人只能从《桐城耆旧传》中略知其内容一二,因此它具有保存历史文献的价值。此外,还有助于“人们对明清地方社会与政治史及其特点的了解”,“通过记述与明晰桐城地方学术及其流变,为人们了解明清时期的学术流变提供了重要史料和独特视角,有着重要的学术史价值”。[③]《续修四库全书·史部传记类》收有《桐城耆旧传》,白寿彝主编的《中国通史》将其列为地方性人物传的参考书目,沈云龙主编的《近代中国史料丛刊》将其收录重印。1990年黄山书社出版了点校本,为阅读研究提供了很大方便。但是这样一部史学著作却未能引起目前学界更多的重视,研究者甚少,颇为可惜。

---

① 马其昶著,毛伯舟点注:《桐城耆旧传》,合肥:黄山书社,1990年,第115～116页。

② 马其昶著,毛伯舟点注:《桐城耆旧传·题辞》,合肥:黄山书社,1990年。

③ 徐希军:《马其昶〈桐城耆旧传〉的史学价值》,载《史学史研究》,2010年第2期,第116页。

(二)姚永朴的《旧闻随笔》

《旧闻随笔》是姚永朴唯一的写人叙事的传记性著作。虽名为“随笔”,但其实整部书是有着精心安排的。《旧闻随笔》约为1917年姚永朴离开北京大学后所作,从该书的序言所写的时间“己未春三月”即1919年可知,该书完成于五四运动爆发前。姚永朴离开北大是因为新文化运动的冲击,他对于这样一场来势汹汹的运动是忧惧的,“值邦基之杌陧,悼坦道之榛芜,我瞻四方,能无忧惧?诗不云乎,‘高山仰止,景行行止’,倘前徽无述,奚以诏我后生哉!爰取曩所记者汇抄之,厘为四卷,名曰《旧闻随笔》云”。[①]《旧闻随笔》有1925年初订本、1935年安徽省立图书馆重订本、1936年重订大字本三个版本。1925年初订本封面有“乙丑秋有则题”,四卷,约七万字,前三卷共有一百四十二个人物专条,第四卷为“乡先辈遗事、先世遗事、先世遗书、外家遗事”。1935年安徽省立图书馆重订本,是安徽省立图书馆据在《学风》杂志第一期至第四期上连载的经姚永朴重订的《旧闻随笔》出版的合订本,较1925年初订本,前三卷减少了四十个人物专条,第三卷增加“李宗羲尚书”一条,保留的诸条在内容上也稍有改动。1936年重订大字本,是姚永朴自费刊印的,该版本在内容上与1935年安徽省立图书馆重订本相同。1989年黄山书社出版的《旧闻随笔》以1936年重订大字本为底本,并参照1925年初订本,加以点校和注解,为读者阅读和研究提供了很大方便。

姚永朴《旧闻随笔》是以朱熹《伊洛渊源录》《名臣言行录》为榜样的,认为“昔范蔚宗谓司马氏文直而事核,班氏文赡而事详。夫曰‘直与核’,词固无取于繁,即所谓‘赡与详’者,亦必略于细故,乃能著其大端,盖史体然也。若夫传记之所记载,多得之放失之余,事不必宏,人无求备,苟可资乎观感,夫何惜于网罗,此《伊洛渊源录》《名臣言行录》诸书所以有裨世教也”。[②] 在姚永朴看来,史书撰写与人物传记的撰述还是有区别的,史书要略于细微而“著其大端”,而人物传记则要网罗天下之旧闻,所记之人不必完美,事情不必宏大,只

---

① 姚永朴著,张仁寿校注:《旧闻随笔·序目》,合肥:黄山书社,1989年,第1页。

② 姚永朴著,张仁寿校注:《旧闻随笔·序目》,合肥:黄山书社,1989年,第1页。

要能使读者观有所感，能有裨世教就好。《旧闻随笔》所记为作者闻见所及的明清两朝先贤的嘉言懿行，如海瑞、王夫之、万斯同、梅文鼎、纪昀、魏源、林则徐、胡林翼、曾国藩、左宗棠、李鸿章、刘铭传及桐城乡贤如左光斗、方以智、方苞、姚鼐、刘大櫆，等等，主要是录他们为世人不太熟知的言行，“为世所习见者不录”[①]，或记一二言，或记三五事，详略不一，而读之率可有得，不仅可裨世教，还可“诏我后生”。其叙述虽不如《桐城耆旧传》详慎，但由于姚永朴注意拣选材料，取例典型，着墨不多而神气自现，使得笔下人物形象能深入人心。如记述陆清献，“平湖陆清献公（陇其）为诸生时，授徒于乡，有李氏欲延之，托友道意，公曰：‘我固愿往，但馆谷不可加，使我有以谢旧主人。’”[②]一个严于义利之辨的儒士形象跃然纸上。

1989 年黄山书社出版的《旧闻随笔》中的“校注前记”便称“本书除了其文学价值外，更有它的史学价值”。[③] 它的史学价值首先体现在该书所记多为先贤“世所不见者”的言行，因此有一定的史料价值，可补他书之缺失遗漏。此外，该书还有助于我们进一步了解许多历史事实和现象，如淮北盐务改引为票的起因，满汉举子同榜应试始末、明史的成书经过、清代学术的发展，等等，都能从中窥探。如在介绍阮元一文里，该书提到：

> 我朝当顺治康熙中，诋毁理学者有二派：一为萧山毛大可（奇龄）、吴江朱愚庵（鹤龄）、陈长发（启源），以考据鸣者也。一为博野颜习斋（元）、蠡县李刚主（塨），以道术鸣者也。幸圣祖尊崇朱子，群论始戢。及乾隆嘉庆中，考据之风弥盛，就其中善者，颇能为宋贤拾遗补阙，而破碎害道者多。[④]

（三）吴闿生的《先大夫弟子籍》和《故友录》

吴闿生的《先大夫弟子籍》为一部吴门弟子的传记作品。现已不见，只是

---

① 姚永朴著，张仁寿校注：《旧闻随笔·例略》，合肥：黄山书社，1989 年，第 5 页。
② 姚永朴著，张仁寿校注：《旧闻随笔》，合肥：黄山书社，1989 年，第 39～40 页。
③ 姚永朴著，张仁寿校注：《旧闻随笔·校注前记》，合肥：黄山书社，1989 年。
④ 姚永朴著，张仁寿校注：《旧闻随笔》，合肥：黄山书社，1989 年，第 82 页。

在吴闿生的文集中存有《先大夫弟子籍序》一篇，写于“乙巳秋七月”，即1905年。文中称“某年闿生有事直隶学校司，今侍郎五品卿翰林严公来督事，既见公揖之，进且言曰：‘子之先君子以学问文章施教此邦者三十有余年，晚来莲池门下尤盛，今散在州郡著者凡几。今不著后当然者，几其为我籍之，且次其学行，庶无失诸它日。’闿生敬诺”。[①] “严公”为严修，吴门弟子，吴闿生经其提议而著《先大夫弟子籍》，希冀今后得以流传，“其意良厚”。该书将吴门弟子分为九大类，分别为籍科第显达者若干人、籍仕官遂者若干人、籍有干济之略者一人、籍文采烂然出众者若干人、籍有经世之志者若干人、籍中国专家之学者若干人、籍通达时务者若干人、籍品诣粹白者若干人、籍游学外国者若干人，姚永概、贺涛为吴闿生的老师，“不敢载焉”，而严修“兹籍所以呈也，亦不载”。这样的分类让读者对吴门弟子这一群体的特点和影响力一目了然，而吴门弟子的成就得以被世人所知和流传，无疑也会抬高吴汝纶之地位和加深桐城派的影响。

《故友录》所作的时间应在《先大夫弟子籍》后，是吴闿生晚年为悼念已逝的故友所作，其中当然包括吴门弟子。清季民国桐城派弟子邢赞亭所撰《莲池书院旧忆》一文中提到昔日莲池书院的才杰俊秀，“上列诸人，悉依吴北江文集中《故友录》所载”。[②] 又如《桐城末学的群体构成与唐宋古文接受》一文中提到“吴闿生晚年所写《故友录》中只将王树楠列于姚永概一则之下，一笔带过”。吴闿生在《故友录》中谈到与姚永朴等人之间的学术分歧时说：“通伯初学于方宗诚存之，多传其师说。仲实则不知其本何师。两人于先公所论皆未洞达而不求甚解，反多不满之辞，岂非故墟未化不能超然自得，故各本其所见以为言邪。”[③]“故友”，顾名思义应是已去世的朋友，指清季民国桐城派学人及与这个圈子关系紧密之人。在1926年刊刻的《王古愚先生遗集》的书后

---

① 吴闿生：《北江先生文集》第二卷，文学社藏版，1924年。

② 邢赞亭：《莲池书院旧忆》，见河北省政协文史资料委员会编：《河北文史集粹·教育卷》，石家庄：河北人民出版社，1991年，第8页。1924年刊行的《北江先生文集》中没有《故友录》，只有七卷。但是由林庆彰编《民国文集丛刊》第一编（台中：文听阁图书有限公司，2009年）里收录《北江文集》十二卷。第八卷里有《故友录》。

③ 石珂：《桐城末学的群体构成与唐宋古文接受》，载《安徽大学学报》，2011年第6期，第56页，第57页。

便附有“吴北江故友录一则”，为一篇传记文章，并不长，不似行状详细，但是生平大事、人物性格均可以从文章中看出。《故友录》不仅为外界了解清季民国桐城派学人及其朋友圈提供方便，而且扩大了这一群体的影响。

二、合撰的传记著作

清季民国桐城派学人与他人合撰的传记著作，有赵衡参与的《大清畿辅先哲传》，吴闿生与沈祖宪合撰的《容庵弟子记》，谷钟秀与梁建章参撰的《铁珊轶事》等，合作之人大都是与桐城派有紧密关系之人。

《大清畿辅先哲传》为徐世昌主编，王树楠、赵衡等人编纂的一部清代直隶省的人物传记。赵衡(1865—1926)，字湘帆，直隶冀州人，1889 年中举人，先后主讲过信都书院、文瑞书院，不乐仕途而专力于学问、教书育人。赵衡师友所及皆当代名儒，得颜、李之学于清苑金正春，得顾炎武、王夫之考订之学于王树楠，得方苞、姚鼐、梅曾亮、曾国藩辞章之学于吴汝纶、贺涛。其师事贺涛尤久，贺涛门下从游者甚众，而赵衡才为最高，并被称其深于史学，故论史诸作皆有不刊之论。经贺涛引荐，赵衡结识了徐世昌，且被徐世昌聘为礼制馆编辑。1918 年，徐世昌出任大总统，其又充大总统府秘书，并编《颜李师承记》，后四存学会成立，任副会长。赵衡去世后，徐世昌付梓其著作《序异斋文集》，且为之题名、作序，其在序中曰：“与余过从甚密，文酒之宴，盖无役不从，为余撰述文字亦最多。”[①]1914 年，徐世昌为表彰清朝先哲，扶植纲常名教，支持袁世凯复辟帝制，邀请王树楠及幕府中人编纂《大清畿辅先哲传》。赵衡是王树楠的弟子，又为徐世昌幕府中深受器重之人，其对于《大清畿辅先哲传》编纂的功劳仅在王树楠之后，起到非常重要的作用。该书共四十卷，分名臣、名将、师儒、文学、高士、贤能、忠义、孝义八类，后附《列女传》六卷，于国史、志乘、私家著述等史料穷搜博考，收录人物有一千八百多位。《大清畿辅先哲传》1914 年开始编纂，1917 年刊刻完成。其收录范围广、数量多，记述详备，是了解清代畿辅地区历史人物不可缺少的参考书，对研究清史、中国近代史、

① 徐世昌：《序异斋文集・序》，见赵衡：《序异斋文集》，天津徐氏刻本，1932 年。另，赵衡生平还参考齐赓芾：《湘帆先生行状》，见王树楠纂：《冀县志》卷十九，1929 年；张舜徽：《清人文集别录》，武汉：华中师范大学出版社，2004 年，第 583 页。

京津冀地方史等，有着较高的史料价值。

《容庵弟子记》为袁世凯的人物传记，容庵为袁世凯的别号，吴闿生、沈祖宪[①]为袁世凯幕府中人，以“弟子”自称，故以《容庵弟子记》为名，共四卷，有五万七千余字，是一部记载较详细的袁世凯传记，1913 年 2 月刊行铅印本。该书记事自袁世凯幼年起至清末归籍河南止。第一卷记载时间从 1859 年 8 月 20 日出生至 1894 年 6 月甲午中日战争爆发后离开朝鲜，主要叙述了其总督朝鲜任期的事功；第二卷从 1894 年 7 月至 1901 年 8 月，主要叙述了其天津小站练兵、任山东巡抚镇压义和团等事迹；第三卷从 1901 年 9 月至 1904 年 12 月，第四卷从 1905 年至 1908 年袁世凯被削职归隐，这两卷主要叙述了袁世凯出任直隶总督、北洋大臣时期，编练北洋军、推行新政的功绩。由于作者与传主之间的亲密关系，使得许多史实的记载更加准确、丰富。传主袁世凯为近代中国重要的历史人物，因此该书史料价值非常大，成为研究近代史的重要参考文献，得到后世学者的格外重视，如一些史料丛书《中国近代史资料丛刊》《北京图书馆藏珍本年谱丛刊》《民国文献资料丛编》及台湾出版的《袁世凯史料汇刊》都有收录该书。[②]《中国名著大辞典》《中国历史大辞典》《中国近代史辞典》《中国史学史辞典》等工具书中也都有词目加以介绍。[③]

《铁珊轶事》是冯玉祥为悼念其幕府中人王瑚而组织编写的人物传记。

---

① 沈祖宪(1852—1932)，字吕生，祖籍浙江绍兴，同治年间优贡出身。在袁世凯奉命于天津小站练兵时入幕，在袁世凯成立的武卫右军总部下的编制中任文案(相当于秘书)。袁世凯任大总统前，沈祖宪始终跟随，充当首席秘书。1908 年，袁世凯开缺回籍，养病于洹上村养寿园，沈祖宪亦随同前往，经常与袁世凯以诗唱和，后有《圭塘唱和诗集》问世。吴闿生是在袁世凯任直隶总督期间入幕的，同僚中有严修、傅增湘、吴世缃等莲池弟子。

② 来新夏主编:《中国近代史资料丛刊·北洋军阀·军阀人物传志》，上海:上海人民出版社，1993 年，所收为加标点的点校本。《北京图书馆藏珍本年谱丛刊》第 185 册，北京:北京图书馆出版社，1999 年，之所以被收入年谱类丛书，可能是因为编者觉得该传记类似年谱，以年月为线索记载。《民国文献资料丛编·近代人物年谱辑刊》第七册，北京:国家图书馆出版社，2012 年。《袁世凯史料汇刊》，台北:文海出版社，1966 年。

③ 中外名人研究中心中国文化资源开发中心编:《中国名著大辞典》，合肥:黄山书社，1994 年，第 669 页。《中国历史大辞典·清史卷》编纂委员会编:《中国历史大辞典·清史卷下》，上海:上海辞书出版社，1992 年，第 603 页。陈旭麓、方诗铭、魏建猷主编:《中国近代史辞典》，上海:上海辞书出版社，1982 年，第 592 页。明文书局编:《中国史学史辞典》，台北:台湾明文书局，1986 年，第 315 页。

本书第一章已提到王瑚、谷钟秀、梁建章三位桐城派弟子均为冯玉祥幕府中人。王瑚(1865—1933),字禹功,号铁珊,直隶定县人,为另一位桐城派弟子王振尧的从兄。王瑚于莲池书院做月课十余年之久,吴汝纶称"铁珊坚苦卓绝,必为名臣"。[①] 1894 年,中进士,其后投身于政治,曾任京兆尹及江苏省省长,为官正直清廉。1923 年,入冯玉祥幕府,冯玉祥以师礼相待。1933 年去世,冯玉祥组织人编写《铁珊轶事》,谷钟秀、梁建章为其莲池同门好友,且谷钟秀为王瑚同乡,都在编写人员之列。该书 1934 年 9 月由上海新亚书店刊行,共四卷。书前有冯玉祥、梁建章的序文。梁建章在序文中称:

> 铁珊廉名满天下,容有失实之传,即余辈与铁珊相处久,亲见其行事,与其自道经历也熟矣。然载笔以纪,犹不免人各异辞,亦有或非其实者,则他人之称说,与远道之传闻可知矣。迨参互考证,删其复而核其误,然后定稿。[②]

第一卷为谷钟秀所写,第二卷为梁建章所写,第三卷为邓长耀所写,第四卷为冯玉祥所写。该书由一百则王瑚的逸事组成,记载比较简单,"是书既刊,铁珊之生平行谊,庶几巨细无遗,又可供修国史者之采取焉"。[③]

第二节　文集中的传记

一、史料价值

翻阅清季民国桐城派学人的文集,会发现文集中的人物传记往往占着较重要的分量。这些传记有行状、家传、寿序、家乘、祭文、墓志铭,等等,有为自

① 转引自冯玉祥:《近代第一流廉吏王铁珊先生》,载《逸经》,1936 年第 5 期。

② 梁建章:《王铁珊先生轶事百则序》,见谷钟秀、梁建章等:《铁珊轶事》,上海:上海新亚书店,1934 年,第 6 页。

③ 梁建章:《王铁珊先生轶事百则序》,见谷钟秀、梁建章等:《铁珊轶事》,上海:上海新亚书店,1934 年,第 5～6 页。

己的先辈、亲朋好友立传，有为上层人物立传，也有为一般的平民百姓立传，包括各个阶层和各个领域，范围非常广。这类传记文章大都会被看作阿谀奉承之作，尤其是桐城派以文闻名，被他人求写行状、墓志铭、寿序之类的文章更是非常多。桐城派学人的传记文章中有应酬之作在所难免。章开沅说："碑传作于文人，乃应传主子孙之请求，隐恶扬善，是事理的当然。我们只能作为一种参考资料，或视为工具书，在这基础上，阅读原始史料，加以补充和修正，才能去伪存真，达到历史科学水平……至少，较好的碑传所记生卒年月较为可靠，因过去重风水及殡葬时间，死者生卒年月日乃至时辰均属测算'数据'……此外，碑主之籍贯、家世、简历等记载，一般也是比较可靠的。所以，碑传集仍不失为治史者用的工具书。加以所收人物比较广泛，在碑传中往往可以找到一般史书未曾记载的史事。"[①]可见，这种碑传之类的传记文章也还是有一定史学价值的，而价值的大与小，往往取决于传记编纂者多大程度上的求真。总的来看，桐城派学人与为之立传的传主多是有过交往的，对传主的身份、性格、社会活动等都比较了解，因此所写的传记比较真实、可靠、可信，史料价值比较高。桐城派学人之间互写传记的也不少，有的不仅是同门、好友关系，还是亲戚之类的关系。传记形式有寿序，有祭文。尤其是在某个人去世之后，写一些传记文章以悼念好友比较常见。如李刚己去世之后，很多桐城派学人都写过他的传记，如刘登瀛的《李刚己传》，姚永概、赵衡二人分别写的《李刚己墓志铭》，贾恩绂写的《李君刚己墓表》；邓毓怡去世之后，常堉璋写有《邓君行状》；姚永概去世之后，姚永朴写有《叔弟行略》；高步瀛去世之后，尚秉和写有《高阆仙先生传》；等等。这些传记所包含的信息丰富、真实性高。

除这种现实中的交往能让桐城派学人的传记有真实的基础外，在思想上，桐城派学人撰写传记也大多追求实事求是的精神，不妄加毁誉于人。这就使得他们对于一些应酬之文是有所为而有所不为的，并不是一味地答应。在桐城派学人的文集中有不少是为平民百姓所写的传记，传主大都是孝子、节妇等有着高尚品德之人。面对一些达官贵人重金求文时，他们往往不为所

① 章开沅：《辛亥人物碑传集·序言》，见卞孝萱、唐文权编：《辛亥人物碑传集》，北京：团结出版社，1991年，第1～3页。

动。如陈调元曾重金托请高步瀛为其父撰写墓志铭，高步瀛没有答应。鲁迅曾与高步瀛共事于教育司，十分称赞其为人："阆仙是个行不违所学的人。"[①]又如前文提到马其昶离开清史馆是因为不满馆中人为一己之私而为一些不该列传的人作传。而且马其昶不太作寿序之文，"其昶夙有寿文之戒"，在现存的《抱润轩文集》中无一篇寿序。不过国家图书馆藏有《抱润轩遗集》一册，是马其昶为其亲人所编，收有几篇寿序。其中一篇为马其昶给他的老师方柏堂先生所写的寿序，他在文之前说："门下士马其昶曰：寿序于古无有。昔卫武公耄而进德为抑戒之诗，使人颂以自敕。若徒侈述其所已能，贡谀词长溢志，非君子义所当出。"直到第二年方柏堂先生生病，其子方伦叔、方常季再次言及，但于先生"道德之崇，政事文章之懿美，福祉之繁多，他人竟能言者，乃皆不及之"。[②]在清季民国桐城派学人中，虽然不是每个人都如马其昶这样对传记撰写有严格的要求，但是综观他们文集中的传记，不管传主是高官显要还是平民百姓，都不会一味地颂扬，而能基本尊重事实。

二、主要风格

阅读清季民国桐城派学人文集中的传记，可以大概看出他们传记编纂的风格，主要体现在以下两个方面：

第一，人物传神，以情动人。桐城派学人对人物传记的撰写大都比较传神，能很好地刻画出传主的精神和形象，且由于与传主大都有过交往，常能以情动人。尚秉和就曾感叹"晋、唐以来史传，其叙述每与其人之精神，不能相称。后，昌黎能之矣，而不作史。欧阳能之矣，而于《新唐书》只作志不作传。

---

① 高步瀛（1873—1940），字阆仙，直隶霸县人，1894年中举人。中举后每月赴保定莲池书院应课，因擅长骈文，受吴汝纶赏识。经吴汝纶点拨，遂专攻古文辞，得兼擅骈、散之长，通贯经史，穿穴故训。既而受聘定兴书院山长。1901年，任保定畿辅大学堂、保定优级师范学堂教习。1902年，赴日本宏文师范学院留学，归国后充直隶学务处查学委员。1904年，调学部图书局任编审，不久后补为学部主事。民国后，改教育部佥事，后升社会教育司司长，任职15年。1928年，辞官，任北京师范大学兼女子师范大学教授。1930年，赴奉天萃升书院讲学。九一八事变后，仍任职于北京师范大学。1937年，充保定莲池讲学院讲师。1938年，任辅仁大学教授及中国大学名誉教授。下文中还将提到他在历史考据方面的成就。

② 马其昶：《抱润轩遗集》，无锡文新印刷所代印，1936年。

只《新五代史》为一手所成，班马遗法，赖以复明”。[①] 作为传记，传神是共同追求的目标，桐城派学人传记的撰写是以《史记》《汉书》为榜样的。如马其昶作《廉君家传》，“君奋曰：‘壮士一杀贼耳，生乱世，吾终不以家为。’乃涕泣别母募死士，隶今台湾巡抚刘公铭传部下，转战南汇川沙，间复金山卫攻四江口屡却敌”。[②] 从短短数语中可见传主的高风亮节和军事才能。他们对一些传记的编纂也常能写出传主的特点，如姚永朴撰《萧敬孚先生传》：“吾邑先辈如方先生宗诚著书多谈性道及军国利病、吏治得失，徐先生宗亮亦究心边事，吴先生汝纶尤喜言泰西学说为吾国倡。惟先生一意编摩古籍，与后生言于字句异同、刊本良否，以及前闻轶事历历然如数室中物，而无一语及世务。吴先生每思广以异域之事见，必极论，先生意不与之合，讥嘲轰发。然吴先生退，未尝不重。”[③]这段话通过人物之间的对比，将萧穆的人物性格及学术作为凸显出来。此外，桐城派学人为亲朋好友作的传记文章不仅能传神，还能以情动人。如赵衡所写《王用仪墓表》，读来令人动容：“岁之八月，顺天乡试，用仪力疾，偕与往，将归，予以归之速也意在车，用仪以病之渐也意在舟，不得已，乃以舟归。既归，抵衡水，用仪泣涕语与曰：‘吾累君也。’呜呼，以用仪之质亮温雅笃于朋友，求之古人且不可多得而竟夭折以死。岂非天哉。用仪病时，予视诸其家先后凡两至。语必哭，予固知其病之不可为矣。蜉蝣天地之间，始生终死，始合终离，人所不能逃者也。每怪古人之戚戚于是者，以为不达于理。今衡于用仪之死，乃不知悲泣之何从。”[④]这段话不仅表现出王用仪温雅君子的品格，而且字里行间流露出作者对朋友去世的悲伤之情。

第二，叙事雅洁。重视语言雅洁，是桐城派学人作文的一贯要求。方苞在《古文约选序例》中说：“《易》《诗》《书》《春秋》及《四书》，一字不可增减，文之极则也。降而《左传》《史记》、韩文，虽长篇，字句可薙芟者甚少。其余诸家，虽举世传诵之文，义枝辞冗者或不免矣。”[⑤]可见方苞对雅洁的要求是极

---

① 尚秉和：《周易尚氏学·滋溪老人传》，北京：中华书局，1980年，第357页。

② 马其昶：《抱润轩文集》，1923年京师刻本。

③ 姚永朴：《蜕私轩集》，秋浦锦记书局印刷，1925年。

④ 赵衡：《序异斋文集》卷一《王用仪墓表》，天津徐氏刻本，1932年。

⑤ 贾文昭编著：《桐城派文论选》，北京：中华书局，2008年，第51～52页。

高的。桐城派学人在人物传记撰写时也秉承这样的基本原则。此处的“雅洁”重点突出一“洁”字，王树楠曾说：“‘洁’之一字，似易而实难。”[①]总的来看，桐城派学人往往能以简洁精练的文字表述出传主的生平事迹之类的信息。如马其昶为其祖父所写的传记《大父怡轩府君行状》，叙及马其昶祖父与其兄长之间的情谊，“每晨兴戒视洒扫，即兄弟集东厅互问安否。通判公就席治书史。府君乃退而课盐米，讥簿籍，皆细字庄写，通问亲友庆吊，及午共餐东厅，日昳复如之，秉烛话往事及诸所当设施者，诸子妇咸侍侧。一日客过，偶置酒为樗蒲戏，通判公适从后堂来，于窗间见之，蹙额而去。府君坐席下，向上微窥见之，即谢客。终不复为”。[②] 此处写凡人小事，而于客观叙述中灌注亲情，以小见大。兄弟互问、兄读弟稽、午晚共餐、秉烛话往事，皆要言不烦，深得方苞“雅洁”之精髓。其实雅洁的“洁”除了体现在语言的简洁精练上，还体现在摆脱庸俗、不说揄扬过实的话上。桐城派学人的传记文章尤其是寿序、墓志铭之类，篇幅大都不太长，且立言谨慎，不歌功颂德、大言不惭。这是其传记史料价值高的一个原因。

第三节　年谱的编纂及传记史料的辑录

年谱向来被认为是传记的一种，只是它与一般传记著作又稍有区别，冯尔康在《清代人物传记史料研究》中将“年谱”定义为“年谱是以特定的个人，即谱主为中心，用编年体形式记叙其一生经历及与其相关的人和事，是历史人物传记的一种体裁，或者说是别体”，“年谱直接提供的是传记史料，可供人物历史的研究，这是年谱首要的学术价值”。[③] 所谓传记史料，即反映人物生平历史的素材。清季民国桐城派学人在对乡贤师友传记史料的整理编辑方面也做了不少工作，为后人考察这些人物的生平、学术提供可参考的史料，有一定的价值。

---

① 转引自吴孟复：《桐城文派述论》，合肥：安徽教育出版社，2001 年，第 174 页。

② 马其昶：《抱润轩文集》，1923 年京师刻本。

③ 冯尔康：《清代人物传记史料研究》，北京：商务印书馆，2000 年，第 155 页，第 179 页。

一、年谱的编纂

来新夏曾据年谱的作者将年谱分为四类，即自撰类，系谱主手订，或由谱主口述而他人记录整理，或谱主自撰而由他人续补；家属所撰类；友生编著类；后人著述类。冯尔康先生认为此分类很概括，很准确。[①] 清季民国桐城派学人编纂的年谱主要是两类，一是后人著述类，一是自撰类，代表作分别有马其昶的《左忠毅公年谱》和贾恩绂的自撰年谱《思易草庐年谱》。

（一）马其昶的《左忠毅公年谱》

《左忠毅公年谱》为马其昶另一部传记类作品，谱主左忠毅公，即左光斗，为桐城先贤，《桐城耆旧传》中有收录，前文已提及。该年谱大约完成于1883年，马其昶在这年所写的序中提到他重编左光斗的文集，其曰：

> 《忠毅年谱》上下两卷，公曾孙宰所编也……其纪移宫始末及在狱事甚具，自云本家藏旧稿及同难诸公所记有史所未详者。惜所考他事犹疏舛，文不雅驯，取舍失要，故《四库全书》未著录。其昶尝与外舅姚慕庭先生审正义例，博考遗文，证之《明史》及诸家传状碑志，刺取而要删之，仍为两卷，曰《年谱定本》，附公集后，寄天津广仁堂刊行。[②]

从上文可知马其昶编纂《左忠毅公年谱》，是不满于左氏曾孙所编年谱对一些事情记载的疏漏错乱、文辞不高雅、取舍不当等，所以依据各种史料重编年谱。《左忠毅公年谱》时间起自万历三年（1575）九月左光斗出生，迄天启五年（1625）七月左光斗惨死狱中。书中对左光斗弹劾魏忠贤三十二斩罪始末记载甚详，同时对崇祯、弘光年间昭雪、恤典之事也有叙述。第一卷后附有左光斗曾孙左宰所撰《记移宫始末》、第二卷后附左光斗《狱中血书十二通》等。

---

① 冯尔康：《清代人物传记史料研究》，北京：商务印书馆，2000年，第155页。

② 马其昶：《左忠毅公年谱序》，见《抱润轩文集》，1923年京师刻本。马其昶岳父为姚莹之子，姚永概、姚永朴之父姚慕庭。文中马其昶说左氏曾孙左宰所编年谱未被《四库全书》收录，但实际上是收录的。参考《四库全书存目丛书》编纂委员会编：《四库全书存目丛书·史部》第87册，清乾隆四年（1739）刻本。

文中还多有注解或按语以助理解正文。《左忠毅公年谱》是对原年谱的修正补缺，无论是在内容上，还是在语言上都显得更加完善。梁启超在《中国近三百年学术史》“后人补作或改作昔贤年谱”中列出的数十部年谱，其中便有马其昶的《左忠毅公年谱》，并指出“右两项数十种，实清代年谱学之中坚”。[①]该年谱最初是附在左氏遗集后刊行的，后来才单独抽印。现存有 1904 年马氏家刻本、1904 年集虚草堂刻本及 1925 年京师刻本。《北京图书馆藏珍本年谱丛刊》第 56 册同时收有《左忠毅公年谱》《左忠毅公年谱定本》，台湾新文丰出版公司的《丛书集成续编》和上海书店出版社的《丛书集成续编》第 261 册中也收录有《左忠毅公年谱定本》。

（二）贾恩绂的《思易草庐年谱》

《思易草庐年谱》为贾恩绂的自撰年谱。贾恩绂（1866—1948 ），字佩卿，直隶盐山县人。1890 年，入保定莲池书院学习，受业于吴汝纶，才学得到吴汝纶赏识，并请其充任莲池书院斋长。1893 年，中举人，并于次年离开莲池书院。1895 年，赴京会试且参与了“公车上书”。贾恩绂先后主讲溎阳书院、定州学堂、贵胄学堂，并创建南六邑学堂、盐山高等学堂，还曾担任过北京政府财政部盐法志总纂、临时执政府顾问、东方文化事业总委员会委员等职。贾恩绂从 45 岁后直至去世，主要精力都放在了方志的编修上，为近代著名的方志学家，其相关史学著作有《史记评点》《上古西洋史》。《思易草庐年谱》一直未刊，不太为人所知，现藏于河北省图书馆。[②]《中国历代人物年谱考录》及《中国历代年谱总录（增订本）》中都有收存该词目，但都语焉不详，编者应该都未亲见年谱。[③]《思易草庐年谱》由贾恩绂后人于 20 世纪 90 年代末捐给河北省图书馆，稿本，长 25 厘米，宽 17 厘米，3 万字左右。年谱按年月编排，

---

① 梁启超：《中国近三百年学术史》，北京：中国华侨出版社，2008 年，第 270 页。

② 贾恩绂少有大志，尝以思易天下为己任，题其住室曰“思易庐”，自号“河北男子”。20 世纪 90 年代，贾恩绂后人将其遗稿捐出，《思易草庐文集》《思易草庐诗集》《思易草庐日记》《思易草庐年谱》均藏于河北省图书馆。

③ 谢巍编撰：《中国历代人物年谱考录》，北京：中华书局，1992 年，第 635 页，编者未见该谱，称“待访”。杨殿珣编：《中国历代年谱总录（增订本）》，北京：书目文献出版社，1996 年，第 366 页，称“此谱编至 1945 年止”，实际上年谱止于 1946 年。

始于同治五年(1866)丙寅十一月二十二日贾恩绂出生，止于1946年，即贾恩绂去世前两年，记载了他一生的主要活动，为后人研究提供了第一手宝贵资料。而且由于贾恩绂在民国时期积极参与社会政治活动，交往面较广，因而他的年谱具有一定的文献史料价值，尤其是从中可见桐城派学人及圈内好友的一些史料，如"己未五十四岁(1919年)。梁式堂又荐余于徐树铮处，任编书局之编辑，月薪二百四十元。又铮时为边防总司令，设编书局，专以延揽耆宿，实亦无一功课，略同乾修，其中薪水以二百元为例，惟以师资同相持者乃增送四十元，余与姚叔节昆仲及王缙卿、柯凤荪五人而已"。[①] 桐城派学人之间交往的记载能补其他资料之缺，可对桐城派群体有更进一步的了解。

清季民国桐城派学人中有不少自撰年谱的，如高步瀛、尚秉和等，但由于各种原因没有保存下来，抑或是由私人收藏不得见。尚秉和的高足梁容若于1983年在《团结报》上发表《记滋溪老人两种书》一文便提到尚秉和有自撰年谱。不过尚秉和撰写的自传《滋溪老人传》留存至今，当代刊行的尚秉和的各种书籍之后都附有此篇自传。《滋溪老人传》为尚秉和七十岁时所写，记载了其家世、生平经历，主要对其学术方面作了详细的交代和阐述，使后人对其有更具体、更深入的了解。

二、传记史料的辑录

(一)姚永朴的《桐城姚氏碑传录》和《桐城耆旧言行录》

《桐城姚氏碑传录》和《桐城耆旧言行录》为姚永朴搜集整理。《桐城姚氏碑传录》将桐城姚氏一族前辈存于各种文献中的传记、墓志铭等史料辑录汇编。国家图书馆现藏有两册，第一册为第一卷到第四卷，第二册为第五卷到第七卷，书前有序、目录、凡例。序写于"丙午夏四月"，即1906年夏，作者在序中称：

> 五百年来，屡经兵燹，先世懿行湮没者十之六七……然则其幸而仅

① 贾恩绂：《思易草庐年谱》，稿本，河北省图书馆藏。"梁式堂"即梁建章，"姚叔节昆仲"即姚永朴、姚永概，"王缙卿"即王树楠，"柯凤荪"即柯劭忞。

存者，乌可不思所以永其传也。昔先大夫按察公尝撰《姚氏先德传》，永朴因复采国史、方志及海内名人文集笔记为《碑传录》，凡七卷，以附公书之末。光绪乙巳，族父星五观察寄资刊之。继自今吾族英少读两书，倘有感发兴起而思绍前人之徽者乎，其亦可以知所从事也已。[①]

从序中可知该书的写作缘起和目的。《桐城姚氏碑传录》正文七卷，按时间先后顺序，共收录66位姚氏人物的传记、墓志铭等，每一篇文后皆注明出处，有据可考。序后附凡例四则："一、此编义主征实，凡兄弟、子孙及胞侄、胞侄孙称述之文皆不录。二、《安徽通志》语及简略，此编凡事迹详见他书者皆不采。三、《安庆府志》《桐城县志》据《先德传》为底本，其语大略相同。此编既附《先德传》末，故郡县志皆不更录，以免重复。四、此编者皆据目前搜辑者录之，倘异日别有所征当为续编附刊于后。"由此可大致知道该书的辑录原则。《桐城姚氏碑传录》虽为一族先贤之史料，但由于"以勋业文章知名于时者益众，海内遂推望族"[②]，所以辑录之碑传，不仅是一邑一族之史料，而且是于社稷有益之史料。此外，桐城姚氏一族中为桐城派学人者甚多，姚范、姚鼐、姚莹、姚浚昌等，所以该书不仅为乡邦文献的保存和流传起到了一定作用，同时还宣传了桐城派。

《桐城耆旧言行录》与《旧闻随笔》的相似之处是都为记载言行之书，不同的是一为撰写，一为辑录。该书现已不见，在姚永朴的《蜕私轩集》中存有该书序文。书序曰："宋承五代之余，名卿巨儒，并生挺出。南渡后朱子乃考其言论行事，编为《名臣言行录》及《伊洛渊源录》，皆足以感发兴起，有益学者甚大……乙酉秋，通伯既撰《耆旧传》若干卷，予乃本朱子之意，遍采史传、志乘及诸家文集笔记，别为《言行录》一书。悉引原文，而各详注其所出，意主征实而已。传所取之人为详，而事则非其大者不载。是录所取之事为博，而人则非其大者亦不载。其详略异同之间，盖有可相辅者。"从序文中可知《桐城耆旧言行录》的资料来源、辑录原则及与马其昶《桐城耆旧传》之异同，也可推测该书与《桐城姚氏碑传录》体例可能相似。《桐城耆旧言行录》的编辑本着"要

① 姚永朴：《桐城姚氏碑传录·序》，清末石印本。
② 姚永朴：《桐城姚氏碑传录·序》，清末石印本。

必以有裨于人心风俗”的原则，同时也担负着保存乡梓文献的重任，“昔明善先生尝撰《桐彝》《迩训》两书。虽所收录甚简，然吾邑正嘉以前之文献实赖是而仅存。予每与马君通伯言此，未尝不思所以赓续之者”。[①]

（二）吴闿生的《吴门弟子集》

《吴门弟子集》与《先大夫弟子籍》应为姊妹篇，《先大夫弟子籍》为人物传记，而《吴门弟子集》主要是收录吴门弟子的诗文，不过在每一个弟子名字后面有长短不一的人物介绍，大致记其字号、籍贯、功名及重要的头衔，如“仲鲁名若曾，盐山进士，翰林院编修，官至直隶省长”。[②] 该书 1930 年由莲池书社刊行，六册，十四卷，第一卷到第八卷分人辑录各弟子的文稿，第九卷至第十四卷不分人，而是分为“五言古诗”“七言古诗”“五言律诗”“七言律诗”“五言绝句”“七言绝句”，辑录各弟子的诗稿，一卷一个类别。书中已载弟子 78 位，另有待搜访者 92 位，主要为吴汝纶布教北方，尤其是主持莲池书院时的弟子。吴闿生在书前的序文中称“及时搜采犹可掇拾以示后来，亦一代之文献也。诸君甚以为然。于是广约同人，分途征集，历时二载凡得诗文若干篇，由闿生为之编辑整齐，列为七十八家都百十首，备载简策”。“犹幸借此残编得仿佛追维于万一，若并此泯没而不存，则后来考览者更复何所据耶”。[③] 吴闿生编此书的意图仍旧是要使之成为一代之文献，得以流传，后世有据可考。文中所收录的文稿大都是吴门弟子早期的作品，甚至有一些文章题目是一样的，应该是吴门弟子在莲池书院上月课时写作的文章，文稿后多附有吴汝纶的评点，从这些作品可看出“诸君当时夸奇斗丽，惊才绝艳之作，实足振荡一时”。[④] 只是后来有一些弟子由于时代的关系，投身于政治或其他事务，于文学著作之事稍稍辍矣。在《先大夫弟子籍》已不见的情况下，现存的《吴门弟子集》成为目前考证吴门弟子的一部重要文献，不仅使学界对吴门弟子群体有所了解，而且该书所搜集的一些吴门弟子的诗文在其他地方已不得见，赖此书得以保留，史料价值是非常

---

① 姚永朴：《桐城耆旧言行录·序》，见《蜕私轩集》，秋浦锦记书局印刷，1925 年。

② 吴闿生：《吴门弟子集》，莲池书社刊行，1930 年。

③ 吴闿生：《吴门弟子集·序》，莲池书社刊行，1930 年。

④ 吴闿生：《吴门弟子集·序》，莲池书社刊行，1930 年。

高的。20世纪80年代中国书店影印刊行《吴门弟子集》。

从上文分析来看，清季民国桐城派学人传记著作的编撰时间，或于清末或于民国。传记编撰对象一是立德立功立言的先贤，如《桐城耆旧传》《旧闻随笔》《大清畿辅先哲传》。二是作者熟悉的人，如《先大夫弟子籍》《故友录》《容庵弟子记》《铁珊轶事》。第一类传记主要是褒扬歌颂先贤于品德、学术等方面的嘉言懿行，为了扬善美德，净化风俗，以为后世之典范。第二类是为了传播身边朋友的事迹，使人知晓。这种编纂目的是建立在求真的基础上的，前文提到桐城派学人单篇的人物传记尚且求真求实，这种传记著作更是如此，体现在对先贤传记编撰时广搜史料、考证史料，力求真实可信上。此外，即使是为亲朋好友作传记，也是“迨参互考证，删其复而核其误，然后定稿”，可见谨慎。从人物传记编撰的内容来看，不仅重视描写人物的生平，还重视对人物的学术渊源、学术活动、学术特点的分析和阐述。马其昶在《桐城耆旧传》序中便称：“两朝之学术风趋，盛衰得失之林，亦略具于此，又欲令异世承学、治国闻者有考焉。”[①]再从语言来看，与单篇传记的风格是一致的。桐城派学人不仅取班、马之遗法而归诸雅驯，而且能将人物描写得形象生动，立体丰满。至于传记史料及诗文文献资料的辑录，主要是桐城派弟子为弘扬桐城派而作。桐城籍弟子为桐城乡贤整理传记史料和文献资料，乡贤中不少人就是桐城派中人，所以这既是在保存乡邦文献，又是在宣传桐城派。而吴闿生对吴门弟子的诗文资料的辑录，也是同样的道理，是为宣传其父吴汝纶及桐城派。清末民初，桐城派逐渐式微，桐城派学人为了能扩大桐城派影响，能继续延续桐城一脉，不至于衰绝，他们辑录这些传记史料。总之，不管是传记编撰还是辑录，都为后世保留了大量史料。

---

① 马其昶著，毛伯舟点注：《桐城耆旧传 · 自序》，合肥：黄山书社，1990年，第2页。

第五章 方志和地理著作的编纂

方志是一方之史，它以地域为记载中心，所记内容包括历史与现状，如疆域分界、山川物产、风土民情、人物故事、建置沿革等。清代是中国古代传统社会修志最兴盛的朝代。几于清朝国运相始终的桐城派也是历有修志者在。"桐城派向来重视地方志的作用，方苞、姚鼐、刘大櫆等众多作家相继参与了《大清一统志》《江宁府志》《歙县志》等数百部志书的编修，为清代方志发展作出了重要贡献"。[①] 吴门弟子群体中不少人继承前贤优良的文化传统，于清季民国纂修了许多有影响力的方志，有的因此成为方志名家。其中以贾恩绂修志最多，成就最大。此外，梁建章的《察哈尔省通志》，傅增湘的《绥远通志稿》也是近代著名的方志。清季民国时期地方志的编修由传统逐渐向近代过渡，方志的编纂宗旨、体例、内容都在发生变化，后期桐城派学人的方志编修也顺时而变，但又保留着某些传统的因素，呈现出新旧掺杂的特征。除方志外，桐城派学人于清季民国时期还编纂了一些地理著作。桐城派学人编撰的地理著作，既有传统体裁的，又有受西方地理学影响下的新式体裁的，同时他们还编译了一些近代地理教科书，从中可以体现出地理学由传统向近代的转变过程。

---

① 方宁胜：《方宗诚方志思想初探》，见安徽大学桐城派研究所编：《桐城派与明清学术文化》，合肥：安徽大学出版社，2007年，第455页。

第一节　贾恩绂的方志编纂

贾恩绂生平于学术、教育都颇有作为，但最重要的成就还是在方志的编纂上，是近代河北省方志名家。从 45 岁（1910 年，为其修志生涯的开始）主持《直隶通志》的纂修，至 83 岁（1948 年）去世，在近四十年的时间里，贾恩绂所编修的方志主要有《直隶通志》《河北通志》《盐山新志》《定县志》《河间县志》《南宫县志》《枣强县志》《宝坻县志》《重订清苑新志》。[①] 贾恩绂所修方志均为河北省的方志，有省志，有各地县志，所以贾恩绂又被称作"贾河北"。其中已刊印保留至今的有《盐山新志》《南宫县志》《枣强县志》《重订清苑新志》。有的没有刊印，只有手稿，如《直隶通志》，没能完整保留，今人能看到的是部分残卷，非常可惜。[②]

一、省志的编纂

（一）三次省志纂修经过

贾恩绂生平参与省志的编修前后有三次。1910 年，贾恩绂由其莲池书院同门韩虔谷、崔子余推荐，被聘为《直隶通志》的总纂，并于保定设"直隶备乘局"，主持纂修事务。至 1912 年中华民国成立，保定发生兵变，贾恩绂辞馆，纂修工作中断。1913 年，同样由其莲池同门好友刘宗尧推荐重新纂修

---

① 参考"中国桐城派研究网"中的"桐城派学者贾恩绂的年谱"，年谱中没有提到贾恩绂的《重订清苑新志》。《重订清苑新志》1941 年纂，现存有抄本，见《上海图书馆藏稀见方志丛刊》第 2 册，北京：国家图书馆出版社，2011 年。

② 该节的一些重要内容，笔者已发表出来，见《贾恩绂的方志编纂及其特点》，载《河北学刊》，2014 年第 2 期，第 50～53 页。

《畿辅通志》。[①] 贾恩绂再次至保定，开志局于保定行宫内，计划三年内竣业，限定经费三万元。但是因时局动荡，志局于 1914 年 8 月后才开始从事通志的编纂。经四年之功即于 1918 年完成《直隶通志》二百卷。贾恩绂颇自矜其书说："论者咸谓吾直隶通志，康、雍引其端绪，光绪备其材料，至民国始成完书。"[②]"余往纂《直隶通志》，断自民国五年，今尚未付剞劂，人目为不刊之作。"[③]1919 年，贾恩绂的莲池同门好友常济生因其谋刊《直隶通志》甚力，转时任总统府秘书长、同为莲池学子的吴世缃商于总统徐世昌，徐世昌有自任刊资之意，很快从保定将志稿调至北京，派王树楠等审定，然不久徐世昌下台，刊印之事不了了之。之后，刊资难筹，一直未能刊印。

1929 年，国民政府内政部颁发《修志事例概要》，通令各省县修志。1931 年，河北省通志馆成立，贾恩绂开始着手《河北通志》的编修。《河北通志》的编修从 1931 年一直持续至 1937 年，这期间通志馆的人事变更频繁。贾恩绂于 1933 年与王树楠、谷钟秀等人同被聘为通志馆总裁。贾恩绂提出了《〈河北通志〉叙例草案》《〈河北通志〉目录草案》和《拟定通志各门体裁标准》。他认为此次修志既非续修，又非仿修，而是创修，《河北通志》应由疆域、经政、文献、志余四部分构成，各志下再分为多少不等的篇目、细目。后经与通志馆其他总裁商榷，制定了新的《河北通志目录》，分为疆域、经政、党务、社会、物产、文献和志余等。[④] 1937 年，目录又再次变更为地理、经政、食货、民事、文献。七七事变爆发后，通志编修工作不得不中止，此时《河北通志》完成了将近 90%。由于通志馆人事几经变动，体例、目录也数次更动调整，而且现存的未完成的稿本还是残缺不全的，因此已经无法得知贾恩绂对这部《河北通志》的

---

① 光绪年间李鸿章延莲池书院山长黄彭年主持纂修《畿辅通志》，《畿辅通志》是清季修志的重要成果，也是清代各省通志中的名作。但民国以后，有人对光绪年间的《畿辅通志》有意见，认为其书"较康、雍二志虽称详备，而账册市簿，成文者鲜，未足当著述之目，识者憾焉"。又光绪以来，京畿地区变化繁兴，为避免资料遗失，要求及时重修，并推贾恩绂主纂。（参考《畿辅通志·重印〈畿辅通志〉前言》，石家庄：河北人民出版社，1989 年。）"畿辅"为清代直隶省的别称，1928 年直隶省改名为河北省。

② 转引自来新夏：《志域探步》，天津：南开大学出版社，1993 年，第 166 页。

③ 贾恩绂：《南宫县志·序》。"不刊之作"，大多数人理解为没有发表的著作，其意实为无需改动的、非常好的著作。

④ 《河北省通志馆近况续记》，载《河北月刊》，1933 年第 1 卷第 12 期。

具体作为和贡献。但可以肯定的是,贾恩绂于1918年已完成一部《直隶通志》,已经有丰富的知识储备和编纂经验,对纂修《河北通志》是有指导性作用的。这部残稿后经河北省地方志办公室整理点校,以《河北通志稿》为书名,于1993年由北京燕山出版社出版,全书近490万字。

抗日战争胜利后,河北一些士绅奔走呼吁,组织在北平、天津的学者续修《河北通志》。贾恩绂的莲池书院同门好友谷钟秀任河北省通志馆馆长,贾恩绂被聘为总纂,纂修者有莲池书院同学尚秉和及王桐龄、齐思和、陈云诰等20余名学者。在《直隶通志》的基础上,整理增补。一年多时间,贾恩绂等人即整理好疆域、沿革、河道、水利、方言、古迹等卷,基本完稿成书。1948年,贾恩绂突发脑出血离世,稿子被其子贾星孙带到湖南长沙其孙贾肇谦家,在"文化大革命"期间遗失,后下落不明。[①]

(二)《直隶通志稿》各种残稿

贾恩绂前后三次参与省志的编纂,即使不将20世纪30年代编修的《河北通志》算在内,贾恩绂也曾两次主持编纂省志,但很可惜的是在当时没有一部付梓,而且更为遗憾的是没有一部完整地保留到现在。国家图书馆、南开大学图书馆藏有1918年完成的《直隶通志稿》的残卷。国家图书馆所藏名为《直隶省通志稿》,不分卷,无类目,为抄本,扉页有"直隶省通志稿、盐山贾佩卿先生恩绂纂、谢国桢题"字样。此部分残卷共七册,其中一册为"封爵表",其他六册为对直隶下辖各县的记载,有一小部分涉及直隶境内的蒙古各旗。对各县城记述的方式类似,大致都有清末、民国的隶属,经纬度的地理坐标,东西、南北相距多少里,东西南北各方位分别相邻何县,下辖村镇附村镇表,等等。对蒙古各旗沿革、物产有简单记述,每旗后附"有名诸山、有名诸水表"。在"封爵表"中分县各作描述,表格之首是"今地",并作简单介绍,之后再从古至今列出该地域上的封爵人员。在这一册"封爵表"最后,有"通商房"所写的一篇近两千字的长文,主要为天津在晚清开放之始末、列强在天津强

① 河北省地方志办公室整理点校:《河北通志稿》第一册,北京:北京燕山出版社,1993年,第13页。

占租界、天津作为商埠的关税等相关情况，并表达了“朘削宰割受制外人，未卜何年方可复主权”的忧虑。[①] 另外，国家图书馆藏直隶籍人士齐树楷抄录的文集合订本中收有《直隶通志稿》中的《贾恩绂先生山脉篇》，“是篇体例一仿《水经注》，提纲于前详注于后，在山志中纯属创格”。该篇中作者以“刻舟术”，即“斟酌数者之间乃得刻舟之术。盖两川之间必有大山，不知山脉视水已足水之界，画山之面目呈焉。盖水脉即山脉也，纵间有异同，亦其偶变大端要自不谬譬之以天度括地形而地自莫能遁矣”。[②] 将山脉与水道联系起来，以水寻山，将直隶境内的各种大小山脉叙述清楚。南开大学图书馆的馆藏《直隶通志稿》为稿本，不分卷，无类目，杂乱无序。其中包括遵化、丰润、玉田三县的记载，有烈女传（其中掺杂两篇其他人物传记），字体有楷有行，笔迹各异，出自众人之手。值得注意的是，此志把人物传记的几次修改稿与《清史稿》并存，如《史朴传》，第一稿是全文照抄《清史稿・史朴传》，这篇传记前后修改了四次，最后誊写出清稿，结果数稿并存，全无区分。又如烈女传中史瑶池之妻孟氏的传记抄自《畿辅通志》，同样把修改稿与清稿并存于书中。从笔迹看，这些修改稿绝非出自一人之手。[③]

此外，贾恩绂《直隶通志》中的《导河篇》曾单独抽印过，现已不见，但1921年贾恩绂在《四存月刊》中以《直隶导河新志》之名连载此篇，1940年在《东方杂志》上也连载发表过，所以今人可观其原貌。《导河篇》分为五个部分，为“总论”“永定河论”“滹沱河论”“南运河论”“北运河论”，“总论”一篇，对直隶境内河流整体的分布及各方面状况作了梳理，然后就几条最重要的河流分别加以详细阐述，且重在治水之法，以为当世借鉴。《东方杂志》的编者按语称：“贾佩卿先生道德文章海内所钦，编修《直隶通志》及河北各县县志，蔚为不朽之大业。此文乃先生《直隶通志》中之《导河篇》原稿，承允许在本刊陆续发表。语语透宗，全书无浮光掠影之谈。滹沱及总论，上下千古，独往独

① 国家图书馆藏《直隶省通志稿》零散钞本。

② 国家图书馆藏《贾恩绂先生山脉篇》，齐树楷抄录。该抄本中有《颜习斋先生遗著》《李恕谷先生遗著》《贺先生外集》《贾恩绂先生山脉篇》，抄录者齐树楷与桐城派学人交往密切，曾与王振尧、阎凤阁一起留学日本。

③ 来新夏主编：《河北地方志提要》，天津：天津大学出版社，1992年，第5～6页。

来，潘靳复生，亦当望而却步。其大清南运诸篇，搜采众说，剥其肤而存其液，老吏断狱，字字轩昂，所谓无弃之言，如是如是。本刊因篇幅有限，先发表其总论，原文历述南运、滹沱、永定、北运四河，可改之道，虽有待于测刊，然河北诸河，应分道入海，洵为扼要之论。辛丑和约，载有关于海河工程一节，于河北治水计划，不免有多少质疑，然亦非无法以救其弊。徐东海先生曾以此稿交全国水利局审查，供当局治水参考，迄未见诸实行。先生目击今年华北水灾之惨重，出数十年之宝藏，公诸天下，利国救民，固不仅本刊之幸也已。”①可见对《导河篇》评价甚高。从《山脉篇》《导河篇》，可以看出贾恩绂是一位不折不扣的地舆学家。

贾恩绂作为近代方志名家，所修方志众多，在学界却是声名不太显著。这可能与二百卷的《直隶通志稿》未能刊印只剩残卷有关，这样大部头的方志如果当时及时刊行，并使其得以流传，定会产生影响的。②

二、县志的编纂

贾恩绂编纂的县志比较多，先后有《盐山新志》《定县志》《河间县志》《南宫县志》《枣强县志》《重订清苑新志》《宝坻县志》，都是河北省所辖之县的县

① 贾恩绂:《直隶导河新志》，于1921年在《四存月刊》第1册中开始发表;1940年《东方杂志》第1卷第1期中以《河北省治河总论》为题连载。

② 笔者于网上发现，2010年北京保利国际拍卖有限公司拍卖贾恩绂《直隶通志》稿本，其介绍称“此《直隶通志》手稿，分装三十三函，毛装凡八十九册。贾恩绂书写工整，朱、墨、蓝笔校改批点有十数万处。首为陈云诰序:‘盐山贾佩卿先生，一带豪杰之士也，生平以易天下为己任，自号河北男子，所著书皆具特识，尤精方志之学。纂修体例独辟蹊径，不蹈袭前辙。其书既能详前人之所略，复能纠前人之谬误。先生之书，以汉志为主，郦书为辅，又参以各家之说，一一求证，不为苟同，辨明是非取舍之意。’首页均有‘直隶通志初稿’字样，也有‘校订本’字样。分《沿革篇》六册、《幅员篇》四册、《物产篇》一册、《古迹篇》五册、《官职篇》三册、《蒙族篇》一册、《金石篇》二册、《山脉篇》五册、《方言篇》《俗谣篇》四册、《祀典篇》一册、《学校篇》一册、《封爵篇》《通商篇》一册、《关防篇》一册、《城署篇》一册、《驿站篇》一册、《堤梁篇》二册、《烈女篇》七册、《列女传》五册、《历代选举篇》三册、《清选举表》《地丁篇》四册、《水道篇》八册、《仓储篇》一册、《度支篇》二册、《兵制篇》一册、《兵士篇》一册、《祥异篇》一册、《设官表》一册等;并附《疆域沿革篇》五册、《水道篇(油印有大量朱笔批校)》三册等。书分类明晰，收录庞杂，图表清晰准确，抄写工整俊秀，具有很高的文献与历史价值，当为藏家所宝。”该稿本最后以504000元成功拍卖。

志。《河间县志》《宝坻县志》已经散佚，今人不能观其貌，但其他几部县志仍存，可供研究。

《盐山新志》为贾恩绂最早刊刻的一部方志著作，也是其比较有代表性的一部方志。现存的版本是民国五年(1916)刊行的，共30卷，约30万字。这部县志是贾恩绂为其家乡所修之方志，在任《直隶通志》总纂期间修撰而成。1914年，邑人请贾恩绂重修县志，“甲寅之秋，邑帅贾君佩卿应总纂全省通志之役，邑之人相与怂恿，乞君贾其余勇以重修本县之志。贾君以桑梓之邦，弗忍御也”。贾恩绂以个人之力，独修县志，除刊资由县署筹拨，其余一切费用皆由其独自承担。“且县中无一丝一粟之费，而裒然成书粲焉具备。除刻资由余筹拨外，即一切抄录校勘印刷之需，亦概由贾君自任。此亦各县所罕闻也”。[①] 由此也可见贾恩绂为人之豁达及其对家乡的热爱之情。时人评价这部志书曰“其书创多于因……方志得此，固为上乘矣”。[②]

《定县志》，1934年刊行，共二十二卷。《定县志》刊行虽晚，但着手编纂却比较早。1922年，贾恩绂的莲池书院同门好友谷钟秀为其谋纂《定县志》。1923年，定县县长何其章始役其事。1926年，《定县志》诸门脱稿交卷。但由于时局战乱，《定县志》未得付梓，直到1934年吕复任定县县长才付梓。贾恩绂在篇首序中说“操觚于癸亥之年，辍简于丙寅之际，迄今有将十稔矣”。《定县志》的编纂、出版都非常之不易，“战乱相寻，一再开馆，均遭波及星霜”，“回溯以往修志之议，起于民国十二年，兵马倥偬，几度中辍，迄于今又八阅寒暑，国运之隆污，影响于地方事业有如此者”。《定县志》1926年脱稿，至1934年刊行，这期间，“不惟朝政栾碁，典制亦多迁变。定绅王君思钱、徐君致诚诸人

① 贾恩绂：《盐山新志》，见《中国地方志集成·河北府县志辑》第43册，上海：上海书店出版社，成都：巴蜀书社，南京：江苏古籍出版社，2006年。据民国五年刻本影印。该志将“氏族篇”“兵事篇”列入目录，无内容。叙例中提到“氏族篇”尚待他日增补，“徒以经始搜访，动需时日，故阙其卷以待梓，异日终当补成之”。“兵事篇”无内容，没有解释。

② 瞿宣颖：《方志考稿甲集第一编·直隶·深州风土记》，见《民国丛书》第二编第八十一册，上海：上海书店出版社，1990年，据商务印书馆版影印。

赓续增损，乃成是编，而大端多所因仍”。[①] 因此刊行的《定县志》，是在 1926 年贾恩绂编纂的基础上增损而成的，记事止于 1934 年。

《南宫县志》刊行于 1936 年，共二十六卷。1931 年，时任南宫县县长的黄容惠爰请曾为莲池书院学子的邢赞亭[②]主持重修《南宫县志》，设局征集同人搜讨故实。一年之后，在邢赞亭的推荐下聘莲池书院好友贾恩绂为《南宫县志》总纂，贾恩绂在五部南宫旧志基础上删订补缺，“阅三寒暑，克告成功于丙子春”。[③]

《枣强县志》编撰在《南宫县志》之后。1934 年，贾恩绂《南宫县志》脱稿，李梦周挽其修《枣强县志》，1936 年脱稿。[④] 在贾恩绂所纂《枣强县志》之前，1931 年已刊印一部《枣强县志》，由张宗载、齐文焕编纂。当时河北省通志馆修《河北通志》，“檄各县编纂志料以献。征集之大纲十有八，子目十有九”。[⑤] 这部县志依征集门类编辑纂述而成，历时五月，仅有八卷。由于现存贾恩绂所纂《枣强县志》的卷首序文已不存，尚难详悉该志的编纂缘起，但很可能因为 1931 年所编的《枣强县志》有诸多的不足，希望能重新加以修订。

《重订清苑新志》1941 年由贾恩绂纂，现存于上海图书馆，为抄本。该志是在民国甲戌年(1934)所修《清苑新志》的基础上另加修辑而成，因为“新志于政教各门，不无赓续，而涉于考证者，往往全袭前志。书成后，其不乐成美

---

① 贾恩绂:《定县志》,1934 年刻本,引文分别出自辛润圻序、于龙溪序、贾恩绂序。扉页有“定县志”“谷钟秀题”字样,第二页有“中华民国廿三年刊行,版藏定县文庙魁星阁”,二十二卷,共八册。每册封面的正名“定县志”下都有一字,分别为“金”“石”“丝”“竹”“匏”“土”“革”“木”。

② 邢赞亭(1880—1972),又名之襄,号詹亭,直隶南宫人。高级民主人士。曾任北京市文史研究馆第一任馆长、中央文史研究馆副馆长。邢赞亭与贾恩绂同为莲池书院学子,曾撰有《莲池书院回忆录》,见《河北文史资料选辑》第一辑,石家庄:河北人民出版社,1980 年。

③ 贾恩绂:《南宫县志》,南宫县县长黄容惠序,见《中国地方志集成·河北府县志辑》第 69 册,上海:上海书店出版社,成都:巴蜀书社,南京:江苏古籍出版社,2006 年。扉页“南宫县志”四字由清末最后一位状元,同样出自莲池书院的刘春霖署。

④ 参见《桐城派学者贾恩绂的〈年谱〉》,载中国桐城派研究网。

⑤ 宋兆升监修,张宗载、齐文焕纂:《枣强县志·枣强县志序》,见《中国方志丛书·华北地方·河北省》,台北:成文出版社有限公司,第 5 页,据民国二十年铅印本影印。

者，乘瑕抵隙，人多非之”。[①] 故名曰《重订清苑新志》。

三、方志编纂特点

尽管贾恩绂生平所修方志有的已经散佚，有的成为残卷，使得后人并不能得以观其详，但是这并不妨碍将其视为一位方志学家，同样也无妨对贾恩绂方志的研究，因为通过现存的方志足以窥探其编纂方志的思想和特点。

（一）创造性的方志体例

方志编纂者向来都非常重视方志体例的研究，作为一名方志学家，贾恩绂关于方志体例的论述，一反章学诚之说，在民国方志学界独树一帜，值得注意。

章学诚提出方志三书体，即志、掌故、文征三个部分。他认为“仿纪传正史之体而作志，仿律令典例之体而作掌故，仿《文选》《文苑》之体而作文征。三书相辅而行，阙一不可；合而为一，尤不可也”。[②] 志是著述，需采用正史纪传体。掌故和文征是资料汇编，汇辑簿书、案牍和各体诗文。章学诚编纂的乾隆《永清县志》便体现了这样的修志主张。全书分为纪二（皇言纪、恩泽纪），表三（职官表、选举表、士族表），图三（舆地图、建置图、水道图），书六（吏书、户书、礼书、兵书、刑书、工书），政略一，列传十（龙敏列传，史天倪列传，史天安、史天祥列传，史天泽列传，杜时昇、张思忠、郝彬列传，诸贾二张刘梁列传，义门列传，列女列传，阙访列传，前志列传）。“六书”为掌故，纪、表、图、政略、列传为志，又附《永清文征》于县志后，因此构成完整的三书体例。章学诚这种“仿纪传正史之体而作志”的体例得到后来修志者的认可。正如贾恩绂所说“自来方志体例或创或因，各从所好，自章学诚《文史通义》出，方志不用

① 贾恩绂：《重订清苑新志·凡例》，见《上海图书馆藏稀见方志丛刊》第2册，北京：国家图书馆出版社，2011年。

② 章学诚撰，吕思勉评，李永析、张耕华导读整理：《文史通义》卷六《方志立三书议》，上海：上海古籍出版社，2011年，第182页。

纪表志传者，率以为不知体要”[1]，“自章学诚《文史通义》出，纂方志者率袭史家纪表志传之例，莫敢稍变”。[2] 但是贾恩绂对这种“志史”体例并不赞同，他认为正史以国家为主体，方志以疆域为主体，二者的性质是不一样的，如他反对章学诚《永清县志》篇首的“二纪”，因此他“素不取章氏之说”。[3] 那么贾恩绂的方志运用了怎样的体例？以下用列表形式，从贾恩绂现存所修方志篇目编排来分析其方志体例：

《盐山新志》四略十六篇

略	疆域			法制				文献				故实				
篇	经界	沿革	古迹	建置	设官	赋役	新政	职官	氏族	人物	艺文	物产	谣俗	兵事	金石	轶闻

《定县志》四志十三篇

志	舆地				政典			文献		志余			
篇	幅员	沿革	物产	古迹	建置	赋役	新政	职官	人物	礼俗	兵事	金石	杂志

《南宫县志》四志十四篇

志	疆域				法制			文献			掌故			
篇	经界	沿革	古迹	物产	建置	赋役	新政	职官	人物	艺文	谣俗	兵事	石刻	杂志

---

① 贾恩绂：《南宫县志·叙例》，见《中国地方志集成·河北府县志辑》第69册，上海：上海书店出版社，成都：巴蜀书社，南京：江苏古籍出版社，2006年，第1页。

② 贾恩绂：《定县志·叙例》，1934年刻本。

③ 贾恩绂：《定县志·序》，1934年刻本。

《枣强县志》现存十九卷，第一卷到第四卷为“舆地略”，第五卷到第十三卷缺，第十四卷到第二十二卷为“文献略”，第二十三卷到第二十八卷为“志余略”，具体篇目如下：[①]

志	舆地				文献				志余			
篇	疆域	沿革	物产	古迹	职官	循良列传	人物	艺文	谣俗	兵事	金石	杂志

《重订清苑新志》四门十五志

门	地理				经政				文献				风土		
志	疆域	河渠	沿革	古迹	建置	学校	赋税	新政	职官	人物	艺文	金石	礼俗	土物	志余

从以上表格可以看出，《盐山新志》为四略十六篇，《定县志》为四志十三篇，《南宫县志》为四志十四篇，《重订清苑新志》为四门十五志(各县志各篇目之下还有若干小的子目，由于数量之多不再罗列)。尽管《直隶通志》为残卷，不能辨识其体例，但是从《定县志》《南宫县志》的序言中可以看出，这两部县志都是仿《直隶通志》的体例而成。《定县志》序曰：“创立四门，增删旧志……大端多所因仍往余纂《直隶通志》。”[②]《南宫县志》篇首贾恩绂的序言中也提到：“余往纂《直隶通志》，心知旧例之非，又不敢立异以骇俗也，乃创立四门各以类从……俾仿旧纂通志之例，括以四门。”[③]由此可得知《直隶通志》的体

① 据贾恩绂年谱，1934 年，贾恩绂《南宫县志》脱稿，李梦周挽其修《枣强县志》，1936 年脱稿。现有中国书店 1993 年搜集残版出版的《枣强县志》，六册，出版说明称“约刻于一九三二年”，似不精确，又据内容看记事止于 1936 年，可知此志应刊于 1936 年之后。所存的十九卷，个别卷略有残缺，卷首无序、凡例、图等。

② 贾恩绂：《定县志·序》，1934 年刻本。

③ 贾恩绂：《南宫县志·序》，见《中国地方志集成·河北府县志辑》第 69 册，上海：上海书店出版社，成都：巴蜀书社，南京：江苏古籍出版社，2006 年，第 1 页。

例。《枣强县志》虽不完整，但据已有这些篇目不难看出，和《定县志》的编排非常类似，所残缺的九卷应该是“政典略”。此外，上文提到1933年贾恩绂被聘为河北省通志馆总裁之一，参与《河北通志》的编修，他提出了《〈河北通志〉叙例草案》《〈河北通志〉目录草案》和《拟定通志各门体裁标准》。他主张方志重地不重事，纪、表、志、传不适合方志，认为《河北通志》应分为“疆域”“经政”“文献”“志余”四门，“疆域”下分“经界”“沿革”“古迹”三篇，“经政”分为“建置”“宫制”“导河”“水利”“惠工”“商业”“通商”“钱币”“赋役”“盐法”“榷税”“警政”“邮政”“祀典”“度支”“新政”十六篇，“文献”分为“职官”“人物”“艺文”“金石”四篇，“志余”分为“物产”“谣俗”“方言”“兵事”“祥异”“轶闻”六篇。

由此得出结论，将方志正文分为四门，四门之下各有若干篇，篇下再细分子目，成为贾恩绂所修方志的通例。而纲目的设计都紧紧围绕“方志以疆域为主，凡与疆域无关者皆赘文”[①]的撰述旨趣。这正是贾恩绂不赞成章学诚史志体例的原因，他认为“正史以国家为主体，方志以疆域为主体，性质本异，体例自不应尽同。若袭其体而不知变，则假人衣履终或不适”。[②] 因此，贾恩绂将“疆域”（或为“舆地”“地理”，名异而意相近）列为方志第一门，置于篇首，同时也是一部方志的主体；“疆域”之后为“法制”（或称“政典”“经政”），“法制”为“整理疆域之具也”[③]，这二门放在一起构成了以疆域为主，以政治为辅的近代政治地理学的内容；“疆域”“法制”之后为“文献”，依旧与疆域有关，“文献则疆域之特产文化之结晶，所谓一方之文物也”[④]；最后一门为“故实”（或称“志余”“掌故”），凡不入前三门者皆可入此类，为方志的骈支。这四门可以概括为“疆域，其质地也；法制，其初施之轮廓也；文献，其采色也；掌故，则卷末之题跋也”。[⑤] 此外，门下的各篇及子目也都是在“以疆域为主”的思

① 贾恩绂：《定县志・叙例》，1934年刻本。

② 贾恩绂：《定县志・叙例》，1934年刻本。

③ 贾恩绂：《盐山新志・叙例》，见《中国地方志集成・河北府县志辑》第43册，上海：上海书店出版社，成都：巴蜀书社，南京：江苏古籍出版社，2006年，第85页。

④ 贾恩绂：《南宫县志・叙例》，见《中国地方志集成・河北府县志辑》第69册，上海：上海书店出版社，成都：巴蜀书社，南京：江苏古籍出版社，2006年，第2页。

⑤ 贾恩绂：《南宫县志・叙例》，见《中国地方志集成・河北府县志辑》第69册，上海：上海书店出版社，成都：巴蜀书社，南京：江苏古籍出版社，2006年，第2页。

想指导下而设计的。如《盐山新志》中“法制略”下首置“建置篇”，篇下先后有“城郭”“乡镇集会”“署廨”“坛庙”“桥梁”“学校”“仓驿”“盐场”八个子目。贾恩绂这样的编排也是有根据的，“法制所以整理疆域之具也，疆域既定，不为之条分区画大小相维，则不足以言治。设城郭以抚四境，区乡社以明系属，皆以相地而设者也。治有所则建官廨，教以神，则立坛庙为庠为塾，以育俊秀。为仓为驿以利居行，皆以行政而设者也。盐场不皆有，此独具以类附焉。凡此皆建置类也。故首述之治有其地矣”。[①] 总之，贾恩绂的方志体例一切以地域为核心，地以地系，人以地系，事以地系，无不围绕地域而转。

此外，贾恩绂对章学诚“表传分体”的做法也是不尽赞同的。在《永清县志》中，三表独立列出，与纪、图、书、列传、政略并列构成方志正文。贾恩绂提倡“表传同体”，理由是“史体主横，末由观纵，立表以专主其纵，所以补横览之缺，故非‘年’即‘世’，全与志传异用。凡正史立表，有涉及横体者，皆昧于史公义法者……方志则不拘横纵，全主事实，虽袭表体，大约为删繁举要而用者，居其八九……凡志传之著其繁者，皆可改而为表，以归简洁；此与史家之各分畛域者，立意顾殊。故一志之内，或表其略，而志传加详，又或删志用表，而约举其不可著者，附记表后。凡皆合则易明，分则难检”。[②] 贾恩绂认为纪传体史书的内容是横向的，因此，用纵向的时间表，补横向记事之缺，所用的表重在编年。而方志不一样，叙述不拘横纵，虽也袭用史体中的表，但大都不过是为了删繁举要。既然这样，“表传同体”则更容易达到目标。因此，贾恩绂将表附于志、传之前后，不单独成篇，使得方志内容更系统，更简明扼要。“表传同体”是贾恩绂方志创造性体例的又一体现。其方志中运用表的地方非常多，达到了文丰事省的效果。

方志正文分为疆域、法制、文献、故实相关四门，各门之下有若干篇目，贾恩绂这种“创立四门，各以类从”[③]的方志体例在民国年间也得到了不少人的

① 贾恩绂：《盐山新志·叙例》，见《中国地方志集成·河北府县志辑》第43册，上海：上海书店出版社，成都：巴蜀书社，南京：江苏古籍出版社，2006年，第85页。

② 《河北省通志馆近况续记》，载《河北月刊》，1933年第1卷第12期。

③ 贾恩绂：《南宫县志·序》，见《中国地方志集成·河北府县志辑》第69册，上海：上海书店出版社，成都：巴蜀书社，南京：江苏古籍出版社，2006年，第1页。

认可，给许多地方方志的编修提供了借鉴，尤其在河北地区方志的编修上得到了广泛运用。如1925年刊印，由张鼎彝编纂的河北《献县志》，分为“舆地”“经制”“文献”“故实”四志[①]；1927年刊印，由袁绍昂纂修的山东《济宁县志》，分为“疆域”“法制”“文献”“故实”四门[②]；1931年刊印，由高遵章、姚维锦编纂的河北《青县志》，分为“地理”“经制”“文献”“故实”等四志[③]；1933年刊印，由张坪所纂的河北《沧县志》，分为“方舆”“经制”“文献”“事实”四篇。[④] 不难看出，这些方志都受贾恩绂方志体例的影响。

（二）新旧掺杂的方志内容

贾恩绂的方志体例是创新的，但是在方志的内容上则呈现出新旧掺杂的特征。方志内容之“新”主要体现在以下三个方面：

第一，对经济、教育的重视。进入民国，经济和教育的地位越来越重要。而旧志多重人文而轻经济，于土地、赋税之外，其余很少涉及；教育内容就更鲜有叙及。在贾恩绂所修的方志中涉及经济、教育的内容都较多。在经济方面，如《盐山新志》，“法制略”下的“建置篇”中设有“乡镇集会”“盐场”两子目，对盐山乡镇经济及特色经济有所描述。“赋役篇”所记载的内容无疑都与经济有关，保留了丰富的经济资料。“故实略”中的“物产篇”，对盐山县各种动植物加以记载，最后还深入分析了盐山县贫穷落后的原因，并提出了发展盐山县经济的具体意见。贾恩绂认为“盐山物产既薄，率听其自然而不从事之作，其民日贫，其俗日偷”，想要致富，可以从盐山的物产盐、麦、鱼虾等入手。国家对盐业实行弛禁政策，减少税收，发展盐业；建立海产品加工厂，制造鱼虾罐头；发挥当地物产优势，发展草帽缏等编织业；发展种植业，增加枣、梨、

---

① 张鼎彝纂：《献县志》，见《中国地方志集成·河北府县志辑》第49册，上海：上海书店出版社，成都：巴蜀书社，南京：江苏古籍出版社，2006年。

② 袁绍昂纂：《济宁县志》，见《中国地方志集成·山东府县志辑》第78册，上海：上海书店出版社，2006年。

③ 高遵章、姚维锦纂：《青县志》，见《中国地方志集成·河北府县志辑》第46册，上海：上海书店出版社，成都：巴蜀书社，南京：江苏古籍出版社，2006年。

④ 张坪纂：《沧县志》，见《中国地方志集成·河北府县志辑》第42册，上海：上海书店出版社，成都：巴蜀书社，南京：江苏古籍出版社，2006年。

山芋等物产的培植等。[①]《定县志》的“赋役篇”分为上、中、下三篇，篇幅较大。其中，记有民国以来各种杂税的创增，且在常规的子目外，还附记“地方税统计”，展现出定县的地方收入与支出之间的不平衡。《重订清苑新志》中的“建置志”设有“集市”子目。“赋税志”的子目设置更为创新，不仅有“地方税”“国家税”，还有“金融”一目。在教育方面，几乎每一部方志的“建置”下，都有“学校”这一子目，而且有的在“新政篇”中还会对新的教育体制内容有所涉及。《重订清苑新志》中的“学校志”甚至因为“新旧学制较多，故别为一志”。贾恩绂将一地方今昔学制之沿革加以记述，尤其对清末以来在多次教育改革下产生的各种类型的学校如师范学校、民众学校及教育相关的机构如教育局、图书馆等详加记载，这些教育方面的资料记载无疑可给当政者以参考。

第二，新时代内容的增添。主要体现在“新政篇”中。光绪末年，清政府推行新政，民国以降，某些新政内容仍在实行，而民国时期又出现了一些新事物。这些内容，在贾恩绂的志书中都得到了不同程度的反映，其所修的每部方志中大都有“新政”一篇。“新政”下涉及的子目都是旧志中所不曾有的。如《南宫县志》“新政篇”下的子目有“公安局”“财务局”“教育局”“建设局”“县署改组”“司法”“自治”“商会”“农会”“党部”等子目，《定县志》的“新政篇”下还附有“邮政”“电政”“铁路”等子目，《重订清苑新志》的“新政志”下更是有“红十字会”“卫生院”“农事试验场”等子目。此外，其他篇目中也有新的内容，如《重订清苑新志》中“建置志”下的“路政”，以及前文提到的“金融”“民众教育”“图书馆”等，这些内容完全是新的。

第三，西方科学技术的运用对方志内容的改观。清末民初，随着西方社会科学、自然科学不断传入中国，方志的编修工作也开始提倡运用新兴科学知识，以促进志书的编修和志书作用的发挥。如在现存贾恩绂所编修的几部方志中，述及地域的幅员时，都必然会提到该地域的经纬度。早在1916年刊行的《盐山新志》的“经界篇”中就用经纬度来表示盐山的地理位置：“其在天

---

① 贾恩绂：《盐山新志·故实略·物产篇》，见《中国地方志集成·河北府县志辑》第43册，上海：上海书店出版社，成都：巴蜀书社，南京：江苏古籍出版社，2006年，第315～316页。

度起偏东卅分至□度十分，纬度起卅七度五十分至卅八度卅分。”[①]此外，方志卷首所附疆域图也越来越精细，制作上采用了科学手段，多为实测所得，而旧图不讲实测。如《盐山新志》《定县志》《南宫县志》中的地图，都为实测之作，且删除旧志中的县署、河渠等。《定县志》卷首县境图更改为彩色地图，名为“定县全图”，该图以 1∶100000 的比例尺测绘而成，非常精细，已俨然为现代地图，相较于旧志有很大改观。《定县志》于地图之后，还附有 21 张定县境域内各种自然、人文景观的照片，形象地记录了定县的社会历史。

贾恩绂方志中虽能增添若干新的时代内容，但旧志中的某些类目依旧保留，如烈女、祥异、星野之类，列之甚滥。对于“烈女”，在贾恩绂的方志中往往占篇幅较大，有烈女表，还有烈女传，涉及人数都非常多。不过实际上对于“烈女”仅记节烈之妇，他还是有所不满的。他说：“列女之名，昉自刘向，凡才德异众者，往藉可征者，皆宜称述，不独节烈为足贵也。”但是贾恩绂还是“徒以节烈攸关，莫敢轻易更张”。[②] 对于“祥异”，贾恩绂虽也认识到其内容为近代方志家所不齿，但出现在他所有的方志中，因为他认为“星野及灾祥表，均为近人所讥。星野已为方志家所驳弃，删之可也。灾祥则为事实，不应视为迷信概从删削”。[③] 至于“星野”[④]，贾恩绂有的方志中有，有的方志中没有。如《南宫县志》《定县志》中有，但内容都非常简单。之所以记载，是因为“分野之说，自岁差出其说，益为无稽。今方志家率屏而不录。是编亦从而略之。惟其说最古，历代方志不敢遽删。兹编既不录于疆域之下，只字不登终启好

---

① 贾恩绂：《盐山新志·疆域略·经界篇》，见《中国地方志集成·河北府县志辑》第 43 册，上海：上海书店出版社，成都：巴蜀书社，南京：江苏古籍出版社，2006 年，第 88 页。

② 贾恩绂：《盐山新志·文献略·人物篇·列女》，见《中国地方志集成·河北府县志辑》第 43 册，上海：上海书店出版社，成都：巴蜀书社，南京：江苏古籍出版社，2006 年，第 273 页。

③ 贾恩绂：《重订清苑县志·叙例》，见《上海图书馆藏稀见方志丛刊》第 2 册，北京：国家图书馆出版社，2011 年，第 13 页。

④ 星野，即分野，是“中国传统思想中‘天、地、人’信仰秩序系统的有机组成部分。其本质是建立起天秩序与地秩序之间的映射对应系统，这里的天包括天体、星座、气象、时间等，而地也极为丰富，可以是大的区域、列国、州、郡、山脉、河流等等不一而足，但最为常见的是天体与列国、州郡的对应关系”。（参考李智君：《分野的虚实之辨》，载《中国历史地理论丛》，2005 年第 20 卷第 1 辑，第 61 页。）

古之疑。姑录于此以免漏略之讥”。[①] 由上可见，虽然贾恩绂方志中存有旧的内容，但不能代表其思想完全保守、落后，其于保守之中依然有进步的一面。

（三）“力矫档案市簿之讥”[②]的方志述作

贾恩绂1890年入莲池书院学习，受业于桐城派古文大家吴汝纶，其才学得到吴汝纶的赏识，并被吴汝纶任命为莲池书院斋长，管理书院内图书及学生借阅诸事。刘声木在《桐城文学渊源撰述考》中称贾恩绂“其文尽得其师吴汝纶之传，汝纶称其文有阳刚之美，才气荦荦，不徇流俗”。[③] 贾恩绂于1893年中举，次年离开，在莲池书院达三年之久。吴汝纶曾为贾恩绂之父作《盐山贾先生八十寿序》，在文中提到“盐山贾生恩绂始从余游，治《仪礼》，有家法。既别而举于乡，顾时时来省余”。[④] 因此贾恩绂有一个身份便是吴门弟子。桐城派以文传世，一个文章家修志，对写作方面的追求必然高于一般学者。往昔黄彭年纂《畿辅通志》，张裕钊、吴汝纶便指出“失纂述之体，贻市簿之讥，篇不成文，无异档册”，入民国后该志仍被评议为“较康、雍二志，虽称详备，而帐册市簿，成文者鲜，未足当著述之目，识者憾焉”[⑤]，这也是后来贾恩绂被聘重新修纂《直隶通志》的原因之一。吴汝纶修《深州风土记》便非常重视方志的行文，自谦道“顾吾文不足行远，焉敢谬附于昔人”。[⑥]

贾恩绂作为桐城派弟子，修志时追求雅驯，篇篇成文。贾恩绂批评“是以

① 贾恩绂：《南宫县志·掌故志·杂志篇》，见《中国地方志集成·河北府县志辑》第69册，上海：上海书店出版社，成都：巴蜀书社，南京：江苏古籍出版社，2006年，第261页。

② 贾恩绂：《定县志·叙例》，1934年刻本。

③ 刘声木撰，徐天祥点校：《桐城文学渊源撰述考》，合肥：黄山书社，1989年，第296页。

④ 吴汝纶撰，施培毅、徐寿凯校点：《吴汝纶全集》第一册，合肥：黄山书社，2002年，第172页。

⑤ 来新夏：《储料备征的史志巨擘——重印〈畿辅通志〉前言》，载《河北学刊》，1985年第1期，第105页。张裕钊为后期桐城派作家，与吴汝纶、黎庶昌、薛福成同为曾国藩门下“四大弟子”，在吴汝纶之前主持莲池书院。

⑥ 吴汝纶：《深州风土记》，见《中国地方志集成·河北府县志辑》第52册，上海：上海书店出版社，成都：巴蜀书社，南京：江苏古籍出版社，2006年，第418页，据1900年文瑞书院刻本影印。

载籍中之踳驳芜杂以方志为最甚，而文词之鄙倍尤其后焉”[①]，“文不成章如市之簿、如事之档者，更勿论已。甚矣，述作之难也”。[②] 而对其所修方志，总是颇自矜“乃篇各成文……丝连强贯，力避档簿之讥”[③]，“是编体例除事实外，于前志概无因袭。篇篇成文，力矫档案市簿之讥”。[④] 但贾恩绂并没有将“文”的追求放置第一位，他将“体例”看得更重要，他认为如果方志“条例混淆，详略失体，判断乖方，虽文章尔雅，征引繁富，蔑足观矣”。[⑤] 可见贾恩绂的“文”是具有锦上添花之用，并不是要喧宾夺主。

从现存的几部方志来看，贾恩绂方志的行文主要有以下两个特点：

第一，贾恩绂的方志都是用文言文写成的，雅驯有足，且行文连贯，有一气呵成之势。举例证之：《定县志》“物产篇”开篇语云：“定县无特殊物产，然书不云乎。惟土物爱厥心臧。礼亦言居山不以鱼鳖为礼，居泽不以鹿豕为礼。盖以生长是邦，其物产皆与民生有紧切关系，不贵异物贱用物，足民之道即在是矣，志物产。”[⑥]这短短的几句话，引经据典，有理有据，前后过渡自然，行文流畅。这样的表达在贾恩绂所修的方志中随处可见。但用文言文写作，在当时与白话文已成趋势的时代不协调。作为桐城派弟子，贾恩绂维护古文的存在，反对白话文。在《南宫县志》序言中他提到：“近今语体文兴，如以裸人妄厕冠裳者，益当等诸自郐矣。”[⑦]“语体文”即指白话文，贾恩绂认为白话文有如一个裸体的人却妄想穿着华丽的衣裳，自以为很美丽，其实是不值得去议论的。贾恩绂和其他桐城派学人在面对来势汹汹的白话文时，“忧斯文

---

① 贾恩绂：《南宫县志·序》，见《中国地方志集成·河北府县志辑》第 69 册，上海：上海书店出版社，成都：巴蜀书社，南京：江苏古籍出版社，2006 年，第 1 页。

② 贾恩绂：《定县志·序》，1934 年刻本。

③ 贾恩绂：《南宫县志·序》，见《中国地方志集成·河北府县志辑》第 69 册，上海：上海书店出版社，成都：巴蜀书社，南京：江苏古籍出版社，2006 年，第 1 页。

④ 贾恩绂：《定县志·叙例》，1934 年刻本。

⑤ 贾恩绂：《盐山新志·叙例》，见《中国地方志集成·河北府县志辑》第 43 册，上海：上海书店出版社，成都：巴蜀书社，南京：江苏古籍出版社，2006 年，第 85 页。

⑥ 贾恩绂：《定县志·舆地志·物产篇》，1934 年刻本。

⑦ 贾恩绂：《南宫县志·序》，见《中国地方志集成·河北府县志辑》第 69 册，上海：上海书店出版社，成都：巴蜀书社，南京：江苏古籍出版社，2006 年，第 1 页。

之将丧，恐赓续之不易也"[①]，他们所能做的只是以己之力来延续着古文一脉。不过贾恩绂虽用文言书写，但其语言还是比较浅显易懂的。

第二，有叙有议，议论精当。贾恩绂纂修的方志条分缕析，错落有致，同时也会适时表达自己的观点。议论或于篇前、或于篇中、或于篇后，位置不一，随时发论。这在《盐山新志》中表现得最为明显，文中常常出现"论曰"字样。且摘抄一段："论曰：吾述新政篇，不觉废书而叹。吾国变法萌于光绪甲午之战，果于庚子之变，而厉行于民国之初。夫变法宜也，顾变而不穷其轻重利害，一意土苴成法，宪草其邻，朝令夕改，易于举棋。至于所效，尽反乎所期是变也，反不如其无变。州县为国之初基，见端若斯，全国可知。自今观之，或穷而仍复其故处，或变而尽丧其固有元气，几何而斫削至此。"[②]这段议论，道出了新政的种种弊端，以及贾恩绂对新政的失望和对国家的担忧。

贾恩绂的方志于体例之外，注重述作，这是其所修方志的一大优点。《续修四库全书提要》中收录了《盐山新志》，称"恩绂通晓文章……要其大致可观，亦近代地方志中之有文采者矣"。[③] 这样的评价不仅适合《盐山新志》，还可用于贾恩绂纂修的其他几部县志。

贾恩绂曾提到"盖方志虽隘，非胸具'三长'，自难免率尔之讥，三长之中尤难者识。识不足则条例混淆，详略失体，判断乖方"。[④] 这里所谓"三长"，顾名思义，即史学的"才、学、识"。贾恩绂虽然并不同意修志沿袭史裁，但是认为修志者须具备史家三长，尤其史识非常重要。体例的编排需要史识，内容的设置需要史学，文采的追求需要史才。参照贾恩绂方志编纂的特点来看，除第二点在方志内容上新旧掺杂，不能做到完全创新之外，其他两点都做得很好。需要考虑的是，贾恩绂生活的民国时代，中国方志的编修正处于一个由古代向近代逐渐转变的过程，西学东渐浪潮迅猛，但几千年的旧传统也

---

① 贾恩绂：《南宫县志·序》，见《中国地方志集成·河北府县志辑》第69册，上海：上海书店出版社，成都：巴蜀书社，南京：江苏古籍出版社，2006年，第1页。

② 贾恩绂：《盐山新志·法制略·新政篇》，见《中国地方志集成·河北府县志辑》第43册，上海：上海书店出版社，成都：巴蜀书社，南京：江苏古籍出版社，2006年，第205页。

③ 王云五主持：《续修四库全书提要》第六册，台北：台湾商务印书馆，第1884页。

④ 贾恩绂：《盐山新志·叙例》，见《中国地方志集成·河北府县志辑》第43册，上海：上海书店出版社，成都：巴蜀书社，南京：江苏古籍出版社，2006年，第85页。

并不是一下子可以抛弃的，因此多数方志既呈现出时代的特点，又不能完全摆脱旧志的某些痕迹，这是一种普遍现象，所以似乎不该对贾恩绂过于苛责，更何况其很多看似保守的思想中还有进步的一面。作为近代方志名家，贾恩绂在近代方志史、方志学史上都应享有一席之地，足以值得当下学者去关注和研究。

第二节　梁建章《察哈尔省通志》的编纂

梁建章（1871—1937），字式堂，直隶大城县人。1892年中秀才，入保定莲池书院学习，深受院长吴汝纶赏识，被誉为“当代逸才”，刘声木在《桐城文学渊源撰述考》中称梁建章“师事张裕钊、吴汝纶，受古文法，称一时才士”。[①] 1901年，考中举人，后成为首批官费生留学日本，入日本法政大学。在日本留学期间，编译了《日本地方法制通览》，作为中国政治改革的参考。1907年，回国，先后任直隶省警务局、浙江巡抚衙门警务局参事。1912年，经推荐任北京政府陆军部秘书，深受陆军总长段祺瑞器重。1913年，调任直隶省实业司司长，首创天津内河行轮，并借鉴日本经验，创办了恒源纺纱厂、天津炼钢厂等企业，为直隶省工业振兴打下了基础。1916年，段祺瑞任国务总理兼陆军总长，将梁建章调回北京，历任陆军部顾问、国务院顾问等职务。1922年，梁建章任筹备国会事务局局长，国会恢复之后，又任选举委员会委员长。曹锟贿选当上总统之后，梁建章辞职。1924年，冯玉祥发动北京政变，占领北京。冯玉祥亲自拜访梁建章，以师礼相待，并任命其为高等顾问。1925年，冯玉祥离开北京，梁建章随其来到张家口，建议冯玉祥移民垦荒，开发大西北。冯玉祥同意并任其为开发大西北委员会的委员长。在梁建章的主持下，取得了一系列成果，开发利用了西北的土地资源，稳定了当时的社会秩序。1927年，梁建章又任冯玉祥河南省政府顾问，负责兴办水利事业，其凿泉修渠，引水抗旱，取得了良好的效果，并将这些经验总结成《凿泉》一书，在

① 刘声木撰，徐天祥点校：《桐城文学渊源撰述考》，合肥：黄山书社，1989年，第304页。

全国各地传播。中原大战期间，在阎锡山、冯玉祥组织的北京政府负责约法起草工作。1933 年，冯玉祥成立察哈尔抗日同盟军，梁建章出任该军总部顾问。1937 年，抗日战争全面爆发，任河北省政府顾问，各处奔走，呼吁抗日。同年 8 月，梁建章应冯玉祥电召，代表宋哲元赴南京，汇报北方战争情况，商讨抗战策略，因过度劳累，患脑出血去世。[①] 梁建章一生基本上没怎么离开过政治，是民国颇有影响力的政治人物。

国民政府基本上确立在全国的统治后，不久即提倡在全国范围内大规模纂修地方志。1929 年 12 月，国民政府颁布《修志事例概要》，共二十二条，对方志编纂提出许多具体规定和要求，旨在提高方志的科学性与实用性。《修志事例概要》颁布后，尚未建立方志编纂机构的省份纷纷建立了通志馆，着手方志的编纂，因此出现了一大批方志，且方志编纂与方志理论研究均达到一定水平。《察哈尔省通志》可算是这一浪潮下的产物。

1929 年，国民政府改察哈尔特别区为察哈尔省，设省政府主席，省府设在张家口。1932 年，宋哲元担任察哈尔省政府主席，次年自长城罢战，便有创修省志的想法。1934 年，宋哲元设通志馆，聘梁建章为总纂，主持省志的编纂工作，"爰设通志馆于省府右，礼聘一时名宿，任馆长、总纂、分纂职，饬省垣厅署及各县分馆，佐以调查，一年有半而稿具，将加以整理而付刊"。[②] 1935 年，《察哈尔省通志》付梓，卷首一卷，正文二十八卷，共二十九卷，十二册。虽仅用一年半的时间，但该志仍不失为民国方志中的一部佳志。总的来看，《察哈尔省通志》具有以下几个特点。

一、"三宝体"体例的选择

"三宝"一词来源于《孟子》："诸侯之宝三，土地、人民、政事。"地方志书分土地、人民、政事三大类记载，每类之下又有细目，这样的方志体例便称为"三宝体"。梁建章在《察哈尔省通志》的序中称"孟子谓诸侯之宝三：曰土地，曰人民，曰政事。近代学者以国家成立三要素，亦曰土地，曰人民，曰主权，与孟

① 参考李印刚：《梁建章传略》，见中国人民政治协商会议大城县委员会文史研究委员会：《大城文史资料》第四辑，1995 年，第 97～100 页。

② 宋哲元：《察哈尔省通志序》，见宋哲元修，梁建章纂：《察哈尔省通志》，1935 年刻本。

子之说隐合。政事者，所以行其主权也。兹书以此三者为经，而以各事分隶之以为纬焉，卷约三十”。[①] 可见，《察哈尔省通志》是运用“三宝体”体例来编纂的。

《察哈尔省通志》第一卷到第七卷为“疆域编”（下有沿革、幅员、形势、城池、关隘、山川、古迹、名胜、堤坝、桥梁、沟渠、土质、交通、气候等细目），第八卷到第十卷为“物产编”（下有动物、植物、矿物等细目），第十一卷到第二十一卷为“户籍编”（下有村庄、户口、堡寨、风俗、人物、艺文、著作、金石等细目），第二十二卷到第二十四卷为“执业编”（下有农业、工业、商业、学校等细目），第二十五卷到第二十六卷为“政事编”（下有官制、财政、施政概要、党务、法院、省会建置、典祀、祠庙等细目），第二十七卷为“蒙古编”，第二十八卷为“大事记”。若除去后两卷，该志正文主要分“疆域”“物产”“户籍”“执业”“政事”五大类，这似乎与所谓“三宝体”不符，多出“物产”“执业”两编。但实际上“物产”本属“疆域”之内，“物产由土地而生，故本编承上疆域编为纪，以完土地所包之义”。[②] 而“执业”本属“户籍”之内，“国家成立要素有三，其二即为人民，前编户籍已记其大半，执业亦人民所有事，兹故承户籍编以后完人民之业”。[③] 因此，《察哈尔省通志》正文虽不分为三大类，而所分的五类依旧属于三大类，因此称该志为“三宝体”体例是准确的。

“三宝体”是一种旧的方志体例，多见于明朝，清嘉庆后即不多见，至民国采用“三宝体”体例纂成的方志更是稀少。那么，《察哈尔省通志》的“疆域”“户籍”“政事”这“三宝体”体现了什么呢？凡例第五曰：“本书即以三宝为经，首记不曰土地，而以疆域名编者，盖既与强国为邻，则宜重疆域。所以示凡在疆域以内者，皆我之土地，即诗所谓我疆我理也。”凡例第六曰：“人民为三宝之二，故承疆域之次。然以户籍名编者，盖经数千年之发达，莫不有所隶之省府州县与村庄。此所谓籍也 。已成为有组织之人民，名之曰户籍，有意义存焉。与土地以疆域为名者，有同旨。”凡例第九曰：“政事居三宝之末，其

① 梁建章：《察哈尔省通志序》，见宋哲元修，梁建章纂：《察哈尔省通志》，1935 年刻本。该志卷首一卷，正文二十八卷，共二十九卷，接近三十卷。

② 宋哲元修，梁建章纂：《察哈尔省通志》第八卷《物产编》，1935 年刻本。

③ 宋哲元修，梁建章纂：《察哈尔省通志》第二十二卷《执业编》，1935 年刻本。

实以上二者，皆赖此而后能保存。兹直以政事名编者，欲顾名思义也。”[①]稍作变化的新“三宝体”在这里因时代的变化而赋予了更多新的时代含义。《察哈尔省通志》虽用旧的体例，但这种体例选择的背后有编纂者的良苦用心。其时日本已占领东三省和热河省，逼近河北省、察哈尔省，疆域、人民、政治“此三者苟缺其一，不可以为国，亦不可以为省，又遑论其文。此有赖于在位者，与全省士庶，共负共责。保此三者，以期可大可久，而为国家之屏藩，以自强不息。此作者之深旨也”。[②]“故通书即以此三者为经，以事物分隶之为纬，而脉络相衔，如一篇书。所以示国家不可不统一，即省治不可不统一。而为文亦必求一贯也。此因时因地，有需乎此。不敢与他省为志者强同”。[③] 可以看出，梁建章选择“三宝体”，在20世纪30年代中华民族遭到日本的入侵，国家主权丧失的时代大背景下，有着深刻的用意。

二、志以致用的宗旨

自古以来，方志的编纂都担负着优化风俗和资政的功能，《察哈尔省通志》也不例外，而且察哈尔省特殊的疆域特点及特殊的时代背景又使得该志的致用性更加突出，正如总纂梁建章所说“夫所贵乎志乘者，应时代之所需”。作为察哈尔省政府主席的宋哲元“莅察次年，即谋省志之创修……使人心固结，民气奋兴，拨乱而返治，振衰而治盛，挽弱而为强。亦有藉乎修史者有以匡正而倡导焉。岂寻常事物，可同日语哉”。[④] 修志是长远之大计，“是志之作，实为图治基本之模型”。[⑤]《察哈尔省通志》的致用性主要体现在以下两个方面：

第一，重视经济，图以富强。由于清末新政和近代西方学术思想输入的影响，方志中经济内容的记述较以往有所增加。李泰棻在《方志学》中也明确

① 宋哲元修，梁建章纂：《察哈尔省通志·凡例》，1935年刻本。

② 梁建章：《察哈尔省通志序》，见宋哲元修，梁建章纂：《察哈尔省通志》，1935年刻本。

③ 宋哲元修，梁建章纂：《察哈尔省通志·凡例》，1935年刻本。

④ 宋哲元：《察哈尔省通志序》，见宋哲元修，梁建章纂：《察哈尔省通志》，1935年刻本。

⑤ 蔡振瀛：《察哈尔省通志序》，见宋哲元修，梁建章纂：《察哈尔省通志》，1935年刻本。

提出“社会经济，在今日应为全志之骨干”。[①]《察哈尔省通志》在编纂时对经济格外重视，察哈尔省地处偏僻，更期望通过方志的倡导而促进经济的发展。“即生长其地者，亦苟安荒陋，不知振兴。实乃物产丰厚，未能启其英华者尽多，有以倡导而提振之。即能驯致于富庶而称强”。[②] 在方志中，很多记载都是与发展经济有关，且凡与经济有关，都是记载比较详细的地方。这一点通过“凡例”即可窥见，“凡例”中很明白地叙述该志所记录种种条目的原因。如对山脉的记载，会记其“是否可耕种与有无泉水者，为谋发达物产资灌溉也”；重河流沟渠，可“将来开凿推广，以防旱灾”；对于桥梁道路，“则交通所需，亦当务之急者……边地险阻辽阔，非力谋交通之便，不足以发达百务，此其所宜求详也”；至于物产，“则疆域以内之所生，致富之源，即在于此，所宜注重”；记财政，因治平反复于生财、用财两端，因此置重者。[③] 又如在正文“物产编”的前言中，用大量篇幅详细地记录了察哈尔省家畜的养殖问题、蔬菜的种植问题及矿产的开采问题，都是选择有益民生实用者为纪。[④]

第二，在民族危急关头，号召人们振作起来，团结抗敌，奋发图强。该志对于帝国主义的侵略活动和中国人民的反抗斗争有充分的记述。如第二十八卷“大事记”中的《陆军二十九军长城战役纪略》，详细记录了陆军二十九军的抗战功勋，以振奋人心。“观二十九军长城之役，知民情振奋，国家有中兴机，仅举巅末，以告国人。勿因一时衰微而自馁。夫亦曰在人而已，人心不亡，而其国断无可弱、可危、可亡之理。夫拥有四五万万之民族而谓不足自强以保我疆图者，岂非厚以自诬耶”。[⑤] 又如专设“蒙古编”，是对日寇策动“蒙古自治”的强烈抗议，“兹编于蒙事第纪大要，亦势使之。然《禹贡》纪五服，先甸服而后荒服。兹盖取其义焉”。[⑥] 再如“户籍编”下的“艺文”和“金石”，所收录的皆自汉朝迄明朝有关国计民生之文，这其中有很大一部分是针对中原

① 李泰棻：《方志学》，北京：商务印书馆，1935 年，第 79 页。

② 宋哲元修，梁建章纂：《察哈尔省通志·凡例》，1935 年刻本。

③ 宋哲元修，梁建章纂：《察哈尔省通志·凡例》，1935 年刻本。

④ 宋哲元修，梁建章纂：《察哈尔省通志》第八卷《物产编》，1935 年刻本。

⑤ 宋哲元修，梁建章纂：《察哈尔省通志》第二十八卷《大事记》，1935 年刻本。

⑥ 宋哲元修，梁建章纂：《察哈尔省通志·凡例》，1935 年刻本。

王朝与边疆少数民族交往、防御其入侵及边疆安全问题的文章。编纂者的意图,似乎是希望当今人们从历史中借鉴经验来对付外来侵略者。此外,“户籍编·人物”下有“烈士”一目,记载的是为桑梓、为国家、为革命殉义之人。其中记录了清季民国以来许多“革命之志坚”的烈士,以表彰他们为革命献身的大无畏精神。①

三、内容新旧兼顾、语言雅驯易懂

《察哈尔省通志》的编纂与贾恩绂方志的编纂有相似的特点,即内容上的新旧兼顾及语言上的雅驯。

《察哈尔省通志》内容的“新”主要体现在两个方面:一是新技术的运用促进了方志内容的科学性。如地图的科学测绘,用经纬度表示地理位置,当地土质、气候的记录,农业中农田所施肥料种类简明表、村庄户口表的统计,大量照片的插入,等等。这些新科学技术的运用促进了方志的编纂。二是新的时代内容的增置。如“疆域编”下有铁路、电报、电话等条目,“户籍编”下有代议士选举表,“执业编”下有大学生毕业表、国外留学生表,“政事编”下有司法、党务、法院等的介绍。这些新内容反映了时代的变化,具备现代方志的特点。“旧”是指传统方志许多封建迷信的条目依然在列,如对“列女”大加歌颂,“后世于列女,则第录其贤者,所以示褒崇,又大半为夫死守节之人,此诚为吾民族中之可钦敬者。故山岳可移,而志不可移。珠玉可污,而节不可污。方其矢志之初,茹苦百年,岂有望于后世不可知之虚名,要行其心所安耳”。②其实在国民政府颁布的《修志事例概要》中就对旧志中宸翰、烈女、祥异等内容持摒弃态度,强调“天时人事,发现异状,确有事实可征者,应调查明确,据实编入,以供科学之研究,但不得稍涉迷信”,但也同时提出,“本概要所定办法,各省兴修志书时,得体察地方情形,斟酌损益之”。③ 并不强求一律,也未制定统一类目,所以很多地方志的编纂就呈现了如《察哈尔省通志》这般新旧兼顾的形式,这也大概是民国方志编纂的一个特征。

---

① 宋哲元修,梁建章纂:《察哈尔省通志》第十六卷《户籍编》,1935 年刻本。

② 宋哲元修,梁建章纂:《察哈尔省通志》第十六卷《户籍编》,1935 年刻本。

③ 参考杨军昌编著:《中国方志学概论》,贵阳:贵州人民出版社,1999 年,第 408 页。

《察哈尔省通志》用文言文写成，行文连贯顺畅、雅驯有余且明晓易懂。总纂梁建章作为桐城派弟子，对文章之事自是游刃有余。[①] 梁建章也自诩该志“脉络相衔，不啻一篇书也”[②]，“而为文亦必求一贯也”。[③] 该志的编与编之间、编下的细目与细目之间，都安排合理、衔接自然，加之语言雅驯，使得该志不像有的方志那样只是资料的堆积，而如著作一般。引经据典，是该志语言雅驯的一个最大的表现。于编之前言、细目之前言，总是先引古典或古语，再将此编、此细目或其重要性引出。如“疆域编”下的“交通”一细目的前言说：“《易》称‘皇帝尧舜，垂衣裳而天下治’，似涉于清净无为。然又曰‘刳木为舟，剡木为楫。舟楫之利，以济不通，致远以利天下’。‘服牛乘马，引重致远，以利天下’。是治天下者，必先利乎交通。自上古为然矣。今之交通利器，度越前古远甚，其利民也更溥。是不可不疾起直追。”[④]由此可见其写作风格之一斑。

梁建章并不是方志学家，一生于政治、学术之间徘徊且绝大多数时间行走于政治生活中。但是其一生未摆脱文人的角色，所处身份大都是政客的幕僚、顾问。集二者身份于一身的梁建章，所纂修的方志必然会比单纯的文人修志政治特色更鲜明一些。

第三节　傅增湘《绥远通志稿》的编纂

傅增湘(1872—1949)，字润沅，后改字沅叔，号双鉴楼主人、藏园居士、藏园老人、长春室主人等，四川江安人。幼时随父宦游江浙等地。1881 年，定居天津，延师授业。1888 年，中顺天乡试举人。1891 年，又侍居保定，入保定莲池书院学习，从吴汝纶研习经史，师法桐城，为其得意弟子，“春试揭晓，得

① 参考李印刚:《梁建章传略》，见中国人民政治协商会议大城县委员会文史研究委员会:《大城文史资料》第四辑，1995 年，第 97 页。

② 梁建章:《察哈尔省通志序》，见宋哲元修，梁建章纂:《察哈尔省通志》，1935 年刻本。

③ 宋哲元修，梁建章纂:《察哈尔省通志・凡例》，1935 年刻本。

④ 宋哲元修，梁建章纂:《察哈尔省通志》第七卷《疆域编》，1935 年刻本。

见大名，喜不能寐，虽未问鼎，鼎固不足轻重也……自当潜究政治得失，勿询世俗常见为要”。[①] 傅增湘回忆吴汝纶也是感慨颇多，“辛卯，随侍居保定，时吴挚甫先生主讲莲池书院，从游者多一时英隽，余进而问业，因以粗识读书之道，为文之法。先生教人以致用为主，宴坐侍谭，盱衡古今，于国家理乱之机，中外政教之要，与夫穷变通久之宜，三致意焉。会外患方亟，国是纷纭，先生所以勤勤诏诲者，欲使通过世故，乘时自效，匪徒以文士相期也。久之，先生荐余入劳公玉初幕。劳公以纯儒为吏，相依六年，多资启迪。寻以月课校文，为湘潭陈伯平中丞所激赏，遍游扬公卿间，至以国士相许。由今思之，修名不立，志业无成，诸先达奖借之厚，愧负深矣”。[②] 1898 年，中进士，选翰林院庶吉士。1902 年，应袁世凯之聘，入保定新军幕，得识诸多政界要人。1905 年，在直隶创办女子学校，后又创建女子公学、高等女校和女子师范学校，又任北洋女子师范学堂总办。1908 年，被任为直隶提学使。1911 年，辛亥革命爆发，他参加了以唐绍仪为首的北方代表，南下议和，和议破裂，遂辞职返津。1917 年，入王士珍内阁任教育总长。1919 年，五四运动爆发，傅增湘因不同意签署解散北京大学、罢免校长蔡元培的命令，被迫辞教育总长，从此结束了政治生涯。此后专心从事图书收藏与校勘的工作，并进行目录学和版本学的研究。其搜书之勤、藏书之富、版本之精，为近代诸藏书家之首。1927 年，担任故宫博物院图书馆馆长兼任东方文化事业总委员会图书筹备委员、东方文化协议会副会长。傅增湘在学术上的成就是卓著的，已出版的文字近千万，如《藏园群书题记》《双鉴楼善本书目》《双鉴楼藏书续记》《藏园续收善本书目》《双鉴楼珍藏宋金元秘本目录》《藏园群书经眼录》等。[③] 傅增湘的学术是多元的，他还热衷于搜集整理乡邦文献与编修地方志，并喜撰游记等，《绥远

① 吴汝纶撰，施培毅、徐寿凯校点：《吴汝纶全集》第三册，合肥：黄山书社，2002 年，第 203～206 页。

② 傅增湘：《藏园居士六十自述》，见卞孝萱、唐文权编：《辛亥人物碑传集》，北京：团结出版社，1991 年，第 429 页。

③ 傅增湘生平参考了《藏园居士六十自述》（见张岂之主编：《民国学案》第五卷《傅增湘学案》，长沙：湖南教育出版社，2005 年，第 18～30 页。）及《教育学家、目录学家、地理学家——傅增湘》。（见吴丰培著，马大正等整理：《吴丰培边事题跋集》，乌鲁木齐：新疆人民出版社，1998 年，第 408～424 页。）

通志稿》便是傅增湘参与纂修的一部重要方志。

一、《绥远通志稿》纂修始末

2007年，内蒙古人民出版社出版了一部卷帙浩繁、内容丰富的《绥远通志稿》，共一百卷，十二册。这部通志稿的编纂始于1931年，至2007年出版，经过了近八十年的历程，其中的坎坷、艰难可想而知。关于傅增湘参修过《绥远通志稿》，大多已不被提起，一是因为傅增湘在方志方面的成就远远不及其在图书收藏、版本校勘上的影响，容易被人忽略；二是因为傅增湘曾两次纂修《绥远通志稿》，第二次在伪蒙疆时期，是受日本帝国主义的委托而修，因此讳莫如深；三是因为这部志稿迟迟未能出版，流传不广。关于傅增湘《绥远通志稿》编修的曲折历史有一些不一样的说法，本文试图依据种种史料，还原其真实的过程。

1928年，绥远由特区改为行省。1931年，李培基任省主席，创立通志馆，聘地方名流郭象伋、阎素为正、副馆长，荣祥为纂修，李泰棻为总纂，义例遵循1929年民国政府颁布的《修志事例概要》。1934年，通志馆进行改组，李泰棻辞去总纂一职，郭象伋、荣祥二人分管修辑。1936年春，《绥远通志稿》完成大半，通志馆请省政府寻觅方志专家进行审核，以期撰稿与审稿同时并进。当时的省主席傅作义便邀请了傅增湘，委以总纂。1936年5月，傅增湘应邀赴绥远，在绥远停留约半个月时间，这期间审阅志稿，与志馆诸贤商讨编纂事宜。之后，傅增湘载部分已完成的志稿回北平，本拟专事研削，但因家中有事而耽搁。1936年冬，《绥远通志稿》完成，荣祥携稿至北平，傅增湘“发箧陈书，勤加考览。因拟具重修之法，上书当道，备陈原稿繁富，详赡可征，而体列宜商。稽寻未备，有门类宜并者，有分目宜增者，有冗复宜芟者，有疏漏宜补者，有伪失宜正者。千条万绪，亟待考求”。[1] 因此，傅增湘博访耆硕通儒与专门英俊，分任删润。1937年春，傅增湘延聘了吴廷燮、夏仁虎、瞿宣颖、谢国桢等人专修一志或兼纂二门，又约史念祖等人合撰地理，张寿林、夏纬明、

---

① 藏园居士:《绥远通志序》，见绥远通志馆编纂:《绥远通志稿》，呼和浩特:内蒙古人民出版社，2007年，第3页。

何鸿亮任工商农矿产业诸类，并与张国淦撰订条纲、商榷事例，办公地点便设在傅增湘的“藏园”，每月聚三次，“发舒旨论，辨证异同，得失藉以相资，条理期于共贯”。[①] 与此同时，恰遇郭象伋入京，居住在藏园，成为他们的顾问。1937 年 7 月，卢沟桥事变爆发，《绥远通志稿》的编修工作中断，于是尽收旧稿，存于藏园。1937 年 10 月，绥远沦陷，日本在察哈尔和绥远两地建立了蒙古自治联盟傀儡政权。1938 年秋，应伪蒙古联盟自治政府的要求，傅增湘又再次重纂《绥远通志稿》，因第一次参修人员的离散，这次他聘请了张星烺、张月烺、王光炜、吴丰培及门生孙楷第、刘文典、韩敏修等人协助。傅增湘除审定各卷文稿外，还亲自辑录文征十二卷。历经半年时间，《绥远通志稿》第二次编纂完成。定本有六志，分列三十六门，七十子目，舆地诸图、金石列品另为影印，共一百一十六卷。此稿本随后交于伪蒙疆政府，1943 年运往日本东京印刷，即将出厂的印品及定本在 1945 年美国轰炸日本的过程中被毁。幸运的是，傅增湘的藏园中尚存有绥远通志馆原编的稿本一百一十三册，丢失七册。1946 年，绥远省政府将此稿本运回。1958 年，由内蒙古自治区图书馆收藏。1959 年，内蒙古自治区图书馆又从傅增湘长子傅忠谟处取回两次编纂志稿的草稿，共七十八册。[②]

之后，内蒙古自治区多次组织人员以一百一十三册志稿为蓝本，重新加以整理，准备付梓刊印，但中途多次搁浅。1960 年第一次整理，后遇到“文化

---

① 藏园居士:《绥远通志序》，见绥远通志馆编纂:《绥远通志稿》，呼和浩特:内蒙古人民出版社，2007 年，第 4 页。

② 本部分内容的撰写主要依据了 2007 年内蒙古人民出版社出版的《绥远通志稿》中的《出版说明》、傅增湘所作的《绥远通志序》及书后所附的几篇文章（梁容若《〈绥远通志稿〉之缘起与现在》、白光远《伪蒙疆时期傅增湘修成〈绥远通志〉经过概述》、张万仁《关于〈绥远通志稿〉的记述》、忒莫勒《〈绥远通志稿〉版本考述》）；另有《教育学家、目录学家、地理学家——傅增湘》（见吴丰培著，马大正等整理:《吴丰培边事题跋集》，乌鲁木齐:新疆人民出版社，1998 年，第 408～424 页）；鲁阳《〈绥远通志稿〉的修纂经过及其内容》（见张守和主编:《内蒙古方志概考》，1985 年，第 28～37 页）；史海《历经沧桑的〈绥远通志稿〉》（见中共呼和浩特市委党史资料征集办公室、呼和浩特市地方志编修办公室编:《呼和浩特史料》第四集，1984 年，第 211～231页）；张万仁《五十年来未能问世的一部珍藏——〈绥远通志稿〉》（见地方史志研究组编:《中国地方志分论》，1981 年，第 58～64 页）；另有王龙胜《傅增湘在绥远》（载《内蒙古日报》，2012 年 6 月 20 日）。这些文章在某些内容上略有出入，不能达成共识，笔者综合考辨，力求得出比较客观的史实。

大革命”中止。第二次开始于1970年，在第一次整理的基础上，完成了《绥远通志稿》的修订工作，由原稿的一百一十三册合编成九十九卷，并通过《绥远通志傅稿》对傅增湘原撰“大事志”进行增补，编为一卷，共一百卷，并抄写出清稿，但后来没有出版。在2007年未正式出版之前，内蒙古自治区图书馆供人查阅的便是这一稿本。在这期间，内蒙古自治区图书馆于1976年、1980年、2004年都组织人员对该志加以整理。因此，现在问世的《绥远通志稿》已与傅增湘没有太大的关系。尽管如此，但是不能抹杀傅增湘曾经为《绥远通志稿》所付出的艰辛与努力，傅增湘及这部毁于战争的名志都应该被铭记。①

二、《绥远通志稿》的内容

傅增湘组织纂修的《绥远通志稿》定本，今人已不得观其详，只能通过各种残本及之间的相互比照去推断其原貌。1959年，内蒙古自治区图书馆取回的傅增湘两次编纂的草稿，个别册有缺损或重复，另有零页和改编意见若干册。后经悉心整理，分门别类装订成册，被称为《绥远通志傅稿》，约为原稿的二分之一。《绥远通志傅稿》体例较完整，有地理、古迹、经政、民事、食货、人物、文献七纲，下辖卷目分别有疆域沿革、地质、古迹总录、长城、故城、故都、庙祀、梵刹、陵墓、名胜、民族总述、职官、岁计、税捐、关榷、田赋、土地附官产、金融、盐法、水利、垦务、赈务、军政、君制、近代军事、工业、物产、农业、林业、畜牧、矿产、仕宦、封爵、官绩、武功、孝友、忠烈、义行、文苑、方技、侨寓、烈女、书目、文征、金石、大事记等。《绥远通志傅稿》虽然为草稿，凌乱不堪，但是从中可以看出傅增湘重修《绥远通志稿》的基本做法和间接了解其定本的概貌。傅增湘作为当时知名的学者，对一部已经完成的志稿加以重修编纂，主要是以改进体例、删润文字为主。和通志馆原稿相比较，许多卷目经过删

① 对于这一百一十三册稿本，学界有不同的看法，大部分认为是绥远通志馆于1936年编纂完成的原稿，因此认为散失了七册，上一注释中提到的诸多文章，包括2007年出版的《绥远通志稿》的“出版说明”及“后记”，只有忒莫勒在《〈绥远通志稿〉版本考述》(见绥远通志馆编纂:《绥远通志稿》，呼和浩特:内蒙古人民出版社，2007年，第506～520页)中持不同看法，认为此志稿是傅增湘第一次编纂的缮清本，并推断可能正文完整无缺。本书取学术界大多数人之看法。

繁去冗，重新编排或改写，变得条理清晰、简洁有序。如“物产卷”删去原稿对《尔雅》《广雅》《说文解字》《本草纲目》等书的泛引；“林业卷”以天然森林、古代林政、近代林政分述，较原稿条理分明；原稿灾异、巡幸、兵事诸卷被扩充至大事记，军事、人祸被删削为近代军事，既便于把握地方史事的脉络，又克服了卷目的烦琐冗杂。傅增湘学识渊博，熟识并有条件利用大量的文献，遂于改进体例、删润文字的同时，对《绥远通志稿》的内容亦有所补充。如重撰的“地质卷”增加了对全省地形与地质的综合概括；“民族总述卷”增加了总述，概述了绥远历史上各民族的兴衰更替；职官、金石、文征诸卷，亦有不同程度的增补。《绥远通志傅稿》虽杂乱残缺，但依然有独到的价值。不过很遗憾，除“大事记”曾在 20 世纪 70 年代整理时增补为一卷，稿本其余内容始终未得到应有的重视和利用。[①] 2007 年出版的《绥远通志稿》依旧没有利用这一版本的内容，只是在先前完成的一百卷整理稿的基础上略加调整而成。

在《绥远通志稿》编纂与流传的过程中，最为惋惜的是傅增湘第二次编纂定本的毁灭。傅增湘在 1939 年所作的《绥远通志序》中说：“计始自秋初，迄于腊尽，穷搜极览，昕夕靡宁，目力昏眵，手腕欲脱，栗陆半载，缮录始成。”[②]被聘参修第二次志稿的学者之一的吴丰培提到“每周集会一次，汇报进程，商定体例，先生均亲自主持，督促进行，共认取舍，分配工作”[③]，可见傅增湘编修此志之用心用力。竣工之后，傅增湘不无感慨道：“一线之绪，垂绝而复延；百卷之书，历劫而不泯。从此布在方策，流传万编，开朔方纪事之元，为行省图经之殿。”[④]《绥远通志稿》定本分六志、三十六门、七十子目，纲举目张，条理清晰，有条不紊，从体例上来说是比较完整的。从这一点来看，甚至比 20 世纪 70 年代整理的一百卷版本及 2007 年正式出版的版本似乎都更好一些，

① 忒莫勒：《〈绥远通志稿〉版本考述》，见绥远通志馆编纂：《绥远通志稿》，呼和浩特：内蒙古人民出版社，2007 年，第 517～518 页。

② 藏园居士：《绥远通志序》，见绥远通志馆编纂：《绥远通志稿》，呼和浩特：内蒙古人民出版社，2007 年，第 5 页。

③ 吴丰培著，马大正等整理：《教育学家、目录学家、地理学家——傅增湘》，见《吴丰培边事题跋集》，乌鲁木齐：新疆人民出版社，1998 年，第 418 页。

④ 藏园居士：《绥远通志序》，见绥远通志馆编纂：《绥远通志稿》，呼和浩特：内蒙古人民出版社，2007 年，第 6 页。

因为这两个版本没有充分利用傅增湘稿本，在体例上无纲目统属，仅罗列卷目，一目一卷，不太符合现代方志的特点。如果傅增湘稿本得以问世，撇去政治层面不说，想必应该可以在方志史上书写一笔。

第四节　其他方志的参修

以上三位清季民国桐城派学人都是担任着某一部方志的总纂，且是唯一的总纂，对一部方志质量的好坏起着关键性作用。还有一些清季民国桐城派学人虽不是处于如此重要的位置，他们或是总纂之一，或是只参与收集资料，但其作用依旧是非常重要的。

一、弓汝恒与《深州风土记》

《深州风土记》是清末一部比较有影响力的地方名志，由吴汝纶纂修。该志共二十二卷，分为历代疆域、河渠、赋役、学校、历代兵事、历代官制、职官、名宦、艺文、古迹、金石、人谱、荐绅、名臣、文学、武节、吏绩、孝义、流寓、列女、物产、叙录，其中对明、清两代记述尤详。末附有后序二篇。《深州风土记》条理清晰，类目分明，考证详博，文辞精美，是清代方志中的佳作。此外，该志首创"人谱"一门，广征谱牒及史籍文献，梳理望族大姓的演变。"金石"门保留了深州许多碑文资料，尤为珍贵。吴汝纶作为总纂，对这部方志的贡献是最大的，其次就是弓汝恒了。

弓汝恒(1842—1914)，字子贞，直隶安平人。"好读书……萧然一室，插书满架，日夜寝馈其中，自题其室曰：书隐楼，学者尊之曰书隐先生"。[①] 1870年，中副贡。1871年，吴汝纶知深州，弓汝恒得以结交并事之笃敬，尊师传，终其生不为他说所夺。吴汝纶长弓汝恒两岁，亦师亦兄，在信中称其为"弟"。[②] 吴门弟子很多，"唯先生受业最早年亦最长，吴先生门下多才俊不羁

① 徐世昌编：《大清畿辅先哲传》下册，北京：北京古籍出版社，1993年，第862页。

② 吴汝纶撰，施培毅、徐寿凯校点：《吴汝纶全集》第三册，合肥：黄山书社，2002年，第429页。

之士，唯先生德最纯，为学亦最专”。[①] 1871年，吴汝纶到深州，即着手于志书的编纂，书稿未定，便迁官他处，之后便由弓汝恒及武强贺铁君、深州张廷桢等人补缀修改，再请吴汝纶整理削定。终于1900年完成，并由深州文瑞书院刊刻。该志修成前后间隔凡三十余年，“盖属稿未定，故不以志名，而变其称以示谦也”。[②] 全书共二十二卷，三十九万余言。《大清畿辅先哲传》记载曰“汝纶撰《深州风土记》，颇自矜慎，汝恒与武强贺锡珊任采辑，及汝纶去深，汝恒携稿，锡珊舟载其家所藏书以从，历三十年，中更变乱，辍而复修者再。抱一稿同性命，以至成书，则惟汝恒一人。金石、传记、世族谱系以及谣俗、物产，皆所搜采。稿定，尤以所闻列书眉上以献”。[③]《深州风土记》的“后序二”中提到该志的完成因“弓君、张君皆始终在事，而弓君之力尤多”[④]，吴闿生的文集中有《书隐先生传》，也称“先生生平尤廑廑于掌故，先君撰《深州风土记》，搜访事实，先生襄助为多”。[⑤] 刘声木在《桐城文学渊源撰述考》中称其“在张、吴弟子中年最长，好考据辞章之学，其文蹈厉腾倬，甚雄而劲。吴汝纶撰《深州风土记》，汝恒为之具资材”。[⑥] 可见，弓汝恒对《深州风土记》的修成起了非常重要的作用。弓汝恒精通地理学，“先君尝叹曰：居吾门下，能为专门之业者，子贞一人而已”。[⑦] 曾撰《历朝舆地沿革表》六十四卷，穷数十年精力、五易其稿而成书，可惜今已不见。

二、吴闿生与《奉天通志》

1935年刊行的《奉天通志》共二百六十卷，一百册，是辽宁方志中重要的典籍。《奉天通志》卷首记录的总纂人员有王树楠、吴廷燮、世荣、吴闿生、金

① 赵衡：《序异斋文集》卷五《书隐先生墓志铭》，1932年刻本。

② 瞿宣颖：《方志考稿甲集第一编・直隶・深州风土记》，见《民国丛书》第二编第八十一册，上海：上海书店出版社，1990年。

③ 徐世昌编：《大清畿辅先哲传》下册，北京：北京古籍出版社，1993年，第862页。

④ 吴汝纶纂：《深州风土记》，见《中国地方志集成・河北府县志辑》第52册，上海：上海书店出版社，成都：巴蜀书社，南京：江苏古籍出版社，2006年，第423页。

⑤ 吴闿生：《北江先生文集》第二卷，文学社藏版，1924年。

⑥ 刘声木撰，徐天祥点校：《桐城文学渊源撰述考》，合肥：黄山书社，1989年，第294页。

⑦ 吴闿生：《北江先生文集》第二卷，文学社藏版，1924年。

梁、金毓黻六人，其中，金毓黻为后期所聘。1928 年，张学良主政东北，对经济、政治等领域进行了许多整顿与改革，同时也把发展文化教育事业纳入建设新东北的计划中。张学良认为抵御外侮，除有强大的军事实力和经济实力外，更重要的是促进民族的觉醒，因此积极倡导民族精神，大力弘扬民族文化。1928 年秋，吴闿生应张学良之请前往奉天萃升书院，同时被聘的还有王树楠、吴廷燮、高步瀛、尚秉和等人。11 月，奉天通志馆成立。张学良亲任奉天通志馆总裁，王树楠、吴廷燮、吴闿生及另外两人共同被聘为总纂。编纂《奉天通志》大体分成三个阶段，第一阶段搜集资料，包括各种志书、档案史料、古今文献、官私著述、图书典籍，以及各种专项调查报告。第二阶段编纂整理，将搜集到的材料分类，按照分工分门进行整理编纂，各门志稿编出后送交总纂审阅。第三阶段修订补辑，总纂审阅后，发现歧误和简陋不全者，须再调查核实、搜集材料，进行修订补辑或重编，然后再交由总纂、馆长进行第二次审阅，直到通过，最后校对缮清，志稿才告完成。在九一八事变爆发之前的这段时间里，通志馆人员集中，工作效率高，是通志馆工作的鼎盛时期。经过两年多的努力，基本完成初稿，但还有很多后续工作。[①] 九一八事变爆发，修志被迫中止，直至 1932 年，通志馆才勉强恢复，又重聘吴廷燮为总纂，1934 年又聘金毓黻为总纂，终于在 1935 年年底全部完成志稿的编修工作。《奉天通志》自 1928 年开馆至刊行，历经七年时间，其间总纂、纂修凡数易人，稿经数易。现已无从知晓当年吴闿生作为总纂之一做的具体工作及其对该志的贡献有哪些，但作为一位知名学者、文学大家，其在当时编修方志的过程中无疑是有着重要作用的。

三、其他方志参修情况述略

以上只重点列举两位，其实清季民国桐城派学人参与方志编修的人不少。如前文已提到的谷钟秀，1933 年与贾恩绂同被聘为《河北通志》的总纂，1945 年又任河北省通志馆馆长，聘贾恩绂任总纂，组织编修《河北通志》。在这次的编修中，莲池书院学子尚秉和也为该志的纂修人员之一，编写了其中

---

① 董慧云：《〈奉天通志〉续写 151 年辽宁历史》，载辽宁档案信息网。

的《兵事篇》。[①] 又如贾恩绂修《南宫县志》，其莲池书院好友邢赞亭穷搜自明嘉靖至民国所修的五部《南宫县志》，给该志编纂准备了丰富的史料；此外，邢赞亭还参与了该志的校对。贾恩绂纂《定县志》，参校人员便有定州的莲池书院同门谷钟秀和王瑚。再如《深州风土记》的编修，吴汝纶作为总纂，必然会有许多吴门弟子参与其中。有一段时间是集资置局于莲池书院，上文已提到的张廷桢、贺锡珊均为吴门弟子，后序二中提到随吴汝纶至天津编修志稿的贺墨侪、最后校勘人员武锡珏和常堉璋，也都为吴门弟子。[②] 1934 年刊行的《西平县志》"幸赖新城王树楠晋卿、东阿周云世臣、盐山贾恩绂佩卿、饶阳常堉璋稷笙、桐城吴闿生北江诸名宿，分别审订，抉疵绳误，受益良多"，几位都是桐城派中人或是与桐城派关系紧密之人。[③] 此外，同样是 1934 年刊行的《静海县志》，也是经吴闿生润色过的，并为该志作了序。[④] 这些参修学者往往出力较多却容易被忽略。中国古代刊行的方志大都有修志人之名，修志人是行政长官挂名，他们并不参与修志的学术活动。还有记录的就是总纂之名，其他的皆不记录。到了近代，许多方志改变了这一不合理的习惯，卷首一般除序言、目录及凡例外，还会记录参与辑修志稿的人员的姓名，这才使得一些人得以被人所知。

从以上所有介绍来看，清季民国桐城派学人参与方志编纂的不在少数，或是总纂或是参与编纂，都在方志编纂中起了重要作用。清末民初，方志编纂随着时代的变化处于一个由传统向近代转变的过程，关于方志的性质、体裁、内容、功用、编纂理论都有不同于传统方志的变化。清季民国桐城派学人编纂的方志也体现着时代的变化。如在方志的体裁上，贾恩绂不同意章学诚"志乃史体"的看法，而认为方志要以地为主，其实这就是对方志的性质有了一个重新的认定。梁建章所采用的"三宝体"，看似是旧志之体例，但实际上

---

① 行唐县地方志编纂委员会编：《行唐县志》，北京：中国对外翻译出版公司，1998 年，第 700 页。

② 吴汝纶纂：《深州风土记・后序二》，见《中国地方志集成・河北府县志辑》第 52 册，上海：上海书店出版社，成都：巴蜀书社，南京：江苏古籍出版社，2006 年，第 423 页。

③ 李毓藻修，陈铭鉴纂：《西平县志・凡例》，北平文华斋刻本，1934 年。

④ 白凤文修，高毓澎纂：《静海县志》，1934 年铅印本。

应算是一种新的“三宝体”，其内涵已经有了很大的改变，这就类似于有学者也曾将贾恩绂的方志主要以“疆域”“法制”“文献”之体例称之为“新三宝体”。[①] 至于在功用上，方志不再仅仅是有裨于风俗教化，而是紧密联系实际。如《盐山新志》中对当地经济发展的重视，《察哈尔省通志》面对当时日本对中国的侵略，希望能借修志使人心团结，救亡图存。再从方志的内容上看，无一例外都增添新的时代内容，且其中有一些彩色地图、照片的使用，使得方志更具有时代感。虽然这些方志与传统旧志相比，有着创新之处，但是又有一个共同点，就是都保留着旧志中的某些传统内容。此外，在白话文已成潮流的背景之下，清季民国桐城派学人编纂的方志依然用古文写作。其实这种“亦新亦旧”的编纂特点也是民国时期方志编纂一个总的特点。但是在一些具体的体例编排、内容结构，或是语言方面，清季民国桐城派学人的方志编纂还是更胜一筹。由于桐城派学人学术声名在外而被聘修方志，而其自身广博的学识的确使得方志别有特色，产生影响力，常常为其他方志纂修提供借鉴之蓝本，再加上他们所修方志大都是为中国近代地理位置较重要的地方而修，具有流传后世的价值。

总的来说，桐城派学人方志的编纂是民国方志学研究的一部分，他们与其他学人一起，为中国方志由传统向近代的转变作出了努力和贡献。

第五节　地理著作的编纂(译)

地理和方志一样，在古代都属于史书下面的一个分类，二者的关系也很密切。中国古代的地理学，通称舆地学。它着重从历史发展的角度考察地理的变迁，同今天的地理学不尽相同。正因如此，它与历史学关系极为密切。《隋书·经籍志·史部》首列“地理”类，历代相沿不改。[②] 但是到了近代，中国被迫开放，西方地理知识源源不断地传入，中国传统的舆地学随之发生变

① 来新夏主编:《中国地方志综览 1949—1987》附录《中国历代方志概述》，合肥:黄山书社，1988 年，第 436 页。

② 耿天勤:《四部名著述要》，济南:济南出版社，2002 年，第 115 页。

化，逐渐向近代地理学过渡，独立成为一门学科。从清季民国桐城派学人地理学著作的编撰和编译中，即可以看出由传统向近代的转变。

一、地理著作的编纂

（一）弓汝恒的《历朝舆地沿革表》[①]

弓汝恒被吴汝纶称为吴门弟子中唯一能为专门之业者，此“专门之业”就是舆地学。吴闿生曾提到“门人安平弓汝恒尽弃他业，专心舆地之学三十年，著《古今地理沿革表》数十卷，自以贯串经传，于古无两，读先君所论地理书，乃咋舌自失，谓尽生平所未知”。[②] 吴闿生为吴汝纶之子，这里是借弓汝恒来抬高其父地位，多少有一些过誉其父之嫌疑。《历朝舆地沿革表》可以说是弓汝恒穷毕生之精力所著的一部地理学著作，1900 年文瑞书院刊刻的《深州风土记・艺文》中已经记载了弓汝恒《历代地理沿革表》六十四卷，但实际上这部书可能一直没有刊刻，直至其去世前夕仍在修订之中。《大清畿辅先哲传》载“汝恒精地理学，考历代沿革，为表六十四卷……甲寅，病革前一夕，呓语犹曰：检三十二页边行。再问，不复语，遂卒”。[③] 可见用力之勤。只是可惜不知该书稿今之下落。不过从《吴门弟子集》中收录弓汝恒文一篇，即“复贺性存[④]问《历朝舆地沿革表》书”，保留了一些重要信息，现择录如下：

> 来函齿及拙著《舆地沿革表》，并询采辑何书取裁何式兼为指陈。可采者以大起予，何足下爱我之深而望我之切也。甚何甚何。蒙矢此志，实在通志未成之先，初志为此已，矢毕生不敢畏难，亦不敢欲速。数十年中，或作或止，而心终不忘。无论何时读何书，每每究心在兹。积之既

① 在刘声木《桐城文学渊源撰述考》及吴闿生《北江先生文集・书隐先生传》中称弓汝恒所撰为《古今地理沿革表》，赵衡《序异斋文集・书隐先生墓志铭》、徐世昌编《大清畿辅先哲传・弓汝恒》及弓汝恒自己出力甚多的《深州风土记》中均称《历代地理沿革表》。此处采用吴闿生所编《吴门弟子集》弓汝恒下所收文“复贺性存问《历朝舆地沿革表》书”中的说法。

② 吴汝纶撰，施培毅、徐寿凯校点：《吴汝纶全集》第四册，合肥：黄山书社，2002 年，第 1161 页。

③ 徐世昌编：《大清畿辅先哲传》下册，北京：北京古籍出版社，1993 年，第 862 页。

④ 贺性存，名葆真，贺涛之子，曾为徐世昌幕僚。

久，已大成帙。于今五易稿矣。所采诸书正史外，唯《元和志》《寰宇记》，本朝洪稚存《疆域志》、李申耆《地理释》、顾景范《方舆纪要》诸书为尤多，而约以班氏汉《地理志》与洪氏《乾隆府厅州县图志》为古今上下之所归。其为表式则以国朝府厅州县为纲，而以历代之沿革为之目。其间所考郡县则以历朝故城所治之地为主，而参以至到之道里远近，以略见当时分割并省之迹。至国朝诸儒所著所辑所校所释诸地书得见及者，即加采辑以相参考，用备取裁。此其与诸书所有表式略异者也。大抵古今谈地理者，索象于图，索理于书，两言尽之矣。然陵谷有变迁，河渠有移徙，则疆域之广袤沿革，代不侔矣。土宇有分合，则城治有废兴；境界有短长，则至到有增减，如此，则图不能尽记也，记亦不能尽翔也。广轮之度，山川所著也；山川脉络，准望所生也。方邪迂直，近远高下，均于是乎凭之。然一言东，则东南东也，东北亦东也，果何据而为此郡县之东乎？即辨其为东南矣，或以南而兼东，或以东而兼南，或南东各半，始差毫厘，终失千里，果何据而为东南之定数乎？或由某州至某郡，由某郡至某县，又自某州、郡、县所治所界忖之，或饶或减，歧出多端，果何据而可折衷一是乎？如此，则书不能尽告也，告亦不能尽信也。矧古籍流传，至今绝少，诸家著述，搜集良难，信如所言，非强有力者不能也。然即有所获，而以此校彼，不合颇多，作者既视睫而未见，阅者复注心而不疑，乌可哉！果于自信，固所不敢，果于信书，亦有未安，此时所以终夜彷徨，恨不得起前贤一问之也……冒此诸难，终不自量而竟欲为者，以用力既久，不忍终辍耳。今已粗成大概，而由今所见证左绝无者，则阙疑以待，亦犹班氏汉志时云俟考，沈氏宋志每著存疑，从事于斯者，当若是矣。如苍苍不负，假我数年，亦终矢此移山填海之志已耳。[①]

从上文不仅可以看出弓汝恒撰《历朝舆地沿革表》所花的精力和心血，而且能大概明了该书的写作渊源、体例及其对地理学的认识等情况。从书名即可知，该书是以表的形式来论述上古至清代地理沿革的著作。其资料采自历

① 吴闿生：《吴门弟子集》，莲池书社刊行，1930年。

代诸史，尤其《元和郡县制》《寰宇记》及洪亮吉、李兆洛、顾祖禹等人所撰的一些著名的舆地学著作，且参考了清朝已成的各种类型的“地书”。体例是以清代府县为纲，将历朝沿革列于下。从体例来看，与生活在明末清初的陈芳绩所撰的《历代地理沿革表》体例一致，甚至书名都很像，陈芳绩的书于康熙年间完成，直到1833年刊刻，“究其历代渊源，并编《地理沿革表》四十七卷，表分三等，一曰部表，二曰郡表，三曰县表”。[①] 表分别以部、郡、县三级行政区域名称为纵坐标，以朝代名称为横坐标，依次填记从上古到明朝行政区域的名称，现常见的有光绪年间刻本。弓汝恒在撰《历朝舆地沿革表》时肯定是看到过此书，他之所以还花如此精力写一部与前人类似的书是有原因的。他认为地理图与地理书都存在问题，或不能详记或有失实之处，地理表似乎可作为一种尝试。而且当时已流传下来的各种舆地书中也存在大量的错误，使得他不得不重撰一部新的舆地书。虽然两书名字相近，但是弓汝恒的书在内容上有独特之处，有陈芳绩的书之所无，即考证郡县以治所为本，而参以疆界远近，纪分割并省之迹。《历朝舆地沿革表》可能由于没有刊刻，除桐城派学人有所了解外，外人知之不多。但是作者既花如此心血而成，必然有其自身的道理。

（二）王振尧、李景濂的《中国地理》

王振尧、李景濂于清末合撰过《中国地理》一书。李景濂前文已有过介绍。王振尧（1873—1920），字古愚，直隶定县人，是另一位桐城派弟子王瑚的从弟。1888年，以州试第一补博士弟子员，师事莲池书院出身的同乡古学先达安文澜。后至莲池书院，受业于吴汝纶。1897年，中举人，主唐县书院。1901年，留学日本宏文师范学院。归国后历任直隶省师范学堂及高等学堂教习、直隶学务处随办、编译处编纂。后又经吴闿生推荐任山东师范学堂教务长、监督。1909年，当选顺直咨议局副议长、各省咨议局联合会副会长。袁世凯重其文，使诸公子受学。入民国后历任参议院议员、众议院议员、公府

① 陈芳绩：《历代地理沿革表·自序》，扬州：广陵古籍刻印社，1991年。

内史、秘书、国务院咨议等职。①

《中国地理》清末由直隶学务处排印，排印本分上、下两册，无具体出版年月。该书为蒙学第五年教科书，共十六章，分别为中国总论、行省、外藩、户口、天气、地势、山脉、江流、湖泽、沿海、边防、互市、驿路、电线、铁路、航路，包括了自然地理知识和人文地理知识，其中，“外藩”指蒙古、西藏、新疆等边疆地区。总共一百二十课，每课内容不长。该书例言有三条，从中可知编纂的大体情况：“一、舆地诸书浩博难稽，此编所载，务从简约。然于各省疆域、都会、物产、山脉、河流及交通之大势，不敢缺也。读者循图探讨，于振励图强，或庶几焉。二、此编采取地理各书，近十数种，其分省次第，及所辖府厅州县若干，悉遵新修。《大清会典》详加校正，至奉天、山西、新疆，现增各府厅州县，亦并载入。三、此编为蒙学第五年课本，共分十六章一百二十课，分段处皆提行另书。每省附图俾览者一目了然。”②该书因为是蒙学课本，无论是从叙述内容上，还是从语言表达上都比较浅显易懂。

二、地理著作的编译

（一）吴闿生的《改正世界地理学》

吴闿生 1901 年留学日本，在留学期间翻译了很多日本书籍，日本地理学家矢津昌永的《世界地理学》便是其中之一。“闿生东游之二年，日本高等师范学校教授兼专门学校讲师矢津昌永君，属译其所著地理学。自二月中创稿，其后增删更定，迄秋七月刻成，凡若干万言”。③ 该书最早于 1902 年在日本印刷出版，“一时同学之士颇垂谬赞”，所以吴闿生的堂姐吴芝瑛的丈夫廉泉创办的上海文明书局决定出版，吴闿生“乃删掇元刻，整齐首尾，精心厘定”，更名《改正世界地理学》，“管学大臣采入教科书目颁之行省，定为学堂课本”④，上海文明书局于 1903 年、1905 年、1907 年连续三次出版，“海内同志享

① 《先府君行状》，见王振尧著，吴闿生整理：《王古愚先生遗集》，1926 年家刻本。

② 王振尧、李景濂：《中国地理》，清末直隶学务处排印本。

③ 矢津昌永著，吴闿生编译：《改正世界地理学·后序》，上海：上海文明书局，1903 年。

④ 矢津昌永著，吴闿生编译：《改正世界地理学·缘起》，上海：上海文明书局，1903 年。

用益勤，几数千本无几皆尽”。[①] 可见其影响。

该书前有“通论”，书后有附录和后序，正文共有六卷，分别为亚细亚洲、大洋洲、欧罗巴洲、阿非利加州、北亚米利加州、南亚米利加州，一洲一卷，每一个大洲下再细分各个国家，对每一个国家的地域、气候、物产、风俗等自然地理及经济、政治等人文地理都有描述，正如“通论”中所说“地理之学，所以考五洲万国之形势，察其政教通僿，风俗纯疵，物产丰郝，而以周知宇内大势”。吴闿生与该书作者交往密切，且翻译此书时取原著作者其他书籍相互参考，与作者反复商榷，“此书本日本专门大家矢津昌永所论次著者，在日本时与矢津君至挈，尽取其生平撰述折衷审定，往复商榷成此书。专意为教科善本”。[②] 这样的译本必然是精本，可以传达正确的地理知识，不会贻误子弟，而国内已有的一些译本“或其数年前已废之作或简略狭隘不完之稿。译者又非面观，往往不能达其意，失其旨归”。[③] 除此之外，一些译本“大率依文直译割裂不成片段，甚者言语芜陋，曼无所择”，而作为桐城派弟子的吴闿生在翻译时“字句必期雅洁，义必期明畅，首尾线牢必期完具贯穿。即今童蒙课读不致流入荒野浅陋之失”。[④] 可谓做到了翻译的“信、达、雅”，这也会促进、扩大该书的流传和影响。

（二）谷钟秀的《最新外国地理》

《最新外国地理》为翻译日本地理学者山上万次郎的著作。该译著最早于 1908 年由河北译书局刊行，同样为教科书之用，名为《最近统合外国地理》。1917 年，上海泰东书局再次刊行，因为“民国元年，以京津兵变，版毁于火。兹特重加修订，再付剞劂”。[⑤] 此版名为《最新外国地理》。谷钟秀在书前“绪言”中称该书编译的缘起时，说：“国于今，守约明让不可能。群相角以力，力之发荣萎缩，则视一国之位置。对于世界何若地势、国体、生业、天产，

---

① 矢津昌永著，吴闿生编译：《改正世界地理学·例言》，上海：上海文明书局，1903 年。
② 矢津昌永著，吴闿生编译：《改正世界地理学·例言》，上海：上海文明书局，1903 年。
③ 矢津昌永著，吴闿生编译：《改正世界地理学·后序》，上海：上海文明书局，1903 年。
④ 矢津昌永著，吴闿生编译：《改正世界地理学·例言》，上海：上海文明书局，1903 年。
⑤ 山上万次郎著，谷钟秀编译：《最新外国地理·绪言》，上海：上海泰东书局，1918 年。

皆力之所凭，列国互较而益明，此皆地理学所有事。中等教育置外国地理为教科重要之部分。盖以此。山上万次郎学士，为日本著名之地理学者，余曾从之受地理学。因根据学士所著之《统合外国地理》，编为是书，以为中学及师范之用……足启学子知识……或者于我国学界，有裨补万一乎。"[①]可见谷钟秀是受过专业的地理学教育的，他的这种知识背景其实也影响到其对地理著述的认识。如前文提到谷钟秀所撰《中华民国开国史》在"绪论"中首及"地理之关系"，便将地理放在了比较重要的位置。编译此书是因为他认识到地理学的重要性，以让学子明了世界形势，也希望能有益于学界。

《最新外国地理》分为上、中、下三卷，上卷有四编，分别为地理通说、亚细亚总论、亚细亚特论、大洋洲；中卷两编，分别为欧罗巴总论、欧罗巴特论；下卷八编，分别为阿非利加总论、阿非利加特论、北阿美利加总论、北阿美利加特论、南阿美利加总论、南阿美利加特论、大洋志、人文地理通说。每一卷后均有"附表"，每一编下分若干章，基本为一个国家一个章节，对每个国家的介绍基本按照先"概说"，继以地文（境域、海岸、地形、水系、气候、天产等）和人文（住民、种族、语言、国民性、宗教、教育、生业、交通、政治等），最后"地方志"介绍首府及重要城市，条理非常清晰。谷钟秀在译此书时同样不是直译，而是结合了中国国情，在内容上使之适用于、有益于中国学生和读者。如其在"凡例"中称"本书于中外关系处特详，而于领土之变迁，皆陈叙始末，唤起国民之注意；讲习地理，最重图表，本书精制图表至两百余幅，于统计比较尤详。冀养成国民正确之知识；本书末附人文地理通说，藉以启发学者会通之观念。俾知世界大势所趋及消息盈虚之理由"。[②] 如原著无日本，该书加了日本，且叙述较详，因为日本为中国邻国，其发展之迅速可为我国借鉴。除了图表，该书中各种插图也是非常丰富的，不仅给人以直观感受，还增加了趣味性。

清季民国桐城派学人地理著作的编纂及编译时间都是清末，弓汝恒《历朝舆地沿革表》依旧是中国传统的地理书，是用文献来考证历代地理沿革的。王振尧、李景濂所编的《中国地理》与先前提到的《中国历史课本》一样，都是

① 山上万次郎著，谷钟秀编译：《最新外国地理·绪言》，上海：上海泰东书局，1918年。

② 山上万次郎著，谷钟秀编译：《最新外国地理·凡例》，上海：上海泰东书局，1918年。

中国较早自编教科书的尝试。这种地理教科书虽然比较简单，但是是在西方地理学知识的影响下具有新的编纂方式和新的内容，与传统地理书有较大的区别，不过还没有那种有具体划分自然地理与人文地理的意识。贾恩绂的《地理学歌》《地文学歌》《地质学歌》同样为蒙学课本，要比《中国地理》层次更低一些，其中讲述的已是完全的近代地理学知识，主要是天文地理和地文地理的知识。从《历朝舆地沿革表》到《中国地理》《地理学歌》等，实际上体现了中国传统地理学向近代地理学的转变过程。而于编译的《改正世界地理学》《最新外国地理》，选择的都是日本名家的地理学著作，且都作为教科书使用。从编纂体例和主要内容上来看，两本书大体差不多，先划分洲际，洲之下再划分各个国家，具体到对每一个国家的叙述都是主要集中于两个方面，即自然地理和人文地理，不过也有此无彼有的情况，且内容详略不一。总的来看，两本书体例上都纲举目张，条目分明。吴闿生、谷钟秀二人的编译宗旨也是为了致用，于人文地理处着墨较多，不仅要增长学生的地理知识，同时还使学生明了世界各国之情况，以为借鉴救亡之用。此外，他们的翻译都不是简单地由日文变成中文，而是本着以为中国之致用的原则，中间的删定、增补、润色等重新编辑工作同样很重要。正因为编译非常出色，才会被定为教科书使用。吴闿生的书由《世界地理学》到《改正世界地理学》，出版了四版。谷钟秀的书也是由《最近统合外国地理》到《最新外国地理》，从清末用到了民国。可见两本书是有一定影响的。总的来看，不论是地理教科书的编纂还是编译，都推动了中国传统地理学向近代地理学的改变和转型。

第六章　清季民国桐城派的史学思想

清季民国桐城派学人在史学上有众多建树，他们的史学思想也是十分丰富的，甚至出现了像姚永朴《史学研究法》这样的“中国近代探讨史学理论和方法的著作”。[①] 该书是姚永朴担任北京大学文科教授时所编写的教材，对史学研究中许多重要的方面都有阐述，是清季民国桐城派学人史学思想最集中最具代表性的著作。其他桐城派学者虽然没有如姚永朴《史学研究法》这样的专门著作来具体系统地阐述史学思想，但是在他们的史学著作、文学著作等作品中也都有一定的反映和体现。本章将对清季民国桐城派学人的史学思想作一挖掘和梳理，从而加深对这一学派史学成就的认识。

第一节　史学观

史学观，是指对史学一些相关问题的认识和思考。清季民国桐城派学者的史学观主要包括对史学重要性的认识、对史书来源的认识，以及对史学意义和功能的认识。

一、重史意识

重史的传统中国自古有之，正因为有了这个传统，中国古代史学才如此发达，成为经学之外最被看重的学问。清季民国桐城派学人大都非常重视历

① 蒋大椿、陈启能主编：《史学理论大辞典》，合肥：安徽教育出版社，2000 年，第 462 页。

史，且将历史的作用上升到一定高度，在他们读书治学的过程中，“经史”常常相提并论，读史、治史与读经、研经一样，都为必修之功课。因此，桐城派学人除了是以文闻名的文学家，实际上也同时是经学家和史学家。

姚永概在日记里称“国而无史，国不国矣”①，“大要吾人号称读书人，经、史二端万不可忽，余事则兼习文词，以博其趣，是为本业”②，“司马迁、班固、陈寿、欧阳修，史之峣然杰出者也。不读四人之史岂可号为学士大夫，何为纷纷若是”。③“差幸经史及儒先之书，少焉读之与沉潜之”。④ 姚永概将读史的重要性看得要高于学习文辞，自觉有幸年少就读经史之书，且沉浸其中。姚永概说：

> 欲吾国之久存，必当图所以存之之道。不知吾国之史则求其道而无由。自《尚书》《春秋》以降，太史公号为良史第一。秦汉之际，尽革三代之旧，而世一变更几千年至今日，而世又将一变。太史公通古今之故，发愤著书，文辞至高多隐而未发。⑤

姚永概虽然没有专门的史学著作刊行，但是其重史的思想一直存在，曾有过著史的想法，“欲采《万国史记》《万国纲鉴》《万国年表》等书，以中国会盟为主，先为一篇，次及各种学问、教法，皆叙其源委利弊，次及各国史事。体例精详，文字雅洁，名曰《中外会盟记》……不下一代史书”。⑥

姚永朴自称“勖以致力经史之学”⑦，尚秉和也称“受书帖括之余，酷嗜读史”⑧，马其昶“经史洽熟”⑨。年轻辈吴门弟子邓毓怡、常堉璋所办的半月刊杂志《经济丛编》中专门有一栏为《历史》，登载中外历史。正是这种重史的意

① 姚永概著，沈寂等标点：《慎宜轩日记·前言》，合肥：黄山书社，2010 年，第 21 页。
② 姚永概著，沈寂等标点：《慎宜轩日记》(上)，合肥：黄山书社，2010 年，第 570 页。
③ 姚永概：《慎宜轩文集》，1916 年铅印本。
④ 姚永概：《慎宜轩文集》，1916 年铅印本。
⑤ 姚永概：《慎宜轩文集》，1916 年铅印本。
⑥ 姚永概著，沈寂等标点：《慎宜轩日记》(上)，合肥：黄山书社，2010 年，第 546 页。
⑦ 姚永朴：《蜕私轩集》，秋浦锦记书局印刷，1925 年。
⑧ 尚秉和：《辛壬春秋》，北京：中国书店，影印本，2010 年，第 334 页。
⑨ 姚永朴：《马通伯先生七十寿序》，见《蜕私轩集》续钞，秋浦锦记书局印刷，1925 年。

识，使得桐城派学人自觉研治史学，著就一系列史学著作。如尚秉和著《辛壬春秋》，因“至辛亥革命，国体变更，私忖此变为数千年所未有。蹶然兴曰：‘是吾有事之日也。’……以十年之力，成《辛壬春秋》四十八卷”。[①] 可见，尚秉和是以史官自任，以敏锐的历史眼光，记录了中国发生重大转折时的历史状况。邓毓怡、常堉璋、吴闿生、王振尧、邢赞亭等人都在《经济丛编》的《历史》栏目下发表过史学文章，如邓毓怡的《新世界史》《世界交通史略》，吴闿生翻译的《近时外交史》，常堉璋的《中国上古民族之史鉴》，邢赞亭的《世界史上佛兰西之声价》，王振尧的《波兰灭亡记》，等等。

桐城派学人重史，不仅和他们意识到史的重要性有关，而且和他们的文学创作有关。桐城派学人提倡的是秦汉唐宋古文，中国古代大史学家大都是大文学家，因此他们的史学作品也是文学作品，是桐城派古文家们研习模仿的对象，如司马迁《史记》、班固《汉书》、欧阳修《新五代史》，等等，至曾国藩辑录《经史百家杂钞》，古文选文来源于经、史、子、集，与姚鼐《古文辞类纂》古文选文只选集部文章相较，拓宽了古文领域，史书也因此更加受到重视，尤其是其中的史传。桐城派学人萧穆认为“用力经史，谓匪是无以为文章根本”。[②] 的确，有一些桐城派学人重史读史的出发点是为了写好文章，但这并不妨碍他们在重史读史过程中提高史学修养，从而治史。

二、史源于经的史原说

姚永朴《史学研究法》中第一篇便是讨论“史原”问题。他说“刘子元《史通》论史原有六家：曰《尚书》家、曰《春秋》家、曰《左传》家、曰《国语》家、曰《史记》家、曰《汉书》家。夫《国语》昔人或以之附经，是合计之史出于经者凡四也。及近人章实斋《文史通义》，乃创六经皆史之说”。[③] 姚永朴所提的“史原”主要指中国史学的起始著作，标准是依据史书内容和体裁，从体裁方面看其有没有开一体之先河，与后来陈垣提出的“史源学”不是一回事。姚永朴并不同意刘知几的“六家”说及章学诚的“六经皆史”说，而提出了他对历史著作

① 尚秉和：《周易尚氏学·滋溪老人传》，北京：中华书局，1980年，第357页。

② 姚永朴：《蜕私轩集》，秋浦锦记书局印刷，1925年。

③ 姚永朴：《史学研究法》，见《姚永朴文史讲义》，南京：凤凰出版社，2008年，第137页。

及各种史书体裁发展源头的看法。他认为六经不全都是史书，《周易》是哲学，《诗经》是艺术，不能因为它们包含有某些历史内容，就说是史书，是史书之源。他借姚永概之言表达了其观点："吾弟永概曰：'《易》主明道，实开子部之先；《诗》主咏歌性情，实开集部之先。若以其中偶及古事，遂以为史所自出，则后人诗文集，亦多详故实，岂可便以为史。'"[①]姚永朴认为能称得上史书之源的，有《春秋》《尚书》《礼》《论语》《孟子》《国语》《国策》七部书。"《春秋》主于事，《尚书》主于言，言为事之所见端，则言亦事也，故二者皆可统于史……且史之体莫著于编年、纪事本末二者，《春秋》编年之体所出也，《尚书》纪事本末之体所出也……《礼》者书志之所出也……历代国家政治之治乱、社会风俗之厚薄，非考其所立之大经大法……《礼》之所纪，大抵皆大经大法也……《论语》《孟子》亦史部传记类也，其书之所记者不独嘉言，实并懿行……《国语》《国策》……为载记类之所出……所载各国，大抵受封周室之诸侯，虽或僭号称王，然当战国时周犹有共主之号"。[②] 姚永朴对"史原"的看法正确与否有待商榷，但可谓一家之言。诚如学者所言，"近代史家对史原问题做专门探讨，刘师培、姚永朴、柳诒征三家较有特色。但刘师培、柳诒征二家均带有浓重的古文经学色彩，姚永朴则较少门户之见，是值得肯定的"。[③]

姚永朴对"史原"的探讨，实际上包含着对经史关系的一种认识。刘知几的"六家"说如果将《国语》附之于经，那么"史出于经者凡四也"，即姚永朴认为《国语》可以视为经，同样《国策》也可以视为经，这样他所提倡的史原七书便都是经书，也可以说"史源于经"。姚永朴在《桐城耆旧言行录序》一文中称："吾尝推论史家义例，莫不本之于经。盖编年之法，创自《春秋》；志传之文，肇于《典谟》；其他杂记圣贤言行，则《论语》实为之嚆矢焉。"[④]姚永概 1919 年在题为《示正志中学校一二班毕业诸生》的演讲中重申经学的重要性时，就说明了五个理由，其中第四条理由便是"史源于经"，他说："世界各国，稍文明

---

① 姚永朴：《史学研究法》，见《姚永朴文史讲义》，南京：凤凰出版社，2008 年，第 137 页。

② 姚永朴：《史学研究法》，见《姚永朴文史讲义》，南京：凤凰出版社，2008 年，第 137～140 页。

③ 李洪岩：《百年中国史话・史学史话》，北京：社会科学文献出版社，2000 年，第 59 页。

④ 姚永朴：《蜕私轩集》，秋浦锦记书局印刷，1925 年。

者，莫不矜夸其有数千年之历史！然观其千年以上所谓史者，非神怪则野蛮耳，而《尚书》记唐虞以来何其彬彬乎有礼也。此乃中国极荣之事，至可宝者也。且后世各种史学，其礼皆开之自经，欲知中国极盛之史，舍经无由知。欲纪中国将来之史，舍经亦无本。六经去而中国无史。"[①]梁建章在《察哈尔省通志》序中称"天地之机，递嬗不已，万物万事，因亦日进繁孳，而不可遏抑。上古草昧浑噩，邈不可稽，迨文字作而史事兴，此自然之势也。孔子删书，断自唐虞，以存千古政治之源，历代史书，即胚胎于此矣"。[②] 史学源于经学的观点，使得桐城派学人大都认为虽然史学很重要，但是与经学相较，经学是根，史学是枝，或经学是本，史学是末，如姚永朴谦称自己"平生耽书史，舍根猎其枝"。[③] 但实际上，在别人眼里，"然如仲实者，舍书无他营，舍经无他书，虚心从求真，是将终其身焉"。[④] 经学也常常成为他们研治史学的基础和指导思想。如马其昶的《清史儒林传序》将经学的兴废与时代的兴衰联系起来，其辑录而成的《清史儒林传》以儒生们的德行和经学名家来分类，"今录儒林传，不区分汉宋界域，要以重躬修，无愧圣门德行之科者为上卷，说经硁硁著述名家者为下卷"。马其昶此体例得到了王树楠的赞赏，称其曰"良史"。[⑤]

三、史义说

史义，与"史事""史文"相对而称，源自孟子论《春秋》"其事则齐桓晋文，其文则史，孔子曰：其义则丘窃取之矣"。"史义"指历史著作中阐发的道理或宗旨，已经成为中国古代史学理论的一个术语，中国古代史学家素有重视"史义"的传统。姚永朴《史学研究法》的"史义"篇称："义为史家之所尚，其来远矣。顾其说至繁，未易更仆数也，约举之盖有六。"[⑥]姚永朴总结的"史义"有六个方面：第一曰追远之义，即追溯源流的意思，"既知追溯其身之所自出，又

---

① 姚永概著，沈寂等标点：《慎宜轩日记·前言》，合肥：黄山书社，2010 年，第 21 页。

② 梁建章：《察哈尔省通志序》，见宋哲元修，梁建章纂：《察哈尔省通志》，1935 年刻本。

③ 姚永朴：《蜕私轩集》卷一《述怀示墉孙》，秋浦锦记书局印刷，1925 年。

④ 姚永概：《蜕私轩集·跋》，见姚永朴：《蜕私轩集》，秋浦锦记书局印刷，1925 年。

⑤ 马其昶：《清史儒林传序》，见《清代诗文集汇编》第 781 册，上海：上海古籍出版社，2011 年，第 261 页。

⑥ 姚永朴：《史学研究法》，见《姚永朴文史讲义》，南京：凤凰出版社，2008 年，第 141 页。

知追溯其世之所自来……史家所当知者,莫急于此矣”。第二曰合群之义,有合一国之群、合一方之群、合一族之群。由此又可衍生三义:一为爱国,“国为群之所共有者也”。二为保民,“后世诸史之志典章者,或首食货,或首田赋户口,或首礼乐,要无非主于政德、利用厚生,而欲以政之养民者合其群也”。三为崇圣贤,圣贤能“教之化民者合其群也”。第三曰资治之义。“史未有无关于世者,亦未有不详于治者。此其为义,宁待烦言而后明耶?顾吾尝考史之所以能资治者,盖有二:一曰考兴衰,一曰审沿革”。第四曰征实之义。所谓征实即“曰中,曰正,曰不隐”。征实之义可分为两类,一是信以传信,二是疑以传疑,总之“实事求是之意,洵为讲史学者所不可不知者也”。第五曰阐幽之义。阐幽之义,即欲发明人之所不见。其类可分为三:一曰表微,一曰推见至隐,一曰发潜德之幽光。第六曰尚通之义,消除门户之见,“汇而一之者”。姚永朴最后总结说“大抵追远合群二义,史因之而发轫者也;资治、征实、阐幽、尚通四义,史循之为正轨者也”。[①] 这六条“史义”大抵是姚永朴对史学意义与功能的阐释,非常系统,并且有很多新的创见,即使在今天看来,也是很值得称道的。

其他桐城派学人虽然没有如姚永朴对史学意义与功能这么系统的阐述,但是也有一些零星的表达。如姚永概在《左传选读》中曾称“史所以记善恶为劝惩法戒也。后世之史写得一边出色,已是良史,惟左史能善中见贬,恶中见褒,两面著笔,铢黍不失”。[②] 宋哲元在《察哈尔省通志序》中说到史书的作用,称“史书之作,所以纪一时一地之事迹,以昭示来滋,有所考鉴,而为因革损益之资”。[③] 马其昶也说“史官纪事务详实、义固各有当耳”,“古者国史明乎得失之迹”。[④] 高步瀛在《史记举要》中非常重视挖掘《史记》的史义,将史义看作《史记》一个重要的亮点,他说“太史公自序曰,为太史公书序略,以拾

---

① 姚永朴:《史学研究法》,见《姚永朴文史讲义》,南京:凤凰出版社,2008 年,第 141～146 页。

② 姚永概:《左传选读·城濮之战》,正志中学讲义,民国铅印本。

③ 宋哲元:《察哈尔省通志序》,见宋哲元修,梁建章纂:《察哈尔省通志》,1935 年刻本。

④ 马其昶:《木斋诗说序》《诗毛氏学序》,见《清代诗文集汇编》第 781 册,上海:上海古籍出版社,2011 年,第 263 页,第 253 页。

遗补蓺,成一家之言。《报任少卿书》亦曰欲'究天人之际,通古今之变,成一家之言'。此读《史记》者所当注意也。后之为史者,莫不以记载确实,体例严整为职志。然二者非史公之所屑屑也。史公之为书,每窃比于《春秋》,而又不袭《春秋》之迹。《春秋》寓褒贬于书法,史公寓义例于文字"。[①] 清末学习西方实行教育改革,规定历史为中小学堂必须开设的课程之一。王振尧在《论各学科之价值及教授方法》一文中谈到历史学科的意义时说:"历史之价值在明社会之关系,养成其健全爱国心与发其普通之道德观念也。"[②]

第二节　史料观

清季民国桐城派学人的史料观最主要体现在两个方面,一是重视史料的广泛搜集,二是重视史料的精确征引。

一、史料的搜集

姚永朴在《史学研究法》"史料"篇中即说"古之人为史,未有无所资而能成者也"。他将史料分为四类:一曰实录,如起居注、诏令奏议,并借用万斯同写给方苞的信指出实录的重要性,"以史之难为,因述少馆某氏,见其家有列朝实录,乃默识暗诵,后复从故家求遗书,旁及郡志、邑乘、杂家、志传之文,而要以实录为主。盖实录者,直载其事与言而无所增饰者也,因其世以考其事核其言,而平心察之,则其人之本末,十得八九矣"。二曰郡志邑乘,"夫志乘所书,不外风土二者……载人物艺文,似近于风,而例书名宦乡贤,无由征民俗之厚薄,载疆域、道路、城郭、山川,虽近于土,而广搜形胜古迹,无由察地形之险夷,盖逐末忘本久矣"。三曰杂家传记,"所谓杂家传记者,凡士大夫所撰之笔记年谱,与文集之传状皆是,此中或不无以恩怨之私,而为爱憎之语,然官书所不敢言者,往往因之乃悉其本末"。四曰金石。金者"大抵古人或扬其

① 高步瀛:《史记举要》,北平和平印书局,1917年。

② 王振尧著,吴闿生整理:《王古愚先生遗集》第四卷,1926年家刻本。

先祖之美，而明著之后世，或自致其儆戒之意，皆铭之于彝鼎，后世观之，并可以得其为人，与其行事”。石者“如秦始皇泰山之罘东观碣石、会稽诸刻石文，班孟坚《封燕然山铭》……与诸家所作庙碑、墓碑及城郭、衙署、学校、仓廒等碑记，皆其类也”。姚永朴由此又联系到实物史料，其中的金石有“金者，如禹鼎、汤盘、周景王无射、魏献子歌钟，与累朝钱币皆是；其属于石者，如泗滨浮磬、周宣王石鼓之类皆是。凡古之制度，征于此乃益可信，且览其字，又能辨古文籀篆分隶变迁之形与其序，斯固博物君子所当拳拳注意者也”。[①]

姚永朴对史料的认识和分类还是比较全面和得当的，包括了历史文献和实物史料。今人对史料的分类在这两项之外，增添了口述史料。但在姚永朴写作此书的民国初年，对于口述史料还没有形成意识，不过桐城派学人的史学著作中还是利用了一些口述史料。史料是历史研究的基础，搜集史料是历史研究最基础也是最重要的工作，史学家历来都非常重视史料的搜集工作，因史料的丰富与否关系着史学著作质量的高低。

清季民国桐城派学人在治史过程中对史料的重视程度是非常高的，他们往往会花很大的精力在史料的搜集上，史料搜集范围之广、种类之多、内容之丰富，往往是一般学者所达不到的。马其昶就认为“一代之史所关至宏巨，不广加搜采慎其予夺，将何以信后世”[②]，所以他作为清史馆总纂，“凡一代名臣魁儒，遗文轶事搜讨尤勤，此其功在天下，后世更何如耶”。[③]《桐城耆旧传》便是马其昶史料观很好的体现，“广征载籍，会粹旧闻”，“发前所集采传记、公私谱牒盈箧笥”。[④] 姚永朴在《与清史馆论修史书》一文中也提出“应搜阅典籍，按日撮钞，以为预备，不可遽责以起草。苟蓄材既富，下笔亦复何难”。[⑤]其在修《清史稿·盐法志》时也非常重视搜集史料，他曾给缪荃孙写信求助搜

① 姚永朴：《史学研究法》，见《姚永朴文史讲义》，南京：凤凰出版社，2008年，第157～160页。

② 陈祖武：《桐城马先生年谱》，见《晚清名儒年谱》第16册，北京：北京图书馆出版社，2006年，第62页。

③ 姚永朴：《马通伯先生七十寿序》，见《蜕私轩集》续钞，秋浦锦记书局印刷，1925年。

④ 马其昶著，毛伯舟点注：《桐城耆旧传·自序》《桐城耆旧传·自序二》，合肥：黄山书社，1990年，第1页，第4页。

⑤ 姚永朴：《与清史馆论修史书》，见《蜕私轩集》，秋浦锦记书局印刷，1925年。

集相关史料，称："前闻先生言，周湘铃先生著有《盐法通志》，搜辑宏富，寤寐欲得此书，以资考订，不知已出版若干卷，能将已成者，由局寄至北京顺治门内西太平湖老醇王府中华大学，交永朴收，俾先睹为快否?"[①]再如尚秉和著《辛壬春秋》，在史料方面也是搜集广泛。"搜集传记，存录报章，凡百七十余种"[②]，"尤留意故实，于开国以来遗闻轶事，搜讨至勤"[③]，"凡公私报纸及私家记述，靡不甄录"[④]，甚至于口述史料也在搜罗之列而"常询访当事者"。[⑤] 另一部社会史著作《历代社会风俗事物考》更是"征引典籍凡三百余种"[⑥]，"经史百家，及晋唐宋以来小说，凡人所习焉不察，而于事物之历史有关者，详细辑录，解说原委，连缀成篇"。[⑦] 挖掘小说中的史料来证史，这在当时还是不常见的。此外，桐城派学人姚永朴的《尚书谊略》、马其昶的《尚书谊诂》、高步瀛的《史记举要》《史记别录》等著作荟萃众家之说，征引了大量的文献资料。史料搜集丰富，不仅体现了桐城派学人学识广博，还体现了他们的治史态度和精神。

二、史料的征引

史料搜集很重要，对搜集来的史料如何征引并加以正确利用也是非常重要的。清季民国桐城派学人在征引史料时追求史料的精确，从而达到史学著作求实的宗旨。姚永朴曾说："如援引故实，亦以精确为要，不得因周秦诸子中，事多不实，遂以借口。吾家惜抱先生《与刘明东书》云：用故事必精切，不宜随手填入。"[⑧]此处的"精确"是指征引史料须真实、准确，不能断章取义、主

---

① 缪荃孙：《艺风堂友朋书札（下）》，见《中华文史论坛增刊》，上海：上海古籍出版社，1981 年，第 800 页。

② 尚秉和：《周易尚氏学·滋溪老人传》，北京：中华书局，1980 年，第 357 页。

③ 吴闿生：《辛壬春秋序》，见尚秉和：《辛壬春秋》，北京：中国书店，影印本，2010 年，第 2 页。

④ 吴闿生评点，见尚秉和：《辛壬春秋》，北京：中国书店，影印本，2010 年，第 334 页。

⑤ 尚秉和：《辛壬春秋·凡例》，北京：中国书店，影印本，2010 年，第 7 页。

⑥ 尚秉和编著，木东、杨晟盛点校，陈文和审订：《历代社会风俗事物考·点校后记》，南京：江苏古籍出版社，2002 年，第 408 页。

⑦ 尚秉和：《周易尚氏学·滋溪老人传》，北京：中华书局，1980 年，第 357～358 页。

⑧ 姚永朴：《国文学》卷二，京师法政学堂讲义，1910 年。

观取舍甚至歪曲篡改等。为达到征引史料的“精确”，他们大都是“无征不信”，注重史料的出处和注释。如姚永朴在《与清史馆论修史书》中就提出“有谓每篇亦详注所出者，意主征实，不可谓非。然此但可于篇末书明所征引者在何书耳，必逐句注之”。[①] 其著《桐城耆旧言行录》“本朱子之意，遍采史传、志乘及诸家文集笔记，别为《言行录》一书。悉引原文，而各详注其所出，意主征实而已”。[②] 马其昶著《桐城耆旧传》也原本是“采掇旧文，悉注所出”，后听取吴汝纶意见，有所改动，但也是“事皆有征”。[③]

关于史料征引，要特别提到高步瀛，其众多的注解类作品如《古文辞类纂笺证》《文选李注义疏》《先秦文举要》《魏晋文举要》《唐宋文举要》等，从性质上来看是与文学相关的选本作品，但是其中注释集解的内容无所不包，文辞、字音、字意、历史、地理、草木、神怪，等等，都包括在内，历史常常是其中重要的部分。高步瀛注解的特点是通过征引文献资料来解释、论证，征引的资料“详博谨严，凡引书多注篇名卷数，引古书必分别真伪”。[④] 如高步瀛对韩愈《答李翊书》题目的注解曰：

> 樊曰：“公答李翊二书，或作李翱，非也。贞元十八年，陆傪佐主司权德舆于礼部，公以李翊荐于傪，用是其年登第。此书其十七年所作与。”案，《摭言》卷八曰：贞元十八年，权德舆主文，陆傪员外通榜帖，韩文公荐十人与傪，其上四人曰侯喜、侯云长、刘述古、韦纾，其次六人沈杞、张弦、尉迟分、李绅、张后余、李翊，而权公凡三榜，共放六人，而弦、绅、后余不出五年内皆捷矣。”又《容斋四笔》卷五引《登科记》曰：“贞元十八年权德舆以中书舍人知举，放进士二十三人，尉迟分、侯云长、韦纾、沈杞、李翊登第。”[⑤]

此则注释内容是高步瀛引用资料来论证韩愈答书的对象是“李翊”而非

---

① 姚永朴：《蜕私轩集》，秋浦锦记书局印刷，1925 年。
② 姚永朴：《蜕私轩集》，秋浦锦记书局印刷，1925 年。
③ 马其昶著，毛伯舟点注：《桐城耆旧传 · 自序三》，合肥：黄山书社，1990 年，第 6 页。
④ 高步瀛选注：《唐宋文举要》上册，上海：上海古籍出版社，1982 年，第 4 页。
⑤ 高步瀛选注：《唐宋文举要》上册，上海：上海古籍出版社，1982 年，第 199 页。

“李翺”，征引资料的篇名、卷数、引文都详细列出，考辨有力，足以让人信服。又如关于分辨真伪的问题，高步瀛引《尚书》，凡引文属今文，即书作“某书篇”，如“书《君奭》”；凡引文属伪古文，即标明为伪古文，如“书伪古文《五子之歌》”，这样可使得征引史料达到精确。①

桐城派学人在征引史料上无征不信、注重史料注释和出处的原则体现了桐城派重考证的传统。桐城派学人在研究历史文献或历史问题的时候，根据资料进行考核、证实和说明，以求材料、史实的准确，他们不轻易发表主观论断，而是通过考证来探寻确切的历史知识、可实证的历史真相，达到求实的目标。这一点将在下文详细阐述。

第三节　历史编纂思想

一、强调求真与致用

清季民国桐城派学人历史著作的编纂宗旨归结为两点，就是求真和致用。求真的宗旨，即历史编纂要实事求是，要以成一代之信史为目标；致用的宗旨，即在描述历史真实的基础上要求能产生社会作用，使其具备一定的功能和意义。

（一）求真

古今中外史学家都将求真看作历史编纂的一个重要宗旨，是历史著作的一个最基本要求。清季民国桐城派学人在著史时也不例外，十分重视追求历史真实。

吴闿生当年推辞清史馆馆长赵尔巽的聘请，其中一个理由便是认为官方修史达不到求真的目标，他说：“今日史馆之制，有协修若而人，纂修若而人，又有总纂总校若而人，以临之参稽互证不厌其详。此官府之制度则然，而作

① 高步瀛选注：《唐宋文举要》上册前言，上海：上海古籍出版社，1982年。

者振笔直书之意气，尔然尽矣。”[①]姚永朴、姚永概、马其昶三人虽然参与了官方《清史稿》的编修，但是都能做到求真，尤其参与人物传记的编修，他们均十分谨慎。如马其昶 1925 年离开清史馆就是因为不满史馆中有人为私利不求史实的做法：“有不足轻重之人，徒据宣付史馆旧案或缘其子姓之请托，在馆诸人之私昵浮词，琐行累牍不休者。”[②]又如谷钟秀的《中华民国开国史》“著为实录”“以召来兹”，以历史参与者的身份著录亲身经历的历史，揭露很多人所不知的真相，为后来人留下一段更真实的历史。尚秉和著《辛壬春秋》，“虑其久而益失真也。乃竭十余年之力，详咨精择，以成一代之信史”。“存其事实，而刊落其偏私”。

“求真”的史学宗旨又使得桐城派学人有敢于“疑史”的精神，“求真”与“阙疑”是统一的，阙疑是历史研究中一个重要的环节。如姚永概《慎宜轩日记》经常记录其读史心得，其中便有不少疑史之处，如：

> 史书有自相矛盾，则其不可信益真。如《宋武纪》既云制诸主出适，不过二十万，又云无锦绣金玉。岂有二十万尚无锦绣金玉之理，实欺谁乎？
>
> 后来史册操笔者各以其意见定之，或以耳食，或以恩仇，不独所誉失真，即其所毁亦不可据。往往有加惠于一官一邑，其百姓易代犹相传诵，史册反失其名；有史册诋为小人，而细考其心迹，乃大相反者。孟子曰：“尽信书，则不如无书。”武成且然，何况其余。论古者宜详参异说，平心以论断之，勿为古人所笼罩也。[③]

马其昶在《桐城耆旧传》中常常怀疑旧志的错误，且经过考证得到真实的情况，如指出“南羽实休宁人，旧志误也”。[④] 尚秉和的《辛壬春秋》对一些有

---

① 吴闿生：《上赵次山总裁辞清史馆协修书》，见《北江先生文集》第五卷，文学社藏版，1924 年。

② 陈祖武：《桐城马先生年谱》，见《晚清名儒年谱》第 16 册，北京：北京图书馆出版社，2006 年，第 62 页，

③ 姚永概著，沈寂等标点：《慎宜轩日记》（上），合肥：黄山书社，2010 年，第 347 页，第 339～340 页。

④ 马其昶著，毛伯舟点注：《桐城耆旧传》，合肥：黄山书社，1990 年，第 274 页。

疑惑却又无法给出确切的事实，便采取“以疑传疑”的方式，载其说待后人或他人论定。

（二）致用

清季民国桐城派学人历史编纂致用的宗旨主要体现在救亡图存上。清季民国桐城派学人大都经历了清朝的末世之衰，进入民国，又经历了军阀的混战、独裁，他们所处的是一个正在经历转型和动荡不安的社会，面对帝国主义的侵略，面对民国之后并没有带来社会的安定和国家的富强，面对一直落后挨打的国家，有志之士感到民族重振和救亡的迫切性。清季民国桐城派学者也不例外，他们当中有的直接投身于政治，参与各种社会实践；有的以学者身份著书来表达爱国救亡的思想和观点，历史研究和著书正是他们最好的表达方式之一。他们的历史编纂正是以救亡图存思想为宗旨的，体现了他们对衰败动荡的社会的思考和史家的社会责任感。清季民国桐城派学人以救亡图存为宗旨的历史编纂思想与清季民国整个救亡思想的大的时代潮流是相吻合的，主要体现在以下两个方面：

第一，以进化史观为指导，激发国人救亡图存之心。严复翻译的《天演论》在近代中国产生了巨大影响，他“强调进化发展是宇宙的普遍规律，同时又加进斯宾塞把生存竞争、自然淘汰的规律引入人类社会的观点……虽然同意斯宾塞的社会达尔文主义思想，但作了重要的修正，即不同意斯宾塞的‘任天为治’的观点，而是同意赫胥黎主张人类不应任由物竞天存命运的摆布，而应发挥力量加以干预的观点”。[①] 这种社会进化论学说尽管并不科学，但是十分适合时代的需要，也为学术界和思想界提供了一种新的历史观。严复与桐城派有着密切的关系，《天演论》用古文翻译，序文由吴汝纶所作。邓毓怡、常堉璋创办华北译书局还请严复翻译西洋书籍，创办的杂志《经济丛编》也登载不少严复的译文。因此对于进化史观，清季民国桐城派学人都是接受并被这种思想或多或少影响的。如姚永概、姚永朴都曾为严复写过六十寿序，对

① 鲍绍霖、姜芃、于沛、陈启能：《西方史学的东方回响》，北京：社会科学文献出版社，2001年，第31页。

《天演论》称赞有加，姚永概称：

> 《天演论》未出，先示吴冀州，冀州大服，为序而行之。先生之书布散宇内，人人能读。今者创建民国，革三千余年之政俗，欲与列强竞。究其设施能合于宜存否亡之理，权衡乎厉害祸福之间，从容以藏其全，功保中国于不敝。则有识者于先生之书不能不低徊太息也。[①]

清季民国桐城派学人尤其是年轻辈弟子的史学作品不少都以进化史观为指导，认为历史是向前发展的，在发展过程中遵循物竞天择、优胜劣汰的规则。如常堉璋、刘乃晟合著的《中国历史课本》，作为官方历史教材，其致用的编纂宗旨非常明显，即是要通过一部从古到今的中国通史教材，让人们认识到"人类由朴野日趋文明，曾累跌进，未有已时"，"近百年来，五洲大通，文明日益刺激，天演公例日明，破尽四千年成局，渐入优胜劣败世界"[②]，"读此中国历史，振其合群之思想，保此中国种族，中国土地，中国宗教，超越此过渡时代，而孕育最后之英雄也"[③]，提醒国人在这样的世界环境下团结一致，奋发图强，保国保种，以免被淘汰出局。又如谷钟秀《中华民国开国史》写作于1914年，正是袁世凯实行独裁，破坏宪法，谋划复辟封建专制的时期，该书写作的真实目的是想通过呈现共和制度建立的艰难史实来告诫人们历史是不断发展的，历史倒退行为是不得人心的，也是必然要失败的，"盖政治进化自然之势"[④]，只有顺应历史潮流的发展且积极采取行动，才能挽救国家和人民于水火之中。全书正文内容共三编，按"组织政府时代""南京临时政府时代""北京临时政府时代"这样历史发展的时间先后顺序来架构。作者在认识历史问题时处处以进化史观为指导，如认为造成中国近代落后的一个原因是"我国地势平坦，利于统一，又自古环列皆小蛮夷，不足争雄，长无竞争，故不能进化"，中国长期处于安逸的环境中没有参与"物竞天择"的竞争，因此没有

---

① 姚永概：《严先生六十寿序》，见《慎宜轩文集》，1916年铅印本。

② 常堉璋、刘乃晟：《中国历史课本・总论一》，北京华新印书局，1908年。

③ 常堉璋、刘乃晟：《中国历史课本・总论》，北京华新印书局，1908年。

④ 谷钟秀：《中华民国开国史》，见沈云龙主编：《近代中国史料丛刊》第六十六辑，台北：文海出版社，1972年，第185页。

进步。常堉璋、邓毓怡创办的《经济丛编》，其宗旨之一便是"为同胞进化起见，一以公利公益为归宿"[①]，其《历史》专栏刊载许多桐城派学人所著的古今中外历史，因为"列国历史兴亡之事，固有前覆可为后鉴，彼智可为此师者，比而观之，可以增长智虑，振奋精神，不可忽也。记其荦荦大者"。[②] 桐城派学人在此专栏下所写的历史著作及文章比较多，大都以进化史观为指导，激发国人爱国救亡之心。如邓毓怡在《世界交通史略》序言中说：

> 世无一日不争，争而胜者，其国得强；争而负者，其国得亡……呜呼，吾国人既生于无日不争之世界，而又处争而不胜之国，欲坐待歼灭以偿它国国民之公欲乎？则酣嬉睡梦，不问世事，可也。如犹不然，则当于外力之酷毒，国权之败失，深念力察，呕心沥血，图所以补救既往而防拒未至。[③]

可见邓毓怡著《世界交通史略》的目的，是让国人了解西方国家外交事宜，以知己知彼，寻找救亡的途径。

第二，宣传中国传统文化，以救亡图存。清季民国桐城派学人宣传的中国传统文化包括人伦道德、圣贤之道及以经学为代表的传统学术。桐城派"学行程朱"，对伦理道德、圣贤之道比较重视，姚鼐提出的"义理、考据、辞章"中的"义理"便是指程朱理学，也就是文章要宣传中国传统道德及圣贤之道。

清季民国桐城派学人面对衰败、混乱、动荡的社会环境，面对社会上道德堕落、人心衰败、风纪陵夷等种种弊端，更是大力宣传伦理道德的重要性，认为提高伦理道德是挽救衰世的途径。如马其昶在《宣统二年上皇帝疏》中陈述救亡图存的观点时说：

> 立国于天地之间，能传嬗数千年之久，必有其所以存立不敝之道，是曰"国粹"。吾国开化最早，自尧舜至于孔子，文教大备，其递相讲明而为法于天下。后世者无他，亦曰人伦道德而已。君臣、父子、兄弟、夫妇、朋

① 《经济丛编》第一册，1902年。

② 《经济丛编》第一册，1902年。

③ 《经济丛编》第三册，1903年。

友，五者相维系相亲爱而天下治矣。此真所谓“国粹”也。[①]

马其昶将圣贤的人伦道德看作国粹，国粹在才能天下治。其著《桐城耆旧传》，其实就是一部宣传道德伦理之作，其叹“今者风流歇竭”，悼“末俗之陵替”，书中所表彰的“耆旧”都是名宦文儒及忠孝节义之人，皆“特立于一时”。《桐城耆旧传》的写作目的，就是要后人在读此书时以先辈们的嘉行懿德为榜样，从而带来风俗的好转。与此相关，姚永朴辑录的《桐城耆旧言行录》也是“要必以有裨于人心风俗为义”。[②] 另姚永朴曾提出关于编修清史稿体例的具体意见，特别强调列传中“忠义”“孝友”两传不可不立，如若不然，“何以维持世道”。[③] 其撰《春秋左传通论》中有“原君”“原臣”“原民”“尊王”篇，目的就是通过阐发《左传》人伦道德大旨，告诉人们各守其职，规范清末社会秩序。[④] 此外，清季民国桐城派学人的方志著作虽然在体裁体例上有一定创新，但是伦理道德等旧的内容都没有丢弃，如烈女、孝义等，都占较大的篇幅。

圣贤之道、人伦道德都来自经学之教，因此清季民国桐城派学人面对当时社会发出的废除经学等否定中国传统文化的言论，都非常痛心，姚永朴就曾感慨于此议而赋诗曰：

六经大义炳千秋，辛苦儒先继续收。正恐菁英流海外，岂知淫遁出中州。力存诗教真鸣凤，独抱遗编愧土牛。嬴蹶刘颠殊细事，斯文将丧实堪忧。[⑤]

诗中有对废除经学舆论的气愤、对圣贤之道丧失的担忧及坚守经学的意志。这种持守传统道德的思想在他们的历史编纂中也有体现。马其昶辑录《清史儒林传》，将“六经”的兴废与近世的治乱联系起来，认为“新学昌而六经

---

① 马其昶：《宣统二年上皇帝疏》，见《清代诗文集汇编》第 781 册，上海：上海古籍出版社，2011 年，第 274 页。

② 姚永朴：《蜕私轩集》，秋浦锦记书局印刷，1925 年。

③ 姚永朴：《蜕私轩集》，秋浦锦记书局印刷，1925 年。

④ 姚永朴：《春秋左传通论》，清末安徽高等学堂铅印本。

⑤ 姚永朴：《师郑以自题诗史集诗见示时方有废经之议有感于怀依韵和之》，见《蜕私轩集》，秋浦锦记书局印刷，1925 年。

皆废，所谓矫之甚，则弊甚也。夫弊甚之极至于废六经而国不可为矣”。① 吴闿生、赵衡、李景濂、邓毓怡等发起的四存学会及创办的《四存月刊》，也是以宣传孔孟之道及传统道德为旨归，认为“今日列强竞争，道德与艺能并重……尤属当务为急”。② 吴闿生的《尚书大义》、李景濂的《左氏管窥》都是全书连载发表在《四存月刊》上的，《尚书大义》希望“当代豪杰苟能沉潜此书，以深求前世圣贤修身治国之道，而奋起以挽今日衰季之局”。③《左氏管窥》对废除经学之议、舍弃中国传统学术的提议不满。李景濂说：

> 吾国深识远虑之士谓吾国古昔圣贤教泽，为吾国所以独立数千载之至大原因，未可一旦尽弃。即西人之宏达多闻者，亦旦群然目吾为东方大国，思欲研求其文学，谓为义蕴宏深，多哲学专家所未道，尤者至谓吾国不必矜言维新也，但能取其先哲微言而深体力行之，国运当勃兴不可遏。其相与瞻吾国之书，求吾国之师，方甚焉，益兴而未有已。则又何故？岂其说之逞臆，不足据与？抑尚有无用之用，赫然足以存在而不可磨灭者与？如不足据，则今日之经学可废。如尚有，赫然足以存在不可磨灭者。则以今日之西士，方群思力求其所以，然而艰苦为能遽达。吾国自有之粹美，岂可不自宝重而护惜之。④

李景濂认为圣贤之道是中国的国粹，越来越多的外国有识之士开始研究中国传统学术，而中国人自己却视之如敝屣，这是不对的。经学不可废，传统不能丢弃。因为这些对当下都是有用的，所以作者“举往昔圣贤立身行己、经世载物之原，与其宏纲细目，靡不兼综条贯，树之型而作之，则期深入乎全国之人心，以操转移风化之本”。⑤

这里顺便提一下谷钟秀的“道德救亡”思想。谷钟秀 1914 年在上海创办

① 马其昶：《清史儒林传序》，见《清代诗文集汇编》第 781 册，上海：上海古籍出版社，2011 年，第 262 页。

② 《四存学会呈立案文》，载《四存月刊》第一册，1920 年。

③ 吴闿生：《尚书大义》，见《民国时期经学丛书》第二辑第二十九册，台中：文听阁图书有限公司，2008 年。

④ 李景濂：《左氏管窥・序》，载《四存月刊》，1921 年第 1 期。

⑤ 李景濂：《左氏管窥・序》，载《四存月刊》，1921 年第 1 期。

《正谊杂志》，所谓“正谊”，出自董仲舒所说“正其谊不谋其利，明其道不计其功”。以此杂志为阵地，他提出了“道德救亡”的思想。面对民国初年政治上的混乱，谷钟秀认为“政治窳败又不得不归本于道德”，他提出建议：“对于政府，希望其开诚心，布公道，刷新政治，纳入共和立宪之轨道；对于人民，希望其发展政治上之知识，并培育道德，渐移易今日之不良社会。”[①]此处的道德是与传统伦理道德稍有区别的，是旧道德向新道德过渡期间的一种摸索。这种思想在桐城派学人中并不多见。

总的来说，宣传伦理道德，以道德救亡，与以进化史观为指导，激发人们救亡图存并不相悖，它们是历史编纂宗旨的两个方面。虽然表面看起来，一个进化一个复古，实际上并不存在矛盾。在救亡图存上，清季民国桐城派学人持中体西用的观点，认为人伦道德、圣贤之道是中国之本，是国粹，不能丢弃，西方科技即是“艺”，要在不忘根本的基础上重艺，只有将二者结合起来，中国才能摆脱困境。

二、重视历史考据

桐城派学人虽然推崇程朱义理，但是也不排斥考据，桐城派集大成者姚鼐曾称：“尝论学问之事有三端焉，曰：义理也，考证也，文章也。是三者，苟善用之，则皆足以相济；苟不善用之，则或至于相害。”[②]主张将“义理、考据、辞章”三者很好地结合起来，这也成为后来桐城派学者所坚守的一种治学观念。姚永朴称：“守汉儒之训诂名物，而无取专己守残。宗宋儒之义理，而力戒武断。操斯术也以往，其于圣人之意，虽不中或不远欤。”[③]他们在治史的过程中，十分重视历史考据。这种思想其实也是史学求真的一种体现和途径。

就内容而言，历史考据可以大致分为史实的考证和历史文献的考证，二者有密切的联系。史实的考证，包括核查以断定历史事件、历史人物，以及历史上社会制度、社会生活、社会文化等一切历史的实际状况。以上各项均涉

---

① 谷钟秀：《〈正谊杂志〉发刊词》，载《正谊杂志》第一卷第一号，1914 年。

② 姚鼐：《述庵文钞序》，见贾文昭编著：《桐城派文论选》，北京：中华书局，2008 年，第 91 页。

③ 姚永朴：《蜕私轩读经记·序》，见《蜕私轩集》，秋浦锦记书局印刷，1925 年。

及具体研究对象的时间、地点、具体情节。历史文献的考证，包括对文字形式的所有史料之形成背景、名义真伪、内容情节、可信程度等的考订判断，如《古文尚书》的真伪、《左传》的作者、《史记》的史料来源、《清实录》的可信度问题，等等。史实的考据与历史文献的考据不是相互孤立的，在比较复杂的历史考据中，往往同时进行。但就考据的具体目的来说，则有厘清史实与判别文献的不同。[①]

关于史实的考证，如前文已提及尚秉和《历代社会风俗事物考》、马其昶《桐城耆旧传》二书，尤其是《历代社会风俗事物考》一书中通过引用大量的文献来考证历代风俗，实际上也就是一部史实考证的专著。此外，清季民国桐城派学人于经学，尤其如治《尚书》《礼记》这类亦经亦史之书，其中有关史实考证非常多，马其昶、姚永朴、吴闿生分别著有《尚书谊诂》《尚书谊略》《尚书大义》，三书是对《今文尚书》二十八篇的注释，涉及很多史实的考证。[②] 姚永朴在《尚书谊略》书后的"叙录"中说："吾家惜抱先生论学谓义理、词章、考据三者必兼备。永朴治经窃本斯义。"[③]

关于历史文献的考证，清季民国桐城派学人也是颇有成就的。姚永朴《尚书谊略》、马其昶《尚书谊诂》及吴闿生《尚书大义》三书，书后都有对《古文尚书》《今文尚书》的一些文献考证。如《尚书谊略》书后的一卷"叙录"，姚永朴汇集了各家对《尚书》的体例、《尚书》删定授受源流的认识和看法，以及各家论书序当信、论书序可疑、书序折中之论、论《古文尚书》可疑、论《古文尚书》当信、《古文尚书》折中之论、论姚方兴二十八字、论旧题孔传等。马其昶在《尚书谊诂》中有《今文尚书源流》《古文尚书源流》两篇考证性文章，吴闿生《尚书大义》后附《古文伪书考》《书序考证》等。

在清季民国桐城派学人中，历史考据成就最大的当数高步瀛，其考据曾

---

① 乔治忠：《中国历史考据学的发展》，见陈祖武主编：《从考古到史学研究之路——尹达先生百年诞辰纪念文集》，昆明：云南人民出版社，2007 年。

② 姚永朴：《尚书谊略》，见《续修四库全书 · 经部》第 53 册，上海：上海古籍出版社，1996 年。该册中也收录了马其昶的《尚书谊诂》。吴闿生：《尚书大义》，见《民国时期经学丛书》第二辑第二十九册，台中：文听阁图书有限公司，2008 年。

③ 姚永朴：《尚书谊略 · 叙录》，见《续修四库全书 · 经部》第 53 册，上海：上海古籍出版社，1996 年，第 445 页。

被日本学者称为当时中国学术三绝之一。《史记别录》是高步瀛对《史记》一书进行历史考据的专著，国家图书馆现藏有两种版本的《史记别录》，一是京师大学校版本，一是中国大学版本。[①] 京师大学校版本的《史记别录》重点是对《史记》中出现的地理名词的考证，而中国大学版本的《史记别录》考证的范围则要宽得多，总的来说是对京师大学校版本的补充，其有对事件、地点、人物等的考证。如中国大学版本中的《高祖本纪》，高步瀛分别对“姓刘氏”“字季”“为泗水亭长”“酒雠数倍”“逾城保刘季”“祭蚩尤于沛庭”“襄侯王陵”“高五侯鳃”“与父老约法三章”“楚汉相持”“汉高年岁”等进行了考证。另外，该书还有专门对司马迁及《史记》一书相关问题的考证，如《史记》的“名称”“全书提要及亡关”“司马迁作史年月”“司马迁生卒年岁”“《史记》起讫年岁”及“全书字数”等。可见该书中既有史实的考证，又有历史文献的考证，且二者交融在一起。高步瀛历史考证的方式是标举众家之说，然后作出推断或总结，如他对《史记·封禅书》中出现的“凡山”一地的考证即是如此：

封禅书曰岐伯令黄帝封东泰山、禅凡山(《汉书·郊祀志》同)。《集解》引徐广曰“凡”一作“丸”;《汉书·地理志·琅琊郡朱虚县》,原注曰凡山丹水所出(《集解》引作“丸山”);《水经·巨洋水》,郦注曰其水北流经朱虚县故城西;《地理风俗记》曰丹水在西南(杨守敬《水经注图》绘丹山在朱虚故城北,与成氏《史汉骈枝说》合,见下)。丹水所出东入海,丹水由朱虚丘阜矣,故言朱虚城西有坂远峻,名为破车砚城,东北二十里有丹山,世谓之凡山,县在西南,非山也。丹、凡字相类音,从字变也。丹水有二源,各导一山,世谓之东西丹水也。西丹水,自凡山北流经剧县故城东,东单水注之;《太平寰宇记》曰,河南道青州益郡都县凡山。《郡国志》

① 《史记别录》国家图书馆现藏有两册，两种版本，一册为京师大学校的讲义，石印本，页面左下角注明“京师大学校师范部”，该书由“京大文科印刷所印”，无具体出版年月，封面有“史记别录·高步瀛先生讲”字样。1927 年 8 月，在张作霖的统治下，取消了北京大学，将北京的九所国立高等学校合并成立“京师大学校”。1928 年 6 月，蒋介石北伐成功，张作霖倒台，京师大学校也就消失了。因此该书出版时间应为 1927 年 8 月至 1928 年 6 月之间。还有一册是中国大学的讲义，铅印本，无出版者及出版年月，封面有“中大讲义·史记别录·峻忱题”字样。这两本书虽书名相同，但内容上差异较大。

云黄帝封泰山、禅凡山，合府得不死药，即此山；于钦《齐乘》曰凡山在临朐东北三十里，朱虚县有丹山，一名凡山，黄帝所禅又名尧山，下带长坡曰破车砚，东西二丹水出焉。此山西接灵山，东连方山，遥见穹崇。近则卑小，上古之时为濒海之山，后渐去海远耳，俗名几山，盖凡字讹也……《明统志》曰山东青州府丸山，在临朐县东北四十里一名丹山。《方舆纪要》谓在县东北三十里一名丸，丸或讹为丸山，俗谓之丹山。钱坫谓在县东北四十里；《清统志》曰青州府纪山在昌乐县西南五十里，接临朐县界，即古丹山西，丹河发源于此。府志纪山在临朐东北五十里；梁玉绳《史记志疑》曰，"凡"乃古"丸"字也。凡字中从一正义殊欠分明（案《说文》丸字从反，变为隶，当作凡。与凡字从二，从古文及者，迥乎不同，故云然）。成儒《史汉骈枝》曰丸山正义，据地志定作凡是也。唯云地志唯有凡山，此则唐本汉志之误。《集解》引地理志称裴氏所见本作丸，可据以正唐以后诸本之误。徐坚《初学记》九引史记作恒山，丸、桓因同，据此知唐本史记作丸而不作凡正，与正义合。骊善长谓丹、丸字相类音，从字变。古今音皆丹、丸相近，其读丹近凡者，偏隅之俗音耳，不足取证。郦氏又据《风俗记》谓丹水由朱虚丘阜括地志，朱虚故城在临朐县东六十里（《吕后本纪》正义引），以今舆地案之，丹水所出山在朱虚故城西北。则《风俗记》丹山在西南，"南"当为"北"字之讹。丹水东北流不得转向南，由朱虚矣。据《正义》引括地理志谓丸山在朱虚故县西北二十里，则郦注城东北二十里，有丹山之说亦误。路《史后纪注》引十道志沂山县之沂山也，又云或东泰山即沂山，沂山之雕崖山水经谓之艾山（《沂水篇》），东泰山亦称泰山（卷二十六《汶水篇》），郦注谓之东小泰山皆于丸山无涉，又凡之误也，此山当如应劭说。案：成氏订《巨洋水注》引《风俗记》西南当做西北之误，其说是也。其据《集解》订地理志凡山之作丸山，与王氏说正相反（如王说则《集解》丸山亦当做凡山），二者未知孰是（成引《初学记》可以证《史记》，亦未能订《汉书》）。要之丸、凡形相近，丹、凡音相近，故易讹耳。昌乐临朐今隶属胶东道。[①]

① 高步瀛：《史记别录》，中国大学讲义，民国铅印本。

上文关于"凡山"的考证，总共征引了十六种典籍，汇集了历代典籍关于此山的各种说法，考证了其与"丹山""丸山"的关联及山的具体地理位置。高步瀛在众家之说中认同《风俗记》的看法，认为《史记》中所提的"凡山"位于朱虚故城西北，此城毗邻今隶属于胶东道的临朐县。因为音、形的相近，"凡山"与"丹山""丸山"，容易讹误。

总的来看，清季民国桐城派学人的历史考据依旧是一种传统的考据学，与 20 世纪 20 年代兴起的新历史考据学有所区别，他们主要依靠历代文献来进行考证。20 世纪，随着近代考古学的不断发展，殷墟甲骨、金石器物、汉晋木简、敦煌石室遗书的发现等，历史考据也不再仅仅局限于文献，而是将历史文献与历史文物结合起来，如王国维所提的"二重证据法"。高步瀛虽然自己没有运用这种方法，但是对这种新的历史考据学是非常支持的，《史记别录》就有引用王国维的观点，如在对"司马迁生卒年岁"考证时，高步瀛征引了王国维的《太史公系年考略》对司马迁生年的考证，并在最后按语中称"王静安此考最博最精，史迁生年当依此说定为景帝中五年"。

三、追求文字雅洁

历史文字表述，即"史文"，与"史事""史义"相对而言，是以语言文字为载体和表达工具，借助于语言来说明历史，是历史著作构成的一个要素，中国古代史学向来有重视史文的传统。姚永朴在《史学研究法》"史文"篇中开篇即说："孔子曰：'言之无文，行而不远。'况史也者，尤为经国之大业，不朽之盛事，使无文以张之，何以广见闻而新耳目乎？"[①]他还举过一个例子："昔方望溪（苞）尝叹南人盛文藻，事迹易于流传，北人重质行，而不蕲名，奇节伟行之存于世者，辄不过十之二三，然则罔罗天下放失旧闻，是不能不望于世之蓄道德能文章者矣。"[②]吴闿生也说："学问之道莫不有赖于文，而史为尤甚。孔子曰：'文胜质则史。'史之必泽于文也久矣。"[③]此处姚永朴、吴闿生所说的都是

---

① 姚永朴：《史学研究法》，见《姚永朴文史讲义》，南京：凤凰出版社，2008 年，第 153 页。

② 姚永朴：《史学研究法》，见《姚永朴文史讲义》，南京：凤凰出版社，2008 年，第 145 页。

③ 吴闿生：《辛壬春秋序》，见尚秉和：《辛壬春秋》，北京：中国书店，影印本，2010 年，第 2 页。

文章的重要性，他们认为历史的流传需要依靠文章，文之于史是有着重要作用的，史文之于史学著作是有影响的。

清季民国桐城派学人在史学实践中都非常重视史文，这与桐城派本身即以文著称有关，他们在史文上的最大特点是用雅洁的古文来写作。处在白话文渐成时代大潮流的环境下，很多桐城派学人在面临各种压力之下继续以雅洁的古文写作来维系古文的传统。雅洁是桐城派始祖之一的方苞提出的，它贯穿整个桐城派，影响深远。所谓雅洁，有学者称“即既关涉于文章的思想内容，也关涉于文章的篇章结构、语言等艺术形式。从前者来说，就是要求思想情感雅正，即‘思无邪’、情中和，如此才能‘雅’，才能‘洁’，这是源自于儒家‘义理’的必然要求；从后者来说，就是要求文章结构和语言精当简洁，文辞雅驯”。[①] 吴孟复先生认为“所谓‘洁’者，不仅在于语句简练，不说废话；更重要的是摆落庸俗，不说假话、大话”。[②] 此处所指的雅洁，是指桐城派学人在历史著作中语言文字表述上的高雅、准确、详略得当、叙事翔实却不拖拉枝蔓。

清季民国桐城派学人常将《左传》《史记》《汉书》《新五代史》等古代有名史书的文辞作为他们模仿的对象，尤其是对《史记》《汉书》非常推崇，所以形成“取迁、固之遗法”的文字表述特点。“迁、固之遗法”，就是《史记》《汉书》的文辞特点，“直而事核”“赡而事详”，即直率而叙事准确或文辞华美而叙事详尽，这其中包括了文辞的繁简、曲直、古今等问题。如马其昶在《桐城耆旧传》序中称：“余维传记之作，蔚然成一家言者。必窃取迁、固之遗法，本末翔实，而一归诸雅驯。”[③]别人赞“大著叙事雅赡，有法度，论赞神致渊永，往往胜绝……又无不各肖其人平生气象以出”。[④] 该书不仅文辞高雅、详略得当，而且写人物翔实，栩栩如生、形象生动。尚秉和曾阅读前四史、《五代史》数年，因此他“于班、马、韩、欧，叙事虚实，详略简括，微眇之旨，略得于心。而叹晋、

① 梅向东、李波编著：《桐城派学术文化》，合肥：合肥工业大学出版社，2011 年，第 120 页。

② 吴孟复：《桐城文派述论》，合肥：安徽教育出版社，2001 年，174 页。

③ 马其昶著，毛伯舟点注：《桐城耆旧传》，合肥：黄山书社，1990 年，第 2 页。

④ 毛庆蕃：《桐城耆旧传・题辞》，见马其昶著，毛伯舟点注：《桐城耆旧传》，合肥：黄山书社，1990 年。

唐以来史传，其叙述每与其人之精神，不能相称。后，昌黎能之矣，而不作史。欧阳能之矣，而于《新唐书》，只作志不作传。只《新五代史》为一手所成，班马遗法，赖以复明”。[①] 待其著《辛壬春秋》时，也是力求在史文上有所突破，于叙事、详略、微旨之处希望能做到“班马遗法”。吴闿生夸赞该书，称“其文章意气，殆欲与左史班范相争衡”。[②] 这些叙事、详略、微旨等，不管怎样，最后都可归诸雅洁这一点。刘乃晟和常堉璋的《中国历史课本》、谷钟秀的《中华民国开国史》及贾恩绂的方志编纂等，在文辞上都是非常重视雅洁的。《中国历史课本》用十余万字叙述了中国几千年的历史，《中华民国开国史》也是以几万之言叙述了民国开国两年的历史，两书文辞高雅且简练紧凑。贾恩绂不满“载籍中之踳驳芜杂以方志为最甚，而文词之鄙倍尤其后焉”[③]，因此他在编纂方志时追求“篇各成文……丝连强贯，力避档簿之讥”。[④] 这些在前文都已分别阐述过，此处不再赘述。

清季民国桐城派学人用雅洁的古文来写作，雅洁不一定就代表深奥难懂，实际上桐城派学人的著作高雅却又比较易懂，易于阅读和传播。历史文字表述，用今天的专业术语称之为“历史文学”，白寿彝先生对此相当重视，将其视作史学的一个重要遗产，是史学史研究的一个重要对象，认为史学工作者是需要具备一定文学修养的，这样能写出好的可看的历史作品，推动史学研究和历史教育的发展。[⑤]

从以上所介绍的清季民国桐城派学人的历史编纂特点来看，求真致用的编纂宗旨、重视历史考据、重视文字表述的雅洁，正好迎合了姚鼐所提出的“义理、考据、辞章”三者相结合的学术观点。姚永朴曾将“义理、考据、辞章”

---

① 尚秉和：《周易尚氏学·滋溪老人传》，北京：中华书局，1980 年，第 357 页。

② 吴闿生：《辛壬春秋序》，见尚秉和：《辛壬春秋》，北京：中国书店，影印本，2010 年，第 3 页。

③ 贾恩绂：《南宫县志·序》，见《中国地方志集成·河北府县志辑》第 69 册，上海：上海书店出版社，成都：巴蜀书社，南京：江苏古籍出版社，2006 年，第 1 页。

④ 贾恩绂：《南宫县志·序》，见《中国地方志集成·河北府县志辑》第 69 册，上海：上海书店出版社，成都：巴蜀书社，南京：江苏古籍出版社，2006 年，第 1 页。

⑤ 白寿彝：《谈历史文学》，见《中国史学史论集》，北京：中华书局，2001 年，第 507～521 页。

与史学联系起来，称：

> 昔刘子元谓作史必具三长，曰才，曰学，曰识。窃谓识者义理也，学者考据也，才者辞章也。无义理则识偏，无考据则学疏，无辞章则才陋。三者皆史家之所忌，而就中识尤为本。①

这种看法的确是有一定道理的。从这方面来看，求真致用的宗旨又可看作史识，重考据可看作史学，重视文字表述的雅洁可看作史才。清季民国桐城派学人虽然不是每个人的史学都能称上史学“三长”皆具备，但是都是朝着这个方向去努力的。

四、注重历史评论

历史评论，是指以一定的历史观为指导对历史人物、历史事件等重大历史问题进行分析和评论。清季民国桐城派学人在历史评论方面比较有特色，在他们的史学、文学、经学等著作中，处处充满着历史评论，尚秉和《辛壬春秋》中的“论曰”，马其昶《桐城耆旧传》中的“马其昶曰”，经学作品、文学作品中的各种按语，等等，通过这些可以窥探他们的史学思想。

清季民国桐城派学人的历史评论不仅散见于各种类型的学术著作中，而且他们的文集中也常常有专门的历史评论性文章，如马其昶《抱润轩文集》中有《荀卿论》《李泌论》《卢杞论》《唐藩镇论》，姚永概《慎宜轩文集》中有《商鞅论》，吴闿生《北江先生文集》中有《变法论》《梁武帝论》《论战国游侠》，王振尧文集中有《陆抗论》《南宋论》，籍忠寅《困斋文集》中有《汉武帝论》《宇文融杨炎论》《诸葛亮王猛合论》，赵衡文集中有《京房论》《秦论》，等等。另在吴闿生编辑的《吴门弟子集》中收录有贾恩绂的《柳子厚论》，韩德铭的《宋太祖变兵制论》《王荆公新法论》《论元史官制》《宋儒道学论》等。此外，还有他们读史书后所写的读后感之类的文章，虽然没有直接表明“论”，但是都是评论性的，如《书史记赵世家后》、《读史记仲尼弟子传》、《读史记货殖列传》、《读汉书何

① 姚永朴：《与清史馆论修史书》，见《蜕私轩集》，秋浦锦记书局印刷，1925年。

并传》、《读汉书艺文志》、《书新史唐本纪后》（"新史"指欧阳修《新五代史》）等。[①] 由此可见，对历史人物和历史事件的评论是清季民国桐城派学人历史评论的重点，而人物和事件往往是交织在一起的。这些评论大都从历史人物所经历的一些事情出发，从各个方面来进行评价，从中不难窥见他们评价历史人物的立场和观点。总的来看，清季民国桐城派学人的历史评论有两个特点：

第一，道德与事功并重。历史人物评论是清季民国桐城派学人历史评论中最重要的一种。他们对历史人物的评论常常以儒家伦理道德为标准。马其昶《桐城耆旧传》中对历史人物的评论便是一个典型代表。赵衡文集中的《书新史死节传后》一文，作者提到"死节传为王彦章作也，彦章书像记欧公之推崇之者不遗余力，余独念自古谓忠臣义士多出于乱世而怪五代之可称者何少，仅有之矣"，对王彦章之行为大加表彰。[②] 但是处于清季民国这样内忧外患的时代背景之下，面临着国家在世界激烈竞争中日益衰败的情境，他们也看到了道德之外的力量。因此他们在评价历史人物时并不仅仅以道德来衡量，还注重事功。如在清季民国桐城派学人的文集中有很多对商鞅的评论，基本上都是围绕商鞅变法来评论商鞅其人，而他们的评论几乎都是持肯定的观点。如姚永概文集中第一篇文章就是《商鞅论》，他称：

> 商君之治秦，为儒者所羞道，后世难言之。然吾观其时，朝无幸位，野无游民，贵不下厌功，必上闻，故开关而战诸侯，崩角闭关而耕禾粟。穰熟且其令民也。勇公怯私大义昭也。同室内息有禁，羞恶明也。平斗桶权衡丈尺奸侩绝也。是以身虽车裂名声大污，其法行于秦，更历数君，卒莫之变，终以混一区宇为始皇资。[③]

可见，姚永概对商鞅是持肯定态度的，因为他通过变法使秦国有了很大的发展，于外，战胜诸侯统一天下；于内，上下井然有序。因此，变法是很成功

---

① 吴闿生：《吴门弟子集》，莲池书社刊行，1930 年。

② 赵衡：《序异斋文集》，天津徐氏刻本，1932 年。王彦章（863 — 923），字贤明，五代时后梁名将，为后唐李存勖所擒，宁死不屈，被斩首。

③ 姚永概：《慎宜轩文集》，1916 年铅印本。

的。王振尧的文集中有两篇《读史记商君传书后》，都是对商鞅变法的肯定。其中一篇文章提到有些人认为商鞅变法以严厉酷刑破坏了先王之法，但他不这样认为。他觉得“天下之大患，莫大于不量时事之缓急而徒务”，也就是要因时而为，商鞅所生活的战国时代，“诈力相尚，小民窳惰，偷生游手无赖者，不知凡几，其所为井田封建礼乐行政之具扫地尽矣”，于那样的时代讲求先王之法，是不合时宜的，只有商鞅“尚刑”才可以成功。[①] 二人都一致地将商鞅变法与王安石变法作了比较，一成一败之明显对比，他们感情的天平倾向于商鞅，姚永概说：“吾独怪夫王安石者，诵周孔之书，怀三代之心，一旦得君乘，执行其所学，天下纷然不便。”[②]清季民国桐城派学人这种重事功的历史评论思想与以道德为标准的思想是并行不悖的，重道德依旧是他们最看重的，是他们心灵价值的港湾，而特殊的时代背景促使他们认识到事功对于国家富强的重要性。

第二，以借古鉴今为目的。清季民国桐城派学人的历史评论并不是真正要去论古，而是为了当下。如上文提到的王振尧评价商鞅，其实也是联系时代背景而发。其文应写于清末，联系清末的时代背景，他的评论就不难理解，是希望能有如商鞅那样的人物来领导中国变法以摆脱困境，走上富强，“诚使当今之时，复有如商鞅者出颇常而除故，雷厉风行，举所谓甘能杜挚诸言令不便者尽歼而空之，吾知二千年束之苦，可以一朝脱矣”。[③] 又如对于清末中日甲午战争中的求和避战政策，很多人责怪李鸿章，但是桐城派学人大都对此抱理解、同情的态度。如《吴门弟子集》中载有安翰卿《读金史交聘表》一文，文中称：

> 乌乎！自宋金以来，天下皆以和为病矣。迹其屈身请成，率以秦桧为罪首，同之目 为奸人，异之目为忠义。故持战之说者以复仇为心，不恤国之败亡，千言牢结以忠义归之。其持和之说者身披恶名，万夫指目如枭獍之不可同群而出，胯下者之不容于市也。嗟嗟！敌如是，其可畏

---

① 王振尧著，吴闿生整理：《读史记商君传书后》，见《王古愚先生遗集》，1926年家刻本。

② 姚永概：《慎宜轩文集》，1916年铅印本。

③ 王振尧著，吴闿生整理：《读史记商君传书后》，见《王古愚先生遗集》，1926年家刻本。

也，不务为自全之计，而欲徒以詈辱威之。盖未有不噬身者矣。[①]

安翰卿读《金史交聘表》而发评论，这里“交聘”也就是交往的意思，作者有感于宋金的交往，认为二国的和议给宋朝带了和平与发展，是应该被肯定的。此外，王振尧在《南宋论》一文中借对南宋以求和谋发展不失为良策的评论，认为忍一时之辱以换来让百姓安宁、国家和平这并没有错。这两篇文章同样都是借古论今，为李鸿章作辩护的。

① 吴闿生：《吴门弟子集》，莲池书社刊行，1930年。安文澜，字翰卿，直隶定州人，进士出身，曾任山西知县。

结　语

桐城派作为一个学术流派，史学一直是其一个重要的组成部分。从“桐城四祖”到吴门弟子，在桐城派几百年的发展过程中，史学家和史学造诣精深的学人不在少数。到了清季民国时期，随着民族危机的加深，传统学术中经学、史学二者的地位开始发生变化，前者从学术中心滑向边缘，后者则走向中心，桐城派学人也因此更加自觉地重视史学。清季民国桐城派学人中不仅涉足史学的人数较多，如马其昶、姚永朴、姚永概、李景濂、谷钟秀、尚秉和、高步瀛、吴闿生、常堉璋、刘乃晟、邓毓怡、贾恩绂、傅增湘、梁建章、弓汝恒、王振尧、赵衡等，而且他们于史学各个领域均有一定的作为，编纂有由政府组织的一国之史，有一方之史的方志，有一人之史的传记，有记载亲身经历的当代史，有贯通古今的中国通史，有开眼看天下的世界史，甚至有总结史学理论的著作，等等。纵观清季民国桐城派学人这一系列的史学活动，会发现他们的史学带有过渡时代的印痕，既有受新史学影响而作出的改变，同时又保留着某些传统史学的因素。

桐城派自开创起，就不是一个故步自封的派别，其能延续两百余年，是因为“有所变而后大”，因为能兼收并蓄。桐城派在发展的每一个阶段，都有作出适应时代发展的努力。如姚鼐在乾嘉考据兴盛的时代，为了能调和汉宋之间的矛盾，在继承方苞“学行程朱”的基础上提出“义理、考据、辞章”。姚鼐弟子梅曾亮在嘉道之际，面临社会的巨大变化，提出为文之道“莫大乎因时”。曾国藩以政治家的身份改造桐城派，他于姚鼐“义理、辞章、考据”基础之上又加“经济”，并针对桐城派文孱弱狭小、没有气势之弊端，提倡雄奇瑰玮之风格。中日甲午战争之后，因为民族危机的进一步加深与化雅为俗的新文体的孕育，吴汝纶重提方苞、姚鼐为文雅洁之传统，以抵抗对古文的冲击。如此种种，可以看出桐城派“变”的传统。吴汝纶逝世之后，吴门弟子一方面继承师说，积极倡导雅洁之文，另一方面在时代的影响下，将治学的重点由经学转向史学。

20世纪初，中国史学开始发生转型，由梁启超提出的“新史学”引导了史学界的革命，中国传统史学逐渐向近代史学过渡。“新史学”不论是在史学功用、史观、史书体裁、史学内容上，还是在史学语言上，都与中国传统史学有着很大的区别。于史学功用方面，新史学宣传的是要探求人类的公理公例，而不是资政和教化。新史学在史观上倡导进化史观，否定传统的循环史观。在体裁上不再是传统的纪传体、编年体之类，而是章节体。在内容上否定、抛弃帝王将相的历史，即上层的政治史，而重视全面反映社会的整体史。从这几个方面来比照清季民国桐城派学人的史学，或是以简单的新旧史学二元划分，会无法定位桐城派史学，因为它既不是传统史学，又不完全是新史学。

在史学功用上，传统史学基于维护政治统治的需要，特别重视宣传道德教化，这也是正史、方志中那些忠义传、烈女传为什么存在的原因。桐城派学人的史学显然在很大程度上保留着这一传统特色。虽然清季民国桐城派学人的眼界开阔，思想开放，但是毕竟从传统的教育中走来，很多传统的东西不可能一下子剔除。加之桐城派向来重视“义理”，所以对道德非常看重。清季民国桐城派学人参与《清史稿》的编修及方志、人物传记的编纂，都依旧有宣传传统道德的目的。如姚永朴认为《清史稿》必须列“孝义传”，马其昶《桐城耆旧传》“悼末俗之陵替”，其他学人的方志编纂都普遍重视道德教化。不过在桐城派学人那里，重视史学道德教化功用与探讨人类公理公例的目标也并不是矛盾的，这在书中已经作了说明。

在史观上，受吴汝纶和严复的影响，清季民国桐城派学人都能接受进化史观，且自觉以此为指导，这是因为进化史观能与民族救亡联系起来，能激发国人的爱国之心，这是为提倡经世致用的桐城派学人所看重的。谷钟秀的《中华民国开国史》，常堉璋、刘乃晟的《中国历史课本》，姚永朴的《史事举要》，都是在进化史观指导下编撰而成的。他们编撰的教科书体中国通史，将中国历史分成几个阶段来分别叙述，且略古详今；当代史的编纂也会按时间先后顺序来阐述。在具体涉及一些历史问题或现象时，会用到进化史观来分析。应该说，进化史观在桐城派学人那里已被广泛接受。从这点来看，桐城派学人无疑是进步的。

在史学内容上，桐城派学人不能一下子接受新史学对传统史学的批判，他们认为帝王将相的历史是符合中国历史的，所以不论是中国通史教科书的编纂，还是民国史的编纂，无一例外都是上层政治史，对于新史学提倡的下层民众的历史没有关注。不过随着新史学的深入人心，到20世纪30年代，尚秉和编撰的《历代社会风俗事物考》发生转变，开始批评传统史学只关注政治得失、典章制度等大的方面记载，而忽略了风俗的演变、事物的沿革的做法。此时的桐城派学人依旧在随着时代的发展而变化。

在史书体裁上，以章节体为体裁的新史学，在桐城派学人那里没有被广泛接受和运用，除谷钟秀的《中华民国开国史》及姚永朴后来所编的《白话史》运用了章节体外，其他的都还算不上是新体裁。但是与传统史学体裁相比，又有一些不同，典型的如尚秉和《辛壬春秋》的体裁体例，是一种将章节体和中国传统纪事本末体相结合且加以发挥的新体裁。

在史学语言上，虽然新史学没有明确提出史学语言该如何，但是从清末就已兴起的提倡化雅为俗的俚语写作及至后来废除古文全面推行白话文的新文化运动，使得那一时代的史学语言自然也是以“俗”为主。虽然面临着时代的冲击，但是桐城派学人依旧坚持用古文写作，且追求雅洁。桐城派学人的史学著作雅洁而不晦涩难懂，大都是上乘之文。只是在白话文流行的时代，古文写得再好也是不入流的。

概而言之，桐城派史学有着新旧结合的特点。这里所谓的“新”和“旧”，依旧是以当下的价值标准来判断的。今天再回首过往，传统中一些“旧”的东西也并不“坏”，相反，值得我们去重新挖掘和重视。清季民国桐城派史学虽然不是完全迎合“新史学”，甚至有很明显的传统史学的印痕，但是这不是我们忽视它的理由。可以说，清季民国桐城派史学于那个时代是有一定影响的，是曾引起过一定关注的，然而在当下的学术史研究中却很少被提及。这是因为：一方面，长期以来桐城派是作为一个文派而彰显的，其较大的成就主要体现在文学方面，人们提起桐城派较多地关注桐城古文派或桐城散文派，这样就会无形中弱化了对桐城派其他方面的关注。到了清季民国，桐城派又先后受到刘师培、章太炎、陈独秀、胡适等人的抨击，成为“旧道德”“旧文学”的靶子，其文学成就被全部抹杀，更遑论其史学了。另一方面，中国近代史学的演变极其剧烈，从梁启超打出“新史学”的旗号后，一路求新求变，新史学家也不断出现，而桐城派背负着“桐城谬种”的骂名，是保守、落后的代名词，使得每以新旧论学、进新而退旧的近代学术史研究常常自动屏蔽这一群体。而且在近代学术史研究中也存在着简单的二元划分，非新即旧，而往往忽略了像桐城派这样将“新”“旧”结合于一体的派别或是个人的存在。正如上文所说，清季民国桐城派学人并不是后人想象中的遗老顽固，他们也在随着时代的变化而变化，只是他们的变化赶不上时代急剧变化的步伐罢了。

近代以来，实属数千年未有之大变局，就史学演变而言，历经三次革命：“第一次史学革命是以梁启超(1873—1929)的《新史学》为主，它的重心是重新厘定‘什么是历史’；第二次革命是以胡适(1891—1962)所提倡的整理国故运动及傅斯年(1896—1950)在‘中研院’历史语言研究所所开展的事业为主，重心是‘如何研究历史’；第三次革命是马克思主义史学的勃兴，重心是‘怎样解释历史’。”[①]这些新的思想、新的理念，对于像桐城派这些很多清朝的举人、进士，受过根深蒂固的传统教育的人来说，思想即使再开放，恐怕也是难以马上消受的。他们不能接受对传统史学的全盘否定，对新史料、新方法、新工具关注也不够。他们没有完全接受新史学，但这不代表他们的作品就无意义和无价值。可以说，桐城派学人在传统史学向近代史学转型的过程中，也扮演着一种过渡者的角色，他们的努力也推动与促进了传统史学的近代化，是有一定贡献的。

相对于近代史学大家来说，桐城派学人在清季民国更多的是一种治学上的边缘人物，或者说是非主流人物，但他们恰恰是处于由传统史学走向现代史学的过渡时代。治史必须先因而后创，“旧”史学把握越到位，“新”史学才能更有实效，并不能一味趋时图新。换言之，只有客观而完整地把握新旧史

① 王汎森：《近代中国的史家与史学》，上海：复旦大学出版社，2010年，第2页。

学的嬗变，才能更好地建设新史学。对此，桑兵先生认为近代学术具有“清学纠结”，这实际上折射出中外文化冲突中遭遇的困境，“重新寻求中国学术文化的本相，关乎在新的历史时代所能担当的责任及作为。如果清代确是古学复兴的时代，则重写清代以来四百年的学术发展史以承继大道正途，与重新认识中国的学术文化及其近代转型相辅相成”。[①] 事实上，我们不仅需要对外来学说的输入进行重新审视，还需要对传统学术的演变作更为精细的梳理。而研究桐城派史学在近代的遭遇有助于理解上述问题。

清季民国桐城派史学真实地存在于那个时代的学术谱系之中，不应被忽视、被遗漏，我们需要对历史潜流之下的像桐城派这样亦新亦旧、处于半新半旧之间的史学给予重视。当我们今天重新审视桐城派的史学著作及思想时，不仅在于梳理史学的优秀遗产，还在于观察在近代剧变中传统史学向现代史学的转型过程。从对传统的离异与回归中，我们发现传统告别不了，割舍不断，作为当今文化滋养的脐带而深深地植根于千年的文明历程之中。

桐城派走入近代，也走进了自己的结局。以吴门弟子为代表的清季民国桐城派学人历经时代的沧桑，在不可逆转的时代潮流中，见证了桐城派一步步衰亡，虽不能力挽狂澜，但仍用积极的努力坚守着桐城派。桐城派最终在历史的舞台上谢幕了，似乎这不是最终的结果。多少年过去了，当人们追忆桐城派时，依稀还能找到桐城派的家法在一些当代学者身上的延续，如朱光潜、黄寿祺、程金造、于省吾、马茂元、吴孟复等。而且对于桐城派，这样一个留给后人丰富文化遗产的学术派别，人们的思考还一直在延续。我们要做到古为今用，挖掘桐城派中有益于今天社会发展的元素，想必这也是桐城先贤们所希望看到的。

---

① 桑兵：《近代学术的清学纠结——本期专栏解说》，载《中山大学学报》，2010年第6期，第75页。

主要参考文献

（一）桐城派学人著作

[1] 戴名世:《潜虚先生文集》,见《清代诗文集汇编》第 185 册,上海古籍出版社 2010 年版。

[2] 方苞著,刘季高校点:《方苞集》,上海古籍出版社 1983 年版。

[3] 刘大櫆著,吴孟复标点:《刘大櫆集》,上海古籍出版社 1990 年版。

[4] 姚鼐:《惜抱轩文集》,见《清代诗文集汇编》第 377 册,上海古籍出版社 2010 年版。

[5] 吴汝纶撰,施培毅、徐寿凯校点:《吴汝纶全集》,黄山书社 2002 年版。

[6] 马其昶:《抱润轩文集》,1923 年京师刻本。

[7] 马其昶撰,马茂元编次:《定本庄子故》,黄山书社 1989 年版。

[8] 马其昶著,毛伯舟点注:《桐城耆旧传》,黄山书社 1990 年版。

[9] 马其昶:《尚书谊诂》,见《续修四库全书・经部》第 53 册,上海古籍出版社 2002 年版。

[10] 马其昶著,孙维城等点校:《马其昶著作三种》,安徽大学出版社 2009 年版。

[11] 姚永朴:《诸子考略》,1905 年云萱室本。

[12] 姚永朴:《桐城姚氏碑传录》,清末石印本。

[13] 姚永朴:《国文学》,京师法政学堂讲义,1910 年。

[14] 姚永朴:《春秋左传通论》,清末安徽高等学堂铅印本。

[15] 姚永朴:《史事举要》,北京共和印书局,1917 年。

[16] 姚永朴:《蜕私轩集》,秋浦锦记书局印刷,1925 年。

[17] 姚永朴:《白话史》,清红格钞本,安徽省图书馆藏。

[18] 姚永朴:《十三经述要》,1925 年秋浦石印本。

[19] 姚永朴著,张仁寿校注:《旧闻随笔》,黄山书社 1989 年版。

[20] 姚永朴:《尚书谊略》,见《续修四库全书·经部》第 53 册,上海古籍出版社 2002 年版。

[21] 姚永朴:《姚永朴文史讲义》,凤凰出版社 2008 年版。

[22] 姚永概:《慎宜轩诗集》,1908 年云萱室本。

[23] 姚永概:《慎宜轩文集》,1916 年铅印本。

[24] 姚永概:《左传选读》,正志中学讲义,民国铅印本。

[25] 姚永概撰,马其昶评:《姚叔节先生文存》,民国间抄本。

[26] 姚永概著,姚永朴整理:《慎宜轩笔记》,1925 年铅印本。

[27] 姚永概:《清史拟稿》,抄本,安徽省图书馆藏。

[28] 姚永概撰,陈春秀校点:《孟子讲义》,黄山书社 1999 年版。

[29] 姚永概著,沈寂等标点:《慎宜轩日记》,黄山书社 2010 年版。

[30] 高步瀛:《共和浅说》,直隶官书局,1912 年。

[31] 高步瀛:《史记别录》,中国大学讲义,民国铅印本。

[32] 高步瀛:《史记别录》,莲池讲学院讲义,民国铅印本。

[33] 高步瀛:《史记举要》,北平和平印书局,1917 年。

[34] 高步瀛选注:《唐宋文举要》,上海古籍出版社 1982 年版。

[35] 高步瀛选注,陈新点校:《两汉文举要》,中华书局 1990 年版。

[36] 尚秉和:《周易尚氏学》,中华书局 1980 年版。

[37] 尚秉和:《辛壬春秋》,台湾文星书店 1962 年版。

[38] 尚秉和:《辛壬春秋》,中国书店 2010 年版。

[39] 尚秉和:《历代社会风俗事物考》,中国书店 2001 年版。

[40] 吴闿生:《吴门弟子集》,莲池书社刊行,1930 年。

[41] 吴闿生:《北江先生文集》,文学社藏版,1924 年。

[42] 吴闿生、沈祖宪:《容庵弟子记》,见沈云龙主编:《袁世凯史料汇

刊》，文海出版社 1966 年版。

[43] 吴闿生评选，寒碧点校：《晚清四十家诗钞》，浙江古籍出版社 2006 年版。

[44] 吴闿生著，白兆麟点注：《左传微》，黄山书社 1995 年版。

[45] 吴闿生：《尚书大义》，见《民国时期经学丛书》，台湾文听阁图书有限公司 2008 年版。

[46] 吴闿生著，余永刚点校：《北江先生诗集》，黄山书社 2009 年版。

[47] 贾恩绂：《思易草诗文集》，稿本，河北省图书馆藏。

[48] 贾恩绂：《思易草庐年谱》，稿本，河北省图书馆藏。

[49] 贾恩绂：《直隶通志稿》，抄本，国家图书馆藏。

[50] 贾恩绂：《盐山新志》，见《中国地方志集成·河北府县志辑》第 43 册，上海书店出版社、巴蜀书社、江苏古籍出版社 2006 年版。

[51] 贾恩绂：《南宫县志》，见《中国地方志集成·河北府县志辑》第 69 册，上海书店出版社、巴蜀书社、江苏古籍出版社 2006 年版。

[52] 贾恩绂：《定县志》，1934 年刻本。

[53] 贾恩绂：《枣强县志》，中国书店 1990 年版。

[54] 贾恩绂：《重订清苑新志》，见《上海图书馆藏稀见方志丛刊》第 2 册，国家图书馆出版社 2011 年版。

[55] 梁建章：《察哈尔省通志》，1935 年刻本。

[56] 傅增湘：《绥远通志稿》，内蒙古人民出版社 2007 年版。

[57] 赵衡：《序异斋文集》，1932 年天津徐氏刻本。

[58] 徐世昌撰：《大清畿辅先哲传》，北京古籍出版社 1993 年版。

[59] 李刚己著，吴闿生整理：《李刚己遗集》，1917 年。

[60] 李刚己：《洋务纪略》，上海书店出版社 1986 年版。

[61] 籍忠寅著，吴闿生整理：《困斋诗文集》，1932 年家藏本。

[62] 王振尧著，吴闿生整理：《王古愚先生遗集》，1926 年家刻本。

[63] 邓毓怡著，籍忠寅整理：《拙园诗集》，1930 年刻本。

[64] 常堉璋、刘乃晟：《中国历史课本》，北京华新印书局，1908 年。

[65] 常堉璋：《寄斋文草》，民国铅印本。

[66] 谷钟秀等:《铁珊轶事》,上海新亚书店 1934 年版。

[67] 谷钟秀:《中华民国开国史》,见沈云龙主编:《近代中国史料丛刊》,文海出版社 1972 年版。

[68] 王振尧、李景濂:《中国地理》,清末直隶学务处排印本。

[69] 陆鋆、李景濂编译:《东亚史要》,清末直隶学校司排印局校印。

[70] 邓毓怡编译:《欧洲宪法史》,中华印刷局 1926 年版。

[71] [日]矢津昌永著,吴闿生编译:《改正世界地理学》,上海文明书局 1903 年版。

[72] [日]山上万次郎著,谷钟秀编译:《最新外国地理》,上海泰东书局 1918 年版。

(二)其他著作

[1] 章学诚著,叶瑛校注:《文史通义校注》,中华书局 1985 年版。

[2] 赵尔巽等撰:《清史稿》,中华书局 1977 年版。

[3] 梁启超著,夏晓虹点校:《清代学术概论》,中国人民大学出版社 2004 年版。

[4] 梁启超:《中国近三百年学术史》,中国人民大学出版社 2012 年版。

[5] 梁启超:《中国历史研究法》,岳麓书社 2010 年。

[6] 白寿彝主编:《史学概论》,宁夏人民出版社 1983 年版。

[7] 白寿彝:《中国史学史》,上海人民出版社 2006 年版。

[8] 张舜徽:《中国古代史籍举要》,云南人民出版社 2004 年版。

[9] 吴怀祺:《史学理论与史学史研究》,福建人民出版社 2006 年版。

[10] 吴怀祺:《中国史学思想史》,商务印书馆 2007 年版。

[11] 瞿林东主编:《中国古代历史理论》,安徽人民出版社 2011 年版。

[12] 汪高鑫:《中国史学思想通论·经史关系论卷》,福建人民出版社 2011 年版。

[13] 钱茂伟:《史学通论》,浙江大学出版社 2012 年版。

[14] 冯天瑜、黄长义:《晚清经世实学》,上海社会科学院出版社 2002 年版。

［15］朱师辙:《清史述闻》,上海书店出版社 2009 年版。

［16］王钟翰:《王钟翰清史论集》,中华书局 2004 年版。

［17］陈其泰:《中国近代史学的历程》,河南人民出版社 1994 年版。

［18］胡逢祥、张文建:《中国近代史学思潮与流派》,华东师范大学出版社 1991 年版。

［19］王汎森:《中国近代思想与学术的系谱》,河北教育出版社 2001 年版。

［20］郑师渠:《思潮与学派——中国近代思想文化研究》,北京师范大学出版社 2005 年版。

［21］桑兵、关晓红主编:《先因后创与不破不立:近代中国学术流派研究》,生活·读书·新知三联书店 2007 年版。

［22］李帆:《古今中西交汇处的近代学术》,北京师范大学出版社 2010 年版。

［23］桑兵:《晚清民国的国学研究》,上海古籍出版社 2001 年版。

［24］桑兵:《晚清民国的学人与学术》,中华书局 2008 年版。

［25］郑大华:《民国思想史论》,社会科学文献出版社 2006 年版。

［26］刘芹:《王树楠史学研究》,天津人民出版社 2012 年版。

［27］张岂之主编:《民国学案》,湖南教育出版社 2005 年版。

［28］罗惠缙:《民初"文化遗民"研究》,武汉大学出版社 2011 年版。

［29］鲍绍霖、姜芃、于沛、陈启能:《西方史学的东方回响》,社会科学文献出版社 2001 年版。

［30］章清:《"胡适派学人群"与现代中国自由主义》,上海古籍出版社 2004 年版。

［31］张舜徽:《清人文集别录》,华中师范大学出版社 2004 年版。

［32］林纾:《畏庐续集》,中国书店 1985 年版。

［33］胡适著,耿云志、欧阳哲生编:《胡适书信集》,北京大学出版社 1996 年版。

［34］中国国民党党史委员会编辑:《宋哲元先生文集》,党史委员会发行,1985 年。

[35] 朱希祖:《朱希祖先生文集》,九思出版有限公司1979年版。

[36] 马保超、李梅、徐立群、魏丽:《河北古今编著人物小传续》,河北人民出版社1994年版。

[37] 冯尔康:《清代人物传记史料研究》,商务印书馆2000年版。

[38] 本社影印室辑:《晚清名儒年谱》,北京图书馆出版社2006年版。

[39] 谢巍编撰:《中国历代人物年谱考录》,中华书局1992年版。

[40] 郭立志:《桐城吴先生年谱》,见沈云龙主编:《近代中国史料丛刊》,文海出版社1976年版。

[41]《北京图书馆藏珍本年谱丛刊》,北京图书馆出版社1999年版。

[42]《民国文献资料丛编・近代人物年谱辑刊》,国家图书馆出版社2012年版。

[43] 卞孝萱、唐文权编:《辛亥人物碑传集》,团结出版社1991年版。

[44] 卞孝萱、唐文权编:《民国人物碑传集》,凤凰出版社2011年版。

[45] 杨军昌编著:《中国方志学概论》,贵州人民出版社1999年版。

[46] 陈芳绩:《历代地理沿革表》,广陵古籍刻印社1991年版。

[47] 瞿宣颖:《方志考稿甲集》,上海书店出版社1990年版。

[48] 河北省地方志办公室整理点校:《河北通志稿》,北京燕山出版社1993年版。

[49] 来新夏主编:《河北地方志提要》,天津大学出版社1992年版。

[50] 来新夏:《志域探步》,南开大学出版社1993年版。

[51] 行唐县地方志编纂委员会编:《行唐县志》,中国对外翻译出版公司1998年版。

[52] 刘声木撰,徐天祥点校:《桐城文学渊源撰述考》,黄山书社1989年版。

[53] 姜书阁:《桐城文派评述》,商务印书馆1930年版。

[54] 梁堃:《桐城文派论》,商务印书馆1940年版。

[55] 尤信雄:《桐城文派学述》,文津出版社1975年版。

[56] 关爱和:《古典主义的终结——桐城派与"五四"新文学》,上海文艺出版社1998年版。

[57] 叶龙:《桐城派文学艺术欣赏》,繁荣出版社 1998 年版。

[58] 周中明:《桐城派研究》,辽宁大学出版社 1999 年版。

[59] 吴孟复:《桐城文派述论》,安徽教育出版社 2001 年版。

[60] 安徽大学桐城派研究所编:《桐城派与明清学术文化》,安徽大学出版社 2007 年版。

[61] 梅向东、李波编著:《桐城派学术文化》,合肥工业大学出版社 2011 年版。

[62] 程根荣主编:《桐城派名家文选》,安徽人民出版社 2008 年版。

[63] 贾文昭编著:《桐城派文论选》,中华书局 2008 年版。

[64] 王达敏:《姚鼐与乾嘉学派》,学苑出版社 2007 年版。

[65] 周中明:《姚鼐研究》,安徽大学出版社 2013 年版。

[66] 河北省政协文史资料委员会编:《河北文史集粹》,河北人民出版社 1991 年版。

[67] 中国人民政治协商会议大城县委员会文史研究委员会编:《大城文史资料》,1995 年。

[68] 党德信总主编,中国人民政治协商会议全国委员会文史资料委员会编:《文史资料存稿选编》,中国文史出版社 2002 年版。

[69] 萧超然等编著:《北京大学校史》(增订本),北京大学出版社 1988 年版。

[70] 北京大学校史研究室编:《北京大学史料》,北京大学出版社 1993 年版。

(三)清季民国期刊文章

[1]《经济丛编》第 1 册《叙例》,1902 年。

[2] 王振尧:《波兰灭亡始末记》,载《经济丛编》,1902 年第 15 册、第 16 册。

[3] 常堉璋:《中国上古民族之史鉴》,载《经济丛编》,1902 年第 10 册。

[4] 陈独秀:《文学革命论》,载《新青年》,1917 年 2 月。

[5] 谷钟秀:《〈正谊杂志〉创刊词》,载《正谊杂志》第 1 卷第 1 号,

1914年。

[6] 李景濂:《左氏管窥》,载《四存月刊》,1921年第1期。

[7] 吴闿生:《尚书大义》,载《四存月刊》,1921年第1期。

[8] 马其昶:《葬期论》,载《民彝》,1927年第4期。

[9] 马其昶:《姚叔节墓志铭》,载《民彝》,1927年第7期。

[10] 马其昶:《论时政疏》,载《民彝》,1928年第12期。

[11] 姚永概:《上古》,载《民彝》,1927年第1期。

[12] 姚永概:《政教》,载《民彝》,1927年第2期。

[13] 姚永概:《谊利》,载《民彝》,1927年第2期。

[14] 姚永概:《真伪》,载《民彝》,1927年第3期。

[15] 姚永朴:《读秦风》,载《民彝》,1927年第1期。

[16] 姚永朴:《〈大戴礼记训纂〉序》,载《学衡》,1925年第40期。

[17] 姚永朴:《蜕私轩与友人论学书》,载《安徽大学月刊》,1933年第1卷第1期。

[18] 姚永朴:《清代盐法考略——清史稿〈食货志〉之一》,载《安徽大学月刊》,1934年第1卷第6期,1934年第2卷第1期。

[19] 邓毓怡:《宪法论丛·发刊词》,宪法学会发行,1924年。

[20] 高步瀛:《段懋堂顾千里论学制书评议》,载《师大月刊》,1934年纪念专号。

[21] 高步瀛:《三礼学制郑义述》,载《国学丛编》,1931年第1卷第4期。

[22] 高步瀛:《史记太史公自序笺证》,载《女师大学术季刊》,1930年第1卷第1期。

[23] 高步瀛:《读史偶识》,载《师大国学丛刊》,1931年第1卷第1期。

[24]《清史馆聘定各员名单》,载《新闻报》,1914年8月22日。

[25] 张尔田:《先师张式之先生传》,载《史学年报》,1937年第4期。

[26] 徐一士:《关于清史稿》,载《逸经》,1936年第6期。

[27] 金梁:《〈清史稿〉回忆录》,载《逸经》,1936年第10期。

[28] 冯玉祥:《近代第一流廉吏王铁珊先生》,载《逸经》,1936年第5期。

[29]《河北省通志馆近况续记》,载《河北月刊》,1933年第1卷第12期。

[30] 容媛编:《悼高步瀛》,载《燕京学报》,1940 年第 28 期。

[31] 贾恩绂:《河北省治河总论》,载《新东方》,1940 年第 1 期,1940 年第 2 期,1940 第 9 期。

(四)当代期刊论文

[1] 俞旦初:《二十世纪初年中国的新史学思潮初考(续)》,载《史学史研究》,1982 年第 4 期。

[2] 陈光贻:《桐城派末代主要作家》,载《江淮论坛》,1982 年第 4 期。

[3] 程金造:《高步瀛传略及传略后记》,载《晋阳学刊》,1983 年第 4 期。

[4] 张新民:《黎庶昌及其〈古逸丛书〉》,载《贵州社会科学》,1984 年第 2 期。

[5] 缪钺:《纪念籍忠寅先生》,载《文献》,1986 年第 3 期。

[6] 钟扬:《史识史才皆绝伦——论戴名世的史学成就》,载《安庆师范学院学报》,1986 年第 3 期。

[7] 关爱和:《后期桐城派与五四新文化运动》,载《江淮论坛》,1986 年第 3 期。

[8] 叶建华:《论方苞的史书"义法"》,载《安徽史学》,1990 年第 1 期。

[9] 贾启伦:《贾恩绂与〈盐山新志〉》,载《河北师范大学学报》,1991 年第 4 期。

[10] 唐兆梅:《简论曾国藩的"以史为鉴"》,载《益阳师专学报》,1993 年第 3 期。

[11] 吴怀祺:《评姚莹的边疆史地研究》,载《中国边疆史地研究》,1993 年第 1 期。

[12] 俞樟华:《论戴名世与司马迁》,载《浙江师大学报》,1994 年第 4 期。

[13] 罗志田:《林纾的认同危机与民初的新旧之争》,载《历史研究》,1995 年第 5 期。

[14] 来新夏:《姚莹的边疆史地研究》,载《津图学刊》,1995 年第 2 期。

[15] 周中明:《关于刘大櫆哲学思想的思考》,载《学术界》,1995 年第 6 期。

[16] 王维庭:《吴北江先生传略》,载《文献》,1996 年第 1 期。

[17] 刘苏:《国群铸一通俗讲演社史料》,载《北京档案史料》,1996 年第 1 期。

[18] 竺柏松:《曾国藩历史学说研究》,载《贵州师范大学学报》,1998 年第 4 期。

[19] 罗勤:《黎庶昌与〈古逸丛书〉刍议》,载《贵阳师专学报》,1998 年第 1 期。

[20] 关爱和:《五四之后新文学家对桐城派的再认识》,载《中州学刊》,1998 年第 1 期。

[21] 章开沅:《50 年来的辛亥革命史研究》,载《近代史研究》,1999 年第 5 期。

[22] 吴怀祺:《史学史研究的展望》,载《东岳论丛》,2001 年第 1 期。

[23] 侯虎虎:《略论戴名世的史学思想》,载《延安大学学报》,2001 年第 2 期。

[24] 李传印:《论戴名世的史学思想》,载《北京科技大学学报》,2001 年第 3 期。

[25] 徐天祥:《戴名世的史学思想》,载《安徽史学》,2001 年第 4 期。

[26] 曾光光:《桐城派与晚清社会思潮》,载《江海学刊》,2001 年第 6 期。

[27] 许卫平:《论民国时期方志编修观的变革》,载《扬州大学学报》,2002 年第 6 期。

[28] 戴逸:《〈清史稿〉的纂修及其缺陷》,载《清史研究》,2002 年第 1 期。

[29] 汪春泓:《论刘师培、黄侃与姚永朴之〈文选〉派与桐城派的纷争》,载《文学遗产》,2002 年第 4 期。

[30] 杨佑茂:《吴汝纶与〈深州风土记〉》,载《衡水师专学报》,2002 年第 4 期。

[31] 邱新立:《近代对章学诚方志基本理论的扬弃》,载《广西地方志》,2003 年第 5 期。

[32] 王家范:《中国通史编纂百年回顾》,载《史林》,2003 年第 6 期。

[33] 高黛英:《20 世纪桐城派研究述评》,载《郑州大学学报》,2003 年第

2 期。

[34] 吴秀华:《燕地贾恩绂手稿中所见桐城派学者资料》,载《文献》,2003 年第 4 期。

[35] 王大林:《〈莲池讲学院讲义〉及“协生印书局”记》,载《图书馆情报通讯》,2003 年第 1 期。

[36] 江小角、方宁胜:《桐城派研究百年回顾》,载《安徽史学》,2004 年第 6 期。

[37] 吴怀祺:《古代史学思想研究与民族精神——兼谈 20 世纪中国史学的近代化》,载《赣南师范学院学报》,2004 年第 2 期。

[38] 陈其泰:《西学传播与近代史学的演进》,载《北京师范大学学报》,2004 年第 3 期。

[39] 瞿林东:《中国史学的遗产、传统和当前发展趋势》,载《当代中国史研究》,2004 年第 1 期。

[40] 桑兵:《晚清民国的知识与制度体系转型》,载《中山大学学报》,2004 年第 6 期。

[41] 周中明:《论姚鼐爱民、济民和以民为本的思想》,载《东南大学学报》,2004 年第 4 期。

[42] 张昭军:《曾国藩理学思想探析》,载《北京师范大学学报》,2004 年第 3 期。

[43] 刘雅军:《晚清学人“世界历史”观念的变迁》,载《史学月刊》,2005 年第 10 期。

[44] 曾光光:《文学流派与学术变迁——论桐城派与清代理学的流变》,载《贵州社会科学》,2005 年第 1 期。

[45] 曾光光:《桐城派的传承与传统教育》,载《清史研究》,2005 年第 3 期。

[46] 孙维城:《马其昶墓志、寿序文浅评》,载《安庆师范学院学报》,2005 年第 5 期。

[47] 董根明:《关于姚永朴〈史学研究法〉的认识》,载《史学史研究》,2006 年第 1 期。

[48] 曾光光:《晚清桐城派嬗变的文化轨迹》,载《江淮论坛》,2006 年第 1 期。

[49] 沈松平:《试论民国方志诸家对传统方志学理论的扬弃》,载《黑龙江史志》,2006 年第 8 期。

[50] 黄根苗:《姚永朴教学生涯述略》,载《池州师专学报》,2006 年第 1 期。

[51] 吴微:《从亲和到遗弃:桐城派与京师大学堂的文化因缘》,载《东方丛刊》,2006 年第 3 辑。

[52] 李传印:《戴名世的历史评论浅议》,载《安徽史学》,2006 年第 6 期。

[53] 潘务正:《晚清民国桐城文派年表简编》,载《古典文献研究》,2006 年。

[54] 聂石樵:《古经史学家高步瀛》,载《励耘学刊(文学卷)》,2007 年第 1 期。

[55] 胡静波:《读姚永朴〈史学研究法〉札记三则》,载《安徽大学学报》,2008 年。

[56] 徐丽:《戴名世的史学关怀与特色》,载《廊坊师范学院学报》,2008 年第 2 期。

[57] 路新生:《戴名世学论》,载《华东师范大学学报》,2008 年第 5 期。

[58] 李诚:《桐城派文人在清史馆》,载《江淮文史》,2008 年第 6 期。

[59] 董根明:《进化史观与古文道统的同一——吴汝纶与严复思想考索》,载《中国社会科学院研究生院学报》,2008 年第 1 期。

[60] 董欣洁:《中国的通史传统与世界史编纂》,载《史学集刊》,2009 年第 3 期。

[61] 刘义峰:《吴汝纶与〈尚书故〉》,载《燕赵文化研究之三·冀州历史文化论丛》,2009 年。

[62] 江山:《论吴汝纶的校勘学思想》,载《淮北煤炭师范学院学报》,2010 年第 1 期。

[63] 徐希军:《马其昶〈桐城耆旧传〉的史学价值》,载《史学史研究》,2010 年第 2 期。

[64] 罗志田:《通史致用:简析近代史学地位的一度上升》,载《社会科学战线》,2010 年第 2 期。

[65] 张元:《方苞的民本思想及其当代价值》,载《文学选刊》,2010 年第 8 期。

[66] 欧明俊:《"文学"流派,还是"学术"流派? ——"桐城派"界说之反思》,载《安徽大学学报》,2011 年第 6 期。

[67] 石珂:《桐城末学的群体构成与唐宋古文接受》,载《安徽大学学报》,2011 年第 6 期。

[68] 李思清:《舫斋载笔:清史馆文人群体的形成》,载《北京联合大学学报》,2012 年第 4 期。

[69] 王振红:《方苞〈史记〉学成就述论》,载《淮北师范大学学报》,2012 年第 5 期。

[70] 杨婧:《姚永概史学思想探讨》,载《安庆师范学院学报》,2012 年第 6 期。

[71] 李周峰:《尚秉和〈辛壬春秋〉浅述》,载《历史档案》,2012 年第 3 期。

[72] 张笑川:《〈慎宜轩日记〉所见清末民初士人的心性修养与健康维护》,载《历史教学》,2012 年第 11 期。

[73] 吴怀祺:《桐城学术与时代》,见《桐城派研究》第十五辑,合肥工业大学出版社 2013 年版。

[74] 魏泉:《1930 年代桐城派的存在与转型——以〈青鹤〉为中心的考察》,载《安徽大学学报》,2013 年第 5 期。

[75] 邓心强:《论桐城派的文化品格》,载《贵州师范大学学报》,2013 年第 2 期。

[76] 董根明:《刘大櫆史学初探》,载《史学史研究》,2013 年第 4 期。

[77] 朱杨:《姚永朴史学方法再探析》,载《淮南师范学院学报》,2013 年第 1 期。

[78] 欧阳慧娟:《近代化的人:姚永概〈慎宜轩日记〉读后记》,载《安徽文学》,2013 年第 10 期。

[79] 赵成杰:《高步瀛交游新证》,载《牡丹江师范学院学报》,2013 年第 2

期。

[80] 赵敏:《吴汝纶的文献考辨及其特点》,载《安庆师范学院学报》,2014年第1期。

[81] [日]佐藤一郎:《关于桐城派的几个问题》,见《第一届全国桐城派学术讨论会论文集》,1985年。

[82] [日]佐藤一郎:《江户、明治时代的桐城派》,载《江淮论坛》,1995年第1期。

[83] [韩]金庆国:《论曾国藩的古文理论》,见《第三届全国桐城派学术讨论会论文集》,2007年。

(五)学位论文

[1] 潘务正:《晚清民国桐城文派研究》,南京大学硕士学位论文,2003年。

[2] 冯丽君:《桐城四祖与〈史记〉》,浙江师范大学硕士学位论文,2004年。

[3] 魏衍华:《二十世纪中国通史编纂的成就与特征》,曲阜师范大学硕士学位论文,2007年。

[4] 王林博:《论姚永朴的史学成就》,淮北师范大学硕士学位论文,2011年。

[5] 张博:《吴闿生〈左传微〉评点艺术研究》,河南大学硕士学位论文,2013年。

[6] 陈冰:《清末民初桐城派留日风潮探微》,安徽大学硕士学位论文,2013年。

[7] 曾光光:《桐城派与晚清文化》,北京师范大学博士学位论文,2003年。

[8] 白光俊:《晚清传统文人与文言:以后期桐城派为中心》,南京大学博士学位论文,2004年。

[9] 李松荣:《莲池书院与后期桐城派》,中山大学博士学位论文,2007年。

[10] 洪桐怀:《桐城派早期大家与清前期文化之关系研究》,北京语言大学博士学位论文,2010 年。

[11] 刘俐娜:《20 世纪初期中国史学的转型》,中国社会科学院博士学位论文,2003 年。

[12] 李思清:《清史馆文人群体研究》,中国社会科学院博士学位论文,2011 年。

[13] 潘喜颜:《清末历史译著研究(1901—1911)——以亚洲史传译著为中心》,复旦大学博士学位论文,2011 年。

[14] 翁稷安:《清季文之理念与经世使命的展开与影响——以吴汝纶为中心》,台湾大学硕士学位论文,2005 年。

[15] 谢嘉文:《穿戴脚镣与挣脱脚镣的舞者之舞——姚鼐〈古文辞类纂〉与曾国藩〈经史百家杂钞〉选文研究》,台湾清华大学博士学位论文,2010 年。